두 번째 웨딩

박차련 장편소설

두 번째
웨딩

세종출판사

■ 작가의 말

　이 소설을 엮어 나가면서, 나는 남편과 사별한 후 재혼을 하려고 시도했다가 포기를 해버렸던 몇 명의 지인들이 새삼 생각났다. 포기의 이유는 자식들 때문이었다.
　나 역시 그녀들처럼 중년의 나이에 남편을 먼저 떠나보냈다. 하여 반려자의 영원한 부재가 가져다주는 삶의 무게가 얼마나 힘든지를 너무나 잘 알고 있다. 그렇기 때문에 이 소설 속에는, 그녀들의 외로움과 아픔이 슬픔의 강물처럼 녹아있다.
　소설을 마무리하면서, 나는 조건보다는 사랑의 감정이 서로의 영혼 속으로 흘러드는 아름다운 재혼을 상상해 보았다.

　그동안 소박한 내 소설의 여정 속에서, 부족한 나의 소설을 읽어주고, 소설 쓰는 것을 포기하지 말라고, 자주 격려를 해 준 친구 최부돌, 기꺼이 워드 작업을 도와주신 김소희 님께 이 지면을 통하여 진심으로 감사의 마음을 전합니다.

차례

■ 작가의 말 / 5

등나무 찻집 • 9
재회 • 47
생각의 굴레 • 78
기억의 그늘 • 101
우정의 계곡 • 130
청혼, 그리고 여행 • 151
재혼의 조건 • 172
사랑의 시작 • 198
낮은 자세로 • 246
기도의 힘 • 258
만남의 빛 • 282
삶의 물결과 재혼 • 301

등나무 찻집

등나무 찻집을 찾아가는 골목길에는 장미꽃 향기가 가득했다. 골목길이지만 승용차들이 왕복으로 충분히 비껴갈만한 넓이의 골목길이다. 골목의 양 옆으로는 비슷한 구조의 주택들이 줄을 서듯 늘어서 있다. 방향으로 보아 집들 모두가 남향이다. 그런데 골목길을 걷는 란주의 눈에 아주 특이한 풍경이 펼쳐졌다. 골목의 집집마다 빨간 꽃송이가 달린 넝쿨장미가 온통 담장을 덮고 있는 것이었다. 대문들 위에도 넝쿨장미 꽃이 잔뜩 피어 있었다. 맑은 햇빛을 받아 반짝이는 담장의 빨간 꽃송이들은 화려하고 아름답기 그지없다. 딱 한 송이 꺾어서 손에 들고 싶을 만큼.

조금 전 란주를 태우고 온 택시 기사는 이 골목 입구에 차를 세우고는 여기서 내려 걸어가라고 했다. 골목 안까지 가야하는데 왜 내리라고 하느냐고 란주는 항의를 했다. 초행이라 잘 모르시는 모양인데 내려서 찬찬히 보시면 알겁니다. 장미의 골목이니까요. 그렇게 말한 택시 기사는 전혀 골목 쪽으로 핸들을 돌릴 생각이 없어 보였다. 별 수 없이 란주는 택시에서 내려 골목길로 들어섰다. 장미의 골목길을 가면서 란주는 비로소 걸어가라고 한 택시 기사의 말이 이해가 갔다. 이래서 걸어가라고 했구나. 이 아름다운 풍경과 꽃향기를 맡으라고. 담장의 장미꽃들은 담장 위로 보이는 여러 종류의 수목들과 묘한 조화를 이루면서, 성스러움조차 느끼게 했다. 삭막한 이 도시의 한 쪽에 이런 목가적인 풍경이 지금까지 남아 있다니, 란주는 콧날이 시큰해오면서 감동으로 가슴이 설레었다.

오월의 햇살은 다사롭고 바람은 상큼하다. 오늘은 미세먼지도 좋음이라고 휴대폰에서 알려 주었다.

가령 이토록 청명한 날 장미 향기가 풍성하게 넘쳐나는 이 골목길에서 헤어졌던 옛사람들과 다시 만난다면 어떨까? 지금 생각하면 별 것도 아닌 것을 가지고 심하게 다투고는 기약도 없이 헤어진 여러 사람들. 아마 모르긴 해도 이 장미의 골목길에서 만난다면 누가 먼저랄 것도 없이 화해의 손을 서로 내밀 것 같다. 그만큼 훈기 있는 예쁜 골목이다. 그렇게 생각하면서 란주는 장미의 골목길을 계속 걸어갔다.

등나무 찻집은 장미의 골목길이 거의 끝나는 끄트머리에 자리를 잡고 있었다. 그녀가 걸어온 골목길의 왼쪽 편이었다. 이 층 주택인데 일 층을 리모델링한 찻집 같았다. 한 눈에 보아도 큰 창문에 아이보리색 커튼이 길게 드리워져 있는 이 층은 영락없는 살림집의 모습이었다. 고풍스러운 찻집 입구가 정갈했다. 몇 년 전부터 소방도로를 접한 정원이 있는 주택 일 층을 개조하여 카페로 만든 장소가 곳곳에 있었다. 마치 크고 작은 카페들이 어떤 유행처럼 이 도시에 퍼지고 있었다. 관공서나 큰 회사의 사무실이 있는 곳, 사람들이 많이 왕래하는 큰 도로를 접한 곳이어야 한다는 고정관념은 이제 깨어 진 것 같았다.

란주는 손목시계를 보았다. 서혜희와 만나기로 약속한 시간의 십분 전이었다. 딱 알맞게 도착한 것 같다. 찻집 문을 열려다가 란주는 후딱 멈추어 섰다. 특별한 이야기라면 정원의 등나무 아래가 좋겠네요. 앉을 수 있는 벤치가 있어요. 꼭 만나 뵙고 특별히 말씀을 드리고 싶다는 란주의 부탁에 서혜희는 안개처럼 흐린 목소리로 대답을 했다.

란주는 등나무 찻집 문 앞에서 몇 걸음 물러났다. 물러난 자리에서 정원 쪽으로 눈을 돌렸다. 한 쪽에 무성한 잎새가 늘어져 있는 등나무가 보였다.

등나무 가지들은 풍성한 잎들의 숲을 이루고 있었다. 란주는 천천히 등나무가 있는 곳으로 걸어갔다. 등나무 아래는 제법 긴 벤치가 놓여 있었다. 벤치에 앉자 정원의 모습이 한 눈에 들어왔다. 잘 손질된 수목들과 깔려있는 진초록 잔디가 매우 정갈하다. 담장을 감고 있는 넝쿨장미의 빨간 꽃송이들은 하얀 햇살 속에서 요염하기조차 하다. 란주가 앉아 있는 벤치와 가까운 위치에 제법 많은 수국들이 이른 꽃망울을 맺고 있다. 이런 아름다운 뜰의 모습을 찻집 안에서 볼 수 있다면, 골목길의 찻집 풍경으로는 최상이라 싶었다. 란주는 찻집 안에서보다 이곳에서 나뭇잎 냄새를 맡으면서 부탁을 한다면 어쩌면 생각보다 쉽게 이야기가 풀려나갈 것 같은 느낌이 들었다. 란주는 다시 손목시계를 보았다. 아직 오 분 정도 여유가 있다. 아마도 서혜희는 약속시간 정시에 나타날 모양이다. 란주는 긴장이 되기 시작했다. 서혜희를 만나기로 작정한 것은 정말 우연히 일어난 어느 날의 작은 사건 때문이었다.

그러니까 두 달 전쯤이었다. 란주는 출판에 관한 자문을 구하기 위하여 현 사장이 경영하고 있는 우종 출판사를 찾아갔다. 우종 출판사는 이 도시에서는 제일 큰 출판사다. 란주가 편집장 직함을 가지고 근무하고 있는 미래 출판사와는 규모부터가 달랐다. 현 사장은 이십년이 넘도록 한 우물을 파고 있는 사람이다. 이 도시의 출판사 돌아가는 일은 훤히 꿰뚫고 있었다. 현 사장은 란주의 대학 선배이기도 하다. 그래서 란주는 힘든 일이 생기면 곧잘 현 사장을 찾아가서 조언을 구했다. 그 때마다 현 사장은 친절하게 응해 주었다.

사장님께서는 일이 있어서 잠깐 자리를 비웠으니까 기다려야 한다고 낯익은 여자 직원이 말을 했다. 연락도 없이 불쑥 찾아간 것이 잘못이었다. 별 수 없이 사무실 소파에 앉아서 현 사장이 사무실로 올 때까지 기다리기로 했다. 그 때 란주의 시야에 현 사장의 책상 위에 놓여있는 한 권의 책이 눈에 들어왔다. 현 사장은 요즘 어떤 책을 읽고 있나? 호기심에 책을 집어 들었다. 표지를 보니 『사랑의 순례자들』이라는 장편 소설책이었다. 책 제목이 별로 마음에 들지 않았다. 또 그 흔해빠진 남자와 여자의 사랑 타령인가. 진부한 생각이 들었다. 도로 현 사장의 책상 위에 놓으려다가 란주는 저자의 이름을 살폈다. 적어도 우종 출판사에서 출간한 책이라면 그렇게 형편없는 내용의 소설은 아닐 것이다. 저자의 이름은 고우슬이었다. 한 번도 들어본 적이 없는 이름이었다. 사진도 없고 현재 평범한 가정주부라고만 적혀 있었다. 문단에 등단을 한 사람도 아니었다. 아마 학창시절에 문학을 좋아했던 저자가 소설을 써서 자비로 출판을 한 책인 것 같았다. 란주는 책을 들고 다시 소파에 주저앉았다. 현 사장이 돌아올 때까지 특별히 할 일도 없었다. 그러나 현 사장은 꼭 만나야 했다. 란주는 현 사장이 올 때까지만 책을 읽기로 작정을 했다. 어차피 인생의 삶이란 사랑, 그것이 어떤 종류의 것이든 사랑 이야기로 엮어져 있지 않은가. 목숨이 오가는 격렬한 전쟁 속에서도 남녀 간의 사랑은 더 절실하지 않았던가. 그래. 무명의 가정주부가 쓴 소설 한 번 읽어보자. 따지고 보면, 저자가 이름 없는 사람이라고 꼭 못썼다고 할 수는 없을 것이다. 의외로 기성작가 못지않게 잘 썼을 지

등나무 찻집 13

도 모를 일이었다.

란주는 첫 페이지를 쉽게 넘기면서 곧 소설의 스토리에 빠져들기 시작했다. 무엇보다도 군더더기 없이 간결하고 세련된 문장이 마음에 들었다. 책장을 넘길수록 소설의 스토리에 끌려갔다. 읽다가 쉽게 책장을 덮어버릴 문장이나 스토리가 아니었다.

현 사장은 그녀가 소설책의 삼분의 일쯤 읽었을 때야 사무실에 돌아왔다. 란주는 현 사장이 들어서는 것을 모를 만큼 소설에 빠져들고 있었다.

"뭘 그렇게 열심히 읽고 있어? 사람이 들어오는 것도 모르고."

현 사장의 굵은 목소리에 란주는 비로소 책장을 덮고 일어섰다.

"책이 읽을 만하니?"

현 사장이 궁금한 눈빛으로 물었다.

"네. 충분히요. 끝까지 읽을 수 있는 소설 같아요. 재미도 있고."

란주는 조금은 흥분된 목소리로 대답을 했다.

"그래. 다행이네. 하긴 소설은 재미가 없으면 읽다가 덮어버리지. 특히 장편 소설은."

"이 책 좀 빌려주세요. 집에 가져가서 끝까지 다 읽을래요."

현 사장은 기이한 표정을 지었다. 정식으로 문단에 등단한 소설가도 아니고 그냥 집에서 살림만 사는 아줌마가 취미삼아 쓴 소설이야. 인간적인 관계 때문에 출판을 해주긴 했지만. 그렇게 말하면서 현 사장은 책을 빌려 주기를 꺼려했다. 허나 막무가내로 책을 빌려달라는 란주를 당할 수 없다 싶었는지 결국 허락을 하고 말았다.

"읽고 꼭 돌려 주어야한다. 우리 출판사에 딱 한 권 밖에 없는 책이야. 내가 아끼는 책이기도 하고."

현 사장은 절대로 떼먹으면 안 된다고 정색한 얼굴로 강조를 했다.

"염려 놓으십시오. 선배님. 최대한 빠른 시일 안에 돌려드릴게요."

찰떡같이 약속을 하고 란주는 책을 들고 바로 원룸으로 돌아왔다. 저녁식사를 차려먹은 다음 의자에 앉아 책을 펼쳤다. 아직 읽지 못한 부분을 읽기 시작했다. 읽어갈수록 스토리의 전개가 마음을 빨려 들어가게 했다. 등장인물들의 사랑이야기가 깔끔했다. 끝까지 독자를 끌고 가는 힘이 있었다. 진부하지 않았다. 책에서 눈을 뗄 수 없어서, 란주는 새벽이 희붐해질 때까지 읽었다. 저자가 소설을 처음 썼다고는 믿기지 않았다. 그런데 마지막 페이지에서 소설은 끝이 나지 않았다. 상하권으로 출판을 한 모양이었다. 란주는 하권도 빌려서 꼭 읽어보고 싶었다. 이 정도의 마력이라면.

이튿날 미래 출판사에 좀 이른 출근을 한 란주는 급한 일부터 마무리를 하고, 득달같이 우종 출판사로 달려갔다. 다행히 현 사장의 방에는 방문객이 없었다. 전화도 없이 또 왜 느닷없이 찾아왔느냐고 현 사장은 나무라는 투로 말을 했다. 란주는 현 사장의 핀잔에는 전혀 개의치 않았다. 대신 어제 빌려갔던 책을 책상 위에 놓았다.

"뭐야! 이 책 벌써 다 읽었어?"

현 사장이 놀란 토끼 눈을 했다.

"이 책 읽는다고 밤샘 했어요. 하권도 빌려주세요. 꼭 읽어야겠어요."

다급한 란주의 말에 현 사장은 어이가 없다는 듯 헛웃음을 날렸다.

"우선 앉기부터 해라. 숨넘어가지 말고. 전쟁 쳐들어오는 것도 아닌데."

"그건 그러네요."

란주는 멋쩍게 웃으면서 사무실 소파에 앉았다. 현 사장도 란주와 마주보고 앉았다.

"커피 한 잔 할래?"

현 사장이 부드러운 음성으로 물었다.

"아뇨 커피 마시고 왔어요. 그보다 하권 빌려주실 거죠? 지금요."

"이 소설책 하권은 없다. 그리고 상권도 출판되자말자 저자가 다 회수해 갔다."

"왜요?"

"그건 나도 모르지. 저자한테 안 물어보았으니까."

란주는 황당했다. 기를 쓰고 달려온 것이 헛일이 되고 만 것이었다.

 책을 전부 회수해 갔다는 것이 사실인지는 알 수 없지만, 왠지 현 사장이 대답을 회피하는 것처럼 느껴졌다. 보통 상하권을 같이 출간하는데 별일이다 싶었다. 현 사장은 하권은 원고 자체가 들어오지 않았다고 했다. 별도리 없이 란주는 우종 출판사를 나왔다. 차를 세워둔 곳으로 힘없이 걸어가는데 문득 어떤 생각이 란주의 머릿속을 헤집었다. 만약 『사랑의 순례자』를 저자가 조금만 더 다듬어서 상하권으로 출판한다면 대박이라도 날 것 같은 그런 강한 느낌이었다. 지금까지 베스트셀러에 속하는 책들은 거의가 다 서울과 수도권에 있는 출판사에서 나왔다. 출판 매출액의 93프로, 발행종수의 95프로, 오프라인 서점 매출의 69퍼센트가 수도권에 편중돼 있다는 어느 신문의 데스크칼럼을 읽은 적이 있다. 그것도 최근이었다. 이 도시에 있는 출판사가 베스트셀러라는 책을 낸 적은 단 한 번도 없었다. 이름이 알려진 우종 출판사도 마찬가지였다. 고우슬이라는 평범한 가정주부가 쓴 소설이지만, 세련된 문장과 스토리 전개의 흡입력이 의외로 대박을 칠지도 모른다는 생각이 머릿속에서 맴을 돌았다. 제목은 바꾸면 될 것이다.

 미래 출판사를 진 선배가 인수하여 경영해온지 사년이라는 시간이 흘렀다. 그 사년 동안 출판된 책들은 거의가 이 도시의 문인협회나 동인회에 소속되어 있는, 작가들이 자비 출판에 의존하고 있다 해도 과언이 아니었다. 그것도 워낙 이 계통에 발이 넓은 진 선배 때문에 그럭저럭 출판사를 끌고 가고 있었다. 그런데 지난달과 지지난달에는 적자를 냈다. 이대로 가다가는 머지않아 출판사 문을 닫아야 할지도 모르겠다면서, 얼마 전 진 선배가 한숨을 쉬며 말한 적이 있었다. 요즈음은 란주도 그런 생각이 자주 들었다. 그래 어디 한 번 해보자. 고우슬의 필력이라면 모험을 해도 될 것 같았다. 꼭 서울이나 수도권에 있는 출판사에서만 베스트셀러 책이 나오라는 법이 있나. 이 도시도 이 나라에서 두 번째로 큰 도시가 아닌가. 지방의 출판사에서도 베스트셀러 책이 나오지 말란 법은 없지 않은가 말이다. 한 번 해보자. 주차장으로 가서 차문을 열려다가 란주는 다시 돌아섰다. 그리고는 뛰듯이 우종 출판사를 향하여 걸어갔다. 여전히 현 사장은 혼자 있었다.

"왜 뭐 할 말이 또 남았나?"

티백이 그대로 들어있는 녹차 잔을 든 현 사장이 뜨악한 눈빛으로 물었다.

"사랑의 순례자들 저자를 만나게 해 주세요. 고우슬 씨를요."

현 사장은 들고 있던 찻잔을 탁자위에 도로 내려놓았다.

"저자와 의논하여 미래에서 사랑의 순례자를 다시 출판하고 싶어요. 상, 하권 한꺼번에요. 대박이 날 것 같은 예감이 들어요. 어쩐지."

"채란주, 너 갑자기 왜 이러니? 아침에 뭘 잘못 먹었냐?"

현 사장은 참으로 어이가 없다는 표정으로 말을 했다. 잘못 먹은 것 아무것도 없다. 그러니까 선배님은 책에서 손 떼시고 결과는 나중에 감상하시고 제발 고우슬의 연락처나 알려달라고 란주는 목소리를 높였다. 현 사장은 한참동안 망설이다가 란주가 전혀 물러날 기색이 없어 보이자 마지못해 입을 열었다.

"고우슬의 전화번호는 나도 모른다."

라고 말하면서 서혜희라는 여자의 전화번호를 알려주었다. 서혜희씨를 만나면 고우슬 씨의 연락처를 알 수 있을지도 모른다면서.

"고맙습니다. 선배님"

그런데 문을 열고 나가려는 란주의 등 뒤로, 현 사장의 목소리가 크게 들려왔다.

"채란주! 정신 차려라. 괜한 헛일 하지 말고."

란주는 아무런 대꾸를 하지 않았다. 선배님 내일 일은 아무도 몰라요. 어떻게 될지는 저도 모르고요. 우리 출판사 이름이 미래잖아요. 미래를 한 번 기대해 봅시다. 이 층 계단을 내려오면서 란주는 마음속으로만 외쳤다.

미래출판사로 돌아오자마자 란주는 서혜희에게 전화를 했다. 의외로 서혜희는 친절한 목소리로 란주의 전화를 받았다. 현수웅 사장에게 얘기를 들었다고 했다. 그 사이 현 사장이 전화를 한 모양이었다. 만날 날짜와 시간이 정해졌다.

오늘 오후 세시 참으로 싱그러운 오후다. 빨간 넝쿨장미꽃의 향기와 정원 수목 냄새에 취해 있는데 찻집 쪽 마당에서 한 중년 여자의 모습이 나타났다. 당연히 서혜희일 것이다. 얘기를 잘 풀어나가려면 최상의 예의는 갖추어야 한다. 란주는 최대한 단정한 자세로 벤치에서 일어났다. 여자는 또박또박 걸어와서 미소를 머금은 얼굴로 란주 앞에 멈추어 섰다. 여자의 머리위로 다사로운 햇살 한줄기가 따라와 오롯이 머물렀다. 소매가 풍성한 흰 블라우스에, 노란바탕에 작은 초록색 나비들이 군데군데 춤을 추고 있는 롱스커트가 늦은 봄의 무르익음을 느끼게 했다. 고전적인 얼굴에서 풍겨 나오는 분위기가 매우 이지적으로 보였다. 란주는 왠지 긴장이 되었다.

"많이 기다리셨나요? 서혜희예요."

서혜희의 목소리는 차분했다.

"십분 전에 왔습니다."

"그러셨군요. 지금이 정각 세시니까 제가 늦은 것은 아니네요. 우리 앉아요."

서혜희가 먼저 벤치에 앉았다. 란주도 벤치에 앉아서 가지런히 두 다리를 모았다. 전화로 이미 인사를 나눈 탓인지 초면임에도 그렇게 어색하게 느껴지지는 않았다. 서혜희는 앉은 자세로 들고 있던 카디건을 입었다. 서두를 어떻게 시작하지? 무엇보다도 부탁하는 입장이다. 긴장 탓에 란주는 입술이 바싹 마르는 것 같았다. 다행히 서혜희가 먼저 입을 열었다.

"하고 싶은 말이 무엇인가요?"

입가에는 엷은 미소가 흐르나 눈빛에는 의구심이 잔뜩 담겨 있었다. 란주는 마른침을 한 번 삼킨 후 만나자고한 이유에 대해서 설명을 했다. 볼 일 때문에 우종 출판사에 들렀다가 우연히 현 사장의 책상 위에 놓여있는 사랑의 순례자들이라는 장편 소설을 만났다. 란주는 현 사장으로부터 책을 빌리게 된 경위를 차분하게 설명을 했다. 현사장님께서는 우종 출판사에 딱 한권 밖에 없는 책이라면서 책을 빌려 주는 것을 완강하게 거부 했다. 책을 빌려주지 않으면 사무실에서 한발자국도 나가지 않겠다고 버티었다. 그러니 어쩔 수 없이 책을 내놓더라는 이야기도 했다. 집으로 돌아와서 책부터 펼쳤다. 페이지를 넘길수록 스토리에 끌려갔다. 밤을 새어 읽었다. 끝까지 읽어야 놓을 수 있는 소설의 흐름이었다. 사람의 마음을 끌어당기는 힘 같은 것이 있었다. 하권을 빌리려고 갔는데 하권은 출판하지도 않았다. 상권도 출판하자마자 저자가 책 전부를 수거해갔다. 세상 밖으로 나가지도 못했다.

"현 사장님한테는 그렇게 들었습니다. 제가 서 여사님을 찾아온 용건은 저자 고우슬 씨의 연락처를 알고 싶어서입니다. 서 여사님은 알고 계실 거라고 현 사장님께서 말씀 하셨어요. 그래서 고우슬 저자를 좀 만나게 해주셨으면 하고 찾아온 것입니다."

란주는 다시 한 번 마른침을 삼킨 후 저자를 만나 상의하여 책을 상, 하권으로 출판하고 싶어서라고 보충설명을 했다. 순간 서혜희의 얼굴이 황당해졌다.

"현 사장이 고우슬에 대한 얘기는 전혀 없었어요. 그냥 출판사에 있는 후배 한 사람을 만나보라고만 했는데 채란주씨의 말을 듣고 보니까 핵심이 고우슬을 만나기 위함이었군요."

"네, 맞습니다. 고우슬 씨를 꼭 좀 만날 수 있도록 주선을 해주셨으면 합니다. 부탁드립니다."

란주는 애원에 가까운 목소리로 부탁을 했다.

"헌데 어쩌죠? 고우슬이라는 여자는 현재 이 땅에 존재하지 않는데요."

존재하지 않다니! 대체 이것이 무슨 말인가. 고우슬이 죽기라도 했단 말인가. 란주는 굵은 쇠망치로 머리를 한 대 맞은 기분이었다. 고우슬의 프로필에는 사진도 없었으며 현재 가정주부로 살고 있다고만 적혀 있었다. 책이 출판되자마자 회수를 해 갔다면 분명 무언가 피치 못할 사정이 있었을 것이다. 란주는 가슴이 먹먹해졌다. 정말 고우슬이 죽었다면?

"지금 이 땅에 존재하지 않는다면 저 세상 사람이라는 뜻인가요?"

란주는 절망스러운 목소리로 물었다.

"아무튼 없는 사람입니다. 그러니까 고우슬에 대해서는 아무것도 말해 줄 수가 없군요. 제 대답은 이것으로 끝입니다. 채란주씨."

그녀는 다소 딱딱해진 음성으로 말을 했다.

"다시 한 번 말씀 드릴게요. 지금 이 세상에 존재하지 않는 사람에 대해서는 어떤 언급도 하고 싶지 않습니다. 아무튼 차 대접도 못하고 미안합니다. 그럼 이만 실례하겠습니다. 안녕히 가세요."

벤치에서 일어난 서혜희는 등나무 찻집 입구 쪽으로 또박또박 걸어갔다. 어깨를 곧추세운 그녀의 등이 늦은 봄의 정원 냄새를 모두 쓸어가는 것 같았다.

란주는 난감했다. 고우슬을 만나게 해 달라는 부탁이 서혜희를 무척 곤란하게 한 모양이었다. 고우슬이 현재 존재하지 않는다면, 이미 세상을 떠난 사람이라고 할 수 있다. 그러니까 죽은 가까운 지인의 이름이 서혜희를 슬프게 했는지도 모른다. 란주는 벤치에서 일어섰다. 대박의 꿈이 와르르 무너져 내렸다. 고우슬의 책을 다시 출판하는 것은 포기해야 했다. 틀림없이 베스트셀러 대박을 낼 수 있을 것이라고 큰소리를 치면서 간신히 진 선배를 설득했다. 진선배로 말하자면 란주와는 어렸을 적부터 한 동네에 살았고 같은 초,중학교를 다녔다. 그런데 이 무슨 꼬락서니인가.

사실을 보고하면 진 선배는 그것 봐라 처음부터 안 되는 일이었어. 라고 핀잔을 줄 것이다. 제발 엉뚱한데 신경 쓰지 말라고 화를 낼 수도 있다. 란주는 장미의 골목길을 다시 걸어 나오면서 가슴이 답답해져 왔다. 담장의 화려한 넝쿨장미 꽃들이 갑자기 죽은 꽃들처럼 시들고 메말라 보였다. 차를 몰고 오지 않은 것이 참 다행이다 싶었다. 이럴 때 만약 차를 몰고 왔더라면, 운전을 제대로 못할 것 같았다. 다리에 힘이 빠진 란주는 절망스러운 얼굴로 미래출판사 사무실로 들어갔다. 의외로 진 선배가 소파에 앉아서 기다리고 있었다. 탁자 위에는 진 선배의 휴대폰이 얌전하게 놓여있었다.

"일은 잘 됐어?"

진 선배가 웃음 섞인 얼굴로 물었다.

일이 잘 되었으면 먼저 휴대폰으로 알렸을 것이다. 란주의 얼굴을 보면 짐작할 텐데 진 선배는 일부러 모르는 척 하는 것 같았다.

"아뇨. 제가 헛꿈을 꾸고 있었어요."

란주는 진 선배의 맞은편 소파에 힘없이 주저앉으면서 말했다.

"헛꿈이라니? 어디 들어나 보자."

란주는 서혜희를 만나서 나누었던 얘기를 실망스러운 목소리로 털어 놓았다. 내 예감에도 어쩐지 잘 안 될 것 같더라. 이 세상에 없는 사람이라니 차라리 잘됐네. 너도 포기하고 왔을 테니까. 대박은 아무나 치는 것 아니야. 복이 있어야지. 툭툭 털어버리고 책을 낼 다른 사람이나 찾아보자. 라면서 진 선배는 가방을 들고 일어섰다. 오히려 참으로 다행이라는 표정이었다.

"같이 퇴근하자. 내가 저녁 쏠게."

두 여자는 밖으로 나왔다. 늦은 봄의 길어진 해 탓인지 거리에는 아직 어둠이 내리지 않고 있었다. 핀잔을 줄만 한데도 조금도 내색하지 않고 저녁을 사겠다는, 진 선배의 넉넉한 마음가짐이 오늘따라 란주는 무척 고마웠다. 어스름이 깔릴 무렵에야 두 사람은 맛 집으로 소문이 난 어느 식당으로 가서 식사를 했다.

"란주씨 할 수 없는 일은 빨리 잊어버리는 거다. 알았지?"

진 선배가 강하게 말했다.

"네, 그렇게 할게요."

란주도 시원하게 대답을 했다. 그런데 원룸으로 돌아오자 란주는 마음이 달라졌다. 이상하게도 소설의 스토리가 머릿속을 파고들면서 포기가 되지 않았다. 고우슬이 이 세상에 없는 사람이라는 것이 도무지 믿어지지가 않았다. 고우슬의 연락처를 알고 싶다는 란주의 말에 서혜희는 왜 그토록 날카로운 반응을 보였을까. 문득 의문이 들기 시작했다. 대개의 경우 사람들은 죽은 지인의 이야기를 하면 얼굴빛이 숙연해진다. 친한 지인일 경우에는 더더욱 그러하다. 헌데 서혜희는 전혀 아니었다. 필요 이상으로 짜증스러운 반응을 보였다. 황당해 하면서. 그렇다면 타인이 알아서는 안 될 어떤 좋지 않은 문제가 두 사람 사이에 끼어 있는 것일까. 그래서 고우슬을 없는 사람으로 만들었단 말인가. 그런 의문이 깊어지면서 고우슬은 없는 사람이 아닌 있는 사람으로서의 확신이 왔다. 그래. 맞아. 고우슬은 죽은 사람이 아니야. 분명 살아있음이야. 확실해. 란주는 고우슬이 존재하고 있을 것이라는 예감의 확신 때문에 밤새도록 몸을 뒤척였다. 날이 밝아옴과 동시에 란주는 다시 한 번 더 현 사장에게 부탁을 하기로 작정을 했다. 현 사장은 서혜희와 고우슬의 관계를 어느 정도 알고 있을 것이다. 고우슬의 책은 우종에서 출판하지 않았는가. 현 사장이 고우슬을 전혀 모른다는 것은 말이 안 돼.

이튿날 란주는 오전 열한 시쯤 현 사장을 만나러 갔다. 일부러 전화는 하지 않았다. 전화를 하면 현 사장이 무슨 핑계를 대서 만남을 회피할 것 같은 느낌 때문이었다. 그런데 현 사장은 사무실에 없었다. 출타중이라고 낯익은 여자 직원이 알려 주었다. 오실 때까지 기다리겠다고 했다. 그러자 낯익은 여자직원은 많이 늦어지실 지도 모르니까 차라리 전화를 해보라고 했다. 알겠다면서 란주는 사무실 소파에 앉았다. 현 사장의 휴대폰 번호를 눌렀다. 신호음이 꽤 길었는데도 현 사장은 전화를 받지 않았다. 별수 없이 란주는 미래 출판사로 돌아왔다. 책상 위에는 진 선배가 써 놓은 메모지가 펼쳐진 채로 놓여있었다.

"소설집 출판할 사람과 만나서 점심 먹기로 했다. 다녀올게."

이럴 때는 진 선배가 사무실에 없는 것이 참 다행이다 싶었다. 다시 현 사장의 휴대폰 번호를 눌렀다. 이번에는 아예 휴대폰이 꺼져있었다. 문자를 보내려다가 그만 두었다. 전화도 안 받는데 문자라고 답이 있을 리가 없다.

오늘 못 만나면 내일, 내일 못 만나면 모레 만나면 될 것이다. 란주는 마음을 느긋하게 먹기로 했다. 그 순간 란주의 머릿속에

빛처럼 하나의 생각이 스쳤다. 그래 서혜희에게 직접 다시 한 번 시도해 보자. 란주는 고우슬의 소설을 꼭 출판하고 싶었다. 도저히 그런 마음이 멈추어지지 않았다. 이제 서혜희는 란주의 전화를 안 받을 것이다. 그렇다면 내가 찾아가는 수밖에 없다. 찻집을 운영하고 있으니 카운터를 비우지는 않을 것 아닌가. 그래 등나무 찻집에 가면 언제라도 그녀를 만날 수가 있을 것이다.

란주가 미래출판사 사무실에서 현수웅 사장의 행방을 궁금해하고 있을 때, 수웅은 등나무 찻집에서 서혜희와 마주 앉아 있었다. 어제 퇴근을 하려고 하는데 혜희에게서 전화가 걸려 왔다. 좀처럼 먼저 전화를 하지 않은 혜희인지라 반갑게 휴대폰을 열었다. 혜희는 왜 채란주가 고우슬의 소설을 재출판하고 싶어하는지에 대해서 설명을 해주지 않았다고 목소리를 높이면서 화를 냈다. 평소의 혜희답지 않았다. 고우슬의 책 이야기라면 내가 굳이 채란주를 만날 이유가 없었다. 나는 등나무 찻집에 대해서 관심을 가진 줄 알았다. 주제가 무엇인지 들어보고 찻집 안으로 안내하려 했다. 그런데 아니었다. 고우슬을 만나게 해 달라고. 아니면 연락처라도 알려 달라고 하더라. 언젠가 너한테 말했을 텐데. 고우슬은 이미 이 세상 사람이 아니라고. 영원히 떠났다고. 하긴 너무 바쁘니까 잊어버렸을 수도 있었겠지. 앞으로 또다시 고우슬의 책 때문에 아무런 생각 없이 사람을 보내면 죽을 때까지 너 안 본다. 라고 말한 다음 일방적으로 전화를 끊어버렸다. 송곳보다 날카로운 혜희의 음성 때문에 수웅은 등골이 서늘해졌다.

다음날 수웅은 평소보다 출판사에 일찍 출근을 했다. 일을 대충 마무리하고 단숨에 등나무찻집으로 차를 몰았다. 화가 나도 단단히 났어. 다행히 혜희는 찻집에 나와 있었다. 어제의 날카로운 목소리와는 달리 담담한 얼굴로 수웅을 맞았다. 찻집 안에는 아직 손님이 없었다.

"이렇게 일찍 어쩐 일이니?"

정원이 보이는 창가 쪽으로 자리를 권하면서 혜희가 의아스러운 목소리로 물었다.

"용서를 구하러 왔어. 내가 잘못했어. 고우슬이 없다는 사실을 깜빡했어. 미안해."

혜희는 어이가 없다는 표정이다.

"정말 미안해."

수웅은 다시 한 번 사과를 했다.

"사과는 받을게. 하지만 다시는 이런 일 만들지 마. 머리 아프니까."

"알았어. 아무튼 용서해 주어서 고마워. 그럼 이만 돌아갈게. 너 장사해야 하니까."

혜희는 말없이 고개를 끄덕였다.

장미의 골목길로 아주 천천히 차를 몰면서 수웅은 마음이 아파왔다. 혜희의 고단한 모습 때문이었다. 혜희가 찻집을 시작하고부터 수웅의 눈에는 그렇게 보였다. 장사를 할 성격이 아니다. 뭔지 모르게 서툴렀다. 생계 때문에 어쩔 수 없이 하고 있는 것을 알기 때문에 더 그렇게 보이는지 모르겠다. 수웅은 친구로서 혜희를 잃고 싶지 않았다. 어렸을 때부터 혜희를 보면 가슴이 떨렸다. 읍의 한 마을에 살았고, 같은 초등학교를 다녔다. 학년도 같았다. 수웅의 형과 혜희의 언니도 같은 학년으로서 친한 친구였다. 사는 형편도 비슷했으며 집안끼리도 잘 지냈다. 혜희에 대한 감정이 무엇인지 정확하게 알 수는 없지만 지금도 혜희를 보면 수웅의 가슴은 아픔으로 저려왔다. 만약 어떤 일로 혜희와의 관계가 틀어져서 그녀를 볼 수 없다면 견디기 힘들 것 같았다. 하여 달려와서 무조건 잘못했다고 사과를 했던 것이다. 그런데 혜희가 고우슬의 소설에 대하여 왜 이토록 민감해 하는지 알 수가 없었다. 채란주에게 고우슬은 죽었기 때문에 만날 수가 없다고 차분하게 설명을 했더라면 좋았을 것을. 도대체 혜희와 고우슬은 어떤 관계였을까. 수웅은 처음으로 두 여자의 관계가 궁금해졌다. 사랑의 순례자를 출판할 적에 저자인 고우슬의 얼굴은 보지도 못했다. 혜희는 아주 친한 지인이라면서 출판을 부탁했다. 저자는 다리가 불편하여 혼자서는 밖으로 나올 수 없는 처지라 혜희에게 책에 관한 모든 것을 맡겼다고 했다. 혜희의 부탁이라 수웅은 무조건 수용했다. 결코 허튼 말을 할 혜희가 아니기 때문이었다. 출판에 앞서 고우슬의 소설을 읽어 보았다. 세련된 문장력과 소설의 스토리를 끌어가는 힘이 대단했다. 글 솜씨가 예사롭지가 않았다. 오랜 기간 문장 수련을 한 것 같았다. 그 때 수웅도 란주처럼 단숨에 읽었던 기억이 난다. 수웅은 출간을 해주면서도 아주 마음이 편했다. 헌데 책은 출간되자마자 혜희가 몽땅 수거해 갔다. 왜 그러느냐고 물었더니 고우슬의 마음이 변했다는 것이었다. 고우슬이 책 출간을 매우 후회하고 있다. 그러니까 더 이상 묻지 말라고 했다. 그래서 수웅은 더 이상 말하지 않았다. 고우슬의 책이 출판사에 남아있는 것은 딱 한 권뿐이었다. 어느 날 문득, 고우슬의 소설이 생각났다. 다시 한 번 읽어보려고 사무실 책상 위에 둔 것을 란주가 보게 되었다. 란주가 책을 빌려달라고 빌려주지 않으면 빌려줄 때까지 사무실에서 나가지 않겠다고 버티고 있어서 빌려 주었을 뿐이었다. 헌데 책을 읽은 란주가 고우슬의 소설을 재 출판하겠다고 덤빌 줄은 상상도 하지 못했던 일이었다. 더욱이 대박을 칠거라고 큰소리를 치는 란주를 보니 기가 막혔다. 아무튼 란주에게 책을 빌려준 것이 잘못이었다.

  수웅을 보내고 이 층 살림집으로 올라온 혜희는 거실 소파에 맥없이 앉았다. 거실 유리문으로 정원의 모습이 한눈에 들어왔다. 투명한 햇빛을 받은 나뭇잎들이 작은 바람에 팔랑거리고 있다. 찻집인데 수웅에게 차 한 잔 대접하지 않고 보내버린 것이 계속 마음에 걸렸다. 시간을 낚으면서 친구로 지낸 세월이 어디 한 두 해인가. 어렸을 적부터 서로를 너무나 잘 아는 묵은 우정의 친구다. 그런 수웅을 이유야 어쨌든, 물 한 모금 마시지 않고 돌아가게 했으니 나도 참 속이 좁고 좁은 여자구나 싶었다. 아무리 수웅이 고우슬의 일에 대하여 실수를 했다 해도 말이다. 혜희는 소파에서 일어나 큰 유리문으로 다가갔다. 채란주와 나란히 앉았던 등나무 밑의 벤치가 너무 쓸쓸하게 보였다. 채란주에게도 차 한 잔 내 놓지 않았다. 찻집을 경영하는 사람으로서의 매너는 아닌 것 같다. 채란주가 앉았던 자리에 가는 빛 한줄기가 내려앉아 있었다. 등나무 잎새 사이를 비집고 들어온 빛인 모양이다. 채란주! 어쩐지 조금은 고집스러워 보이는 인상이 쉽게 고우슬을 포기할 것 같지 않은 예감이 들었다. 채란주가 다시 찾아 올 것만 같은 강한 예감 말이다. 만약 혜희가 살아있는 고우슬의 실체를 밝힌다면 수웅이나 채란주는 과연 어떤 얼굴을 할까. 혜희는 그것이 의문스럽기도 했다. 사랑의 순례자는 수웅과 혜희가 각각 한 권씩 소장하고 있다. 나머지는 다 불태워 버렸다. 그 때의 기억이 솟아나면 아직도 한 번씩 가슴이 젖어왔다. 혜희는 거실의 유리문에서 물러나 서재로 들어갔다. 고우슬의 책을 찾았다. 사랑의 순례자들은 책장 한 구석에 숨듯이 꽂혀있다. 혜희는 몸을 굽히고 떨리는 손으로 고우슬의 책을 끄집어냈다. 지금 생각하니 완벽하게 책 전부를 불태우지 못하고 이 한 권을 남겨둔 것은 고우슬이 아닌 서혜희 자신의 책에 대한 미련 때문인 것 같았다.

그 때 뜰의 구석진 곳에 임시 소각장을 만들었다. 그리고는 깊고 깊은 밤중에 수거해온 책을 불속으로 던졌다. 일주일 동안을 늦은 밤에 그렇게 했다. 책을 마지막으로 태우던 날 서러움처럼 눈물이 마구 흘러내렸다. 혜희로서는 어쩔 수 없었던 그 당시의 선택이었다.

남편은 그녀가 글을 쓰는 것을 원치 않았다. 소설은 읽는 것조차 싫어했다. 소설은 허구잖아. 책을 읽으려면 현 생활에 적용될 수 있는 책들을 읽으라고. 어느 날 소설책을 읽고 있는 그녀에게 남편은 그런 식으로 말을 했다. 그 말에 토를 달지는 않았지만, 도대체 저 사람이 대한민국 명문대 출신이 맞나 싶었다. 혜희는 유년시절부터 책 읽는 것을 좋아했다. 동화책과 만화책을 시작으로 책이라면 무조건 읽었다. 읍에서 초등학교를 졸업하고 부산에 살고 있는 오빠 집으로 와서 중, 고등학교를 다녔다. 오빠는 고등학교 영어 교사였고 시인으로 문단에 등단도 했다. 몇 권의 시집도 내고 가끔은 문예지에 영시를 발표하기도 했다. 따라서 오빠의 서재에는 많은 서적들이 있었다. 세계문학전집을 비롯하여 한국문학 전집, 역사소설과 많은 시집들이 서가에 꽂혀있었다. 그녀는 그 책들을 모두 섭렵했다. 오빠 집에 없는 책은 도서관에서 대여를 해서 읽었다. 여고 삼 년 동안 그녀가 쓴 단편 소설이 교지에 실리기도 했다. 앞으로 넌 꼭 소설을 쓰도록 해라.

문장력이 대단해. 문예반 담당 선생님은 몇 번이나 그렇게 말했다. 그러나 그 때는 문예반 선생님의 그 말이 별로 혜희의 가슴에 와 닿지 않았다.

대학도 의상학과를 선택했다. 소설보다는 예쁘고 멋진 옷을 디자인하여 만들고 싶었다. 만들어서 모든 여성들에게 입히고 싶었다. 파리나 밀라노로 유학을 가서 더 디테일한 의상공부를 하길 원했으나, 집안 형편이 그것까지는 허락되지 않았다.

대학 졸업과 함께 꽤 유명한 브랜드의 회사에 입사를 했다. 열심히 일을 배웠다. 경력을 쌓은 후 개인 의상실이라도 경영하려면 유행에 대한 빠른 감각과 경영에 대해서도 잘 알아야 했다. 허나 개인 의상실을 오픈 하는 것도 절대로 쉬운 일이 아니었다. 상당한 자금력과 노련한 팀들의 기술이 필요했다. 디자이너와 재단사, 그리고 미싱 팀과의 조화를 이루지 못하면 옷을 망쳐버릴 수도 있었다. 또한 유명 백화점들의 매장에 걸려있는 세련된 의상들을 뛰어넘지 못하면 인정을 받을 수 없었다. 말하자면 승산이 없는 것이다. 개인 의상실을 여는 것은 옷을 잘 입고 좋아하는 것과는 별 개의 문제였다. 고심 끝에 직장을 그만두고 결혼을 선택했다. 자신의 브랜드를 가진 의상실을 열겠다는 꿈은 포기했다. 여자는 직장보다 결혼생활이 더 중요하다는 부모님의 권유도 무시할 수 없었다. 그 시절에는 딸자식을 가진 부모들 대부분이 여자는 남편을 잘 만나서 아이를 낳아 잘 키우면서 집안 살림을 균형 있게 꾸려가는 것이 행복이라고 생각 했던 것 같다.

　사촌 오빠의 소개로 만난 남자와 일 년 정도 교제한 후에 결혼을 했다. 남 편은 신문사에 근무했다. 막상 결혼을 하고보니 시간에 쫓겼다. 삼형제의 맏며느리로서 집안에 챙겨야 할 일들이 한두 가지가 아니었다. 아들 세훈이 태어나자 더 일이 많아졌다. 시댁과 세훈이를 기르는 일에 신경을 쓰면서 의상도 소설도 까맣게 잊고 살았다.

　혜희가 소설을 생각하게 된 것은 세훈이가 고등학생이 됐을 때였다. 시부모님도 돌아가시고 시동생들도 결혼하여 각자의 둥지를 찾아 떠나갔다. 공부 때문에 세훈은 밤늦게 집으로 돌아왔다. 사람들을 많이 만나는 남편의 귀가 시간도 대체로 늦은 편이었다. 언젠가 부터였다. 골목의 가로등에 불이 들어오고, 집 뜰의 수은등에도 불이 밝혀지면 혜희는 자꾸만 가슴이 허전해 왔다. 날이 갈수록 더 허탈해졌다. 그런데 뜰의 나뭇잎들이 유난히 흔들리던 가을의 어느 날이었다. 문득 머릿속에서 소설이 맴을 돌았다. 서혜희 넌 앞으로 소설을 쓰면 좋겠다. 꼭. 여고시절 문예반 담당 선생님의 말이 새삼스럽게 머리를 헤집고 들어왔다. 대학시절에도 몇 편의 단편소설을 썼다. 습작으로 끝나긴 했지만. 소설의 흐름은 알 수 있을 것 같았다.

　다음날부터 혜희는 식탁 의자에 앉아서 원고지에 소설을 엮어 나가기 시작했다. 의외로 재미가 있었다. 남편은 알지 못하게 집에 혼자 있을 적에만 썼다. 열편의 단편 소설을 탈고한 후 시작한 것이 『사랑의 순례자들』이었다. 소설을 쓰는 동안에는 외롭지도 허전하지도 않았다. 스토리는 생각보다 훨씬 쉽게 풀려 나갔다. 아무도 모르게 이 년 동안 상, 하로 분류하여 열심히 썼다. 소설이 완성되자, 출판도 하고 싶어졌다. 평범한 사십대 초반의 가정주부가 쓴 소설이 출판이 되면 그것도 괜찮을 것 같았다. 책이 잘 팔리지는 않겠지만 쓰고 싶은 이야기를 만들어 냈다는 그것만으로도 충분했다. 헌데 문제는 남편이었다. 소설이라면 허구라고 질색을 하는 남편이 책 출판을 허락 할 리가 없었다. 책 출판 문제로 남편을 자극하여 공연히 집안을 시끄럽게 할 필요가 없다는 생각이 들었다. 혜희는 언제나 가정의 평화가 제일 우선이라는 생각을 가지고 살아왔다. 생각 끝에 저자의 이름을 필명으로 하기로 결정을 했다. 만일 집안에서 남편이 책을 발견한다 해도 알 수 없을 테니까. 『사랑의 순례자』의 저자 고우슬은 그렇게 탄생 되었다.

  수웅에게 책 출판을 부탁하면서도 철저히 숨겼다. 고우슬이라는 지인이 있는데 다리가 부실하여 외출이 어려운 사람이다. 그녀는 틈틈이 소설을 써왔다. 최근에 쓴 소설이 '사랑의 순례자들'이다. 상, 하로 나누어져 있다. 소설을 읽어본 혜희는 고우슬에게 출판을 해보는 것이 어떻겠느냐고 권했다. 처음에는 매우 망설였지만 혜희가 자꾸 권하니까 마지못해 승낙을 했다. 그리고 책의 출판 문제는 모두 혜희에게 일임을 했다. 당연히 자비출판이라고 못을 박았다. 수웅은 두말없이 승낙을 했다. 혜희, 너가 인정하는 사람이니까, 나도 믿는다였다. 혜희의 글이라고는 꿈에도 생각하지 못하는 듯 했다. 우선 상권부터 먼저 출판하기로 했다. 출판은 순조롭게 진행 되었다. 그러나 '사랑의 순례자들'은 태어나도 세상의 빛을 보지 못했다. 혜희가 책을 모두 수거해서 가져와버렸기 때문이었다. 그녀의 남편이 교통사고를 당한 며칠 뒤였다. 남편이 사경을 헤매고 있는데 남편 몰래 이름까지 바꿔 출판을 한 이 책이 무슨 의미가 있나 싶었다. 분명 그러한 마음으로 책을 불태웠던 것 같다. 그 당시 일을 생각하면 지금도 가슴이 아파온다. 그런데 참으로 이상한 일은 혜희 자신이 지금도 장편소설 한 편을 엮어나가고 있다는 사실이었다. 찻집 일 때문에 바빠서 속도를 낼 수는 없지만, 시간 나는 틈틈이 소설을 썼다. 이유는 알 수 없지만 소설가도 아니면서 소설을 버릴 수가 없었다. 아무튼 소설을 만들어 가는 동안에는 모든 힘든 일들을 잊을 수가 있어서 참으로 좋았다.

　혜희는 사랑의 순례자들을 다시 제자리에 집어넣었다. 문을 열고 거실로 나와 주방으로 갔다. 전기밥솥에 담겨 있는 밥과 냉장고 안에 들어 있는 반찬 몇 가지를 끄집어냈다. 아침에 끓여 두었던 국을 데우고 식탁에 앉았다. 그녀는 소박한 점심 식사를 하고 등나무 찻집으로 갔다. 신애와 교대를 할 시간이다. 카운터에 앉아있는 신애의 입가에는 온화한 미소가 감돌고 있다. 그녀의 그 온화한 미소는 그녀의 얼굴을 훨씬 더 부드럽게 해준다. 신애의 부드러운 표정이 사람들을 등나무 찻집으로 오게 하는데 한 몫을 하는지도 모르겠다. 벌써 여러 테이블을 손님들이 점령하고 있다. 오전에는 그런대로 한산한 편이지만 정오가 지나면 속속 사람들이 등나무 찻집으로 차를 마시러 왔다. 골목 안쪽에 있는 찻집임에도 불구하고 손님들은 계속 이어졌다. 주로 오십대 이후의 사람들이었다.

처음 신애가 주택 일층을 개조하여 함께 찻집을 해보자고 제의를 했을 때 혜희는 많이 망설였다. 자신도 없었고 엄두도 나지 않았다. 그러나 신애가 몇 번이나 권하자 마음이 움직였다. 그래. 야무진 신애를 믿고 한 번 해보자. 동업이니까 혼자서 경영하는 것보다는 덜 두렵다는 생각이 들기도 했다. 그리고 무엇보다도 신애의 처지가 난감했다. 경제사정이 넉넉지 못한 신애는 무엇이라도 해서 돈을 벌어야만 하는 입장이었다.

신애의 남편은 암으로 혜희의 남편보다 이 년 먼저 세상을 떠났다. 혜희와 신애는 고등학교 대학교도 같은 학교를 다녔다. 대학에서의 과도 똑같은 의상과였다.

대학 졸업 후에는 신애도 회사는 달랐지만 서울에서 유명한 의류 회사에서 근무를 했다.

결혼은 신애가 혜희보다 일 년 먼저 했다. 같은 회사에 근무한 남자와의 연애결혼이었다. 부지런하고 성품이 따뜻한 성실한 남자였다.

　신애의 남편이 남긴 유산은 그렇게 많지 않은 퇴직금과 서른 두 평 아파트가 전부였다. 신애에게는 고등학교에 다니는 딸과 중학교에 다니는 아들이 있었다. 신애는 남편대신 집안 생계를 책임져야 했다.

　신애는 남편의 퇴직금으로 일 년 쯤 생활하다가 아파트 상가를 세 얻어 옷가게를 열었다. 대단지 아파트라 장사가 잘 될 줄 알았는데 아니었다. 생각보다 장사가 잘되지 않았다. 결국 일 년 만에 옷가게를 접고 말았다.

　교통사고를 당한 혜희의 남편이 숨을 거둔 것도 그 무렵이었다.

　남편을 떠나보내고 절망에 빠져있는 혜희를 신애는 자주 찾아와서 위로를 해 주었다. 동병상련의 아픔 때문에 그녀들의 관계는 더욱 돈독해졌다.

　그 당시 혜희는 신애만큼 절실하지는 않았지만 아들과 생활을 위하여 돈은 필요했다. 아들 세훈은 서울에서 대학을 다니고 있었다. 남편이 졸업을 한 대학이다. 세훈이 졸업을 하고 취업할 때까지는 매 달 세훈에게 돈이 들어가야 했다. 혼자서의 생활비도 만만치가 않았다. 혼자라 해도 있을 것은 다 있어야하고 쓸 돈은 반드시 지출을 해야 했다. 삶이란 결코 장난이 아니었다. 떠난 사람은 떠난 사람이지만, 살아있는 자들은 어떻게 해서든지 남은 삶을 이어가야만 했다.

 일 층 창가에 앉아서 정원을 보면 정말 멋지겠다. 등나무는 일품이야. 신애의 그 말은 혜희의 마음을 완전히 바꾸었다.
 의기투합한 그녀들은 동업을 하기로 하고 공동으로 투자를 했다. 신애는 아파트를 담보로 은행에서 융자를 받았다. 혜희는 쓰고 남은 퇴직금과 이 층 한 쪽을 전세 내어 비용을 마련했다. 모든 어려운 일들은 신애가 맡아서 처리했다. '등나무 찻집'이라는 상호도 신애가 지었다.
 오픈을 하자 장사는 생각보다 잘 되었다. 고풍스러운 인테리어 탓인지 중년 이상의 여자들이 많이 찾아왔다. 노년층에 속하는 남녀 어르신들도 많았다. 신애가 직접 만든 대추차와 유자차는 실버 세대에게 제일 인기였다. 찻잔에도 신경을 썼다. 등나무 로고를 넣고 주문한 생활 도자기를 사용했다.
 차는 아르바이트하는 아가씨들이 직접 날랐다. 요즘 카페에서는 번호표를 받고 기다리고 있다가 주문한 차가 나오면 직접 받으러 가야한다. 실버세대들은 그것을 별로 좋아하지 않았다. 지난날의 다방이나 커피숍처럼 종업원이 가져다주기를 원했다. 등나무 찻집에서는 그렇게 했다. 한편으론 몸을 재빠르게 움직이지 못하는 어르신들에 대한 배려이기도 했다. 그래서인지는 몰라도 오후부터는 비워있는 테이블이 거의 없었다. 장미의 골목

덕을 톡톡히 보는 것 같기도 하였다.
"신애야 올라가서 점심 먹어라. 식탁에 차려놓았다."
"알았어. 고마워."
신애는 늘 혜희의 집에서 점심을 해결했다. 당연한 일임에도 신애는 고맙다는 말을 잊지 않았다. 신애는 혜희에게 카운터를 인계하고 점심을 먹기 위하여 이층집으로 올라갔다.

택시를 탄 란주가 장미의 골목 입구에 내린 것은 오후 두시 쯤이었다.
장미꽃을 보기 위하여 차는 일부러 몰고 오지 않았다. 싱싱한 꽃향기를 맡으면서 란주는 골목길을 천천히 걸어갔다. 담장의 장미꽃들은 아직도 아름다운 자태를 뽐내고 있었다. 얼굴을 스쳐가는 바람도 일주일 전 처음 걸어갔을 때 처럼 매우 상큼했다.
등나무 찻집 앞에서 잠시 숨을 모았다가 내쉬었다. 맑은 햇살 한줄기가 찻집 문에 하얗게 부서지고 있었다. 오늘은 어떤 일이 있어도 고우슬의 연락처를 알아내리라. 아무리 생각해도 고우슬이 죽었다는 말은 거짓말인 것 같았다. 지난 번 서혜희의 태도도 그랬고 란주의 느낌도 그랬다. 얼핏 머리를 스쳐가는 예감이 틀린 적은 거의 없었다. 고우슬은 살아 있음이 확실해. 서혜희는 고우슬에 대한 무언가를 숨기고 있어. 란주는 며칠 동안 내내 그런 확신이 머리를 떠나 지 않았다. 그래서 결심을 했다. 서혜희를 다시 한 번 만나보기로. 물론 쉽게 입을 열 서혜희가 아닐 것이다. 란주는 서혜희의 입을 열게 할 방법을 생각했지만 뾰족한 묘안이 떠오르지 않았다. 방법을 찾기 위하여 고민에 고민을 거듭하다가 드디어 하나의 결정을 내렸다. 그냥 찾아가서 부딪쳐 보는 것으로. 찾아 온 동기가 아무리 못마땅해도 설마 찻집에서 차를 주문하는 손님을 내쫓지는 않을 것이다. 찾아가서 다시 한 번 매달려보자. 란주는 자신이 고우슬의 소설에 왜 이토록 집착을 하는지 도무지 이해가 되지 않았다. 그러면서도 포기할 마음도 생기지 않았다.

조금 이른 출근을 한 오늘 아침이었다. 고우슬의 책 때문에 서혜희를 한 번 더 만나러 가겠다는 란주의 말에 진 선배는 정색한 얼굴로 물었다.

"고우슬의 책이 한 권도 안 팔리면 출판 비용은 네가 책임질래?"

"물론 책임질게요."

란주도 정색한 목소리로 대답을 했다.

입구의 문에 하얗게 흐르고 있는 햇살 한 움큼을 손바닥으로 쓸어낸 후 란주는 찻집 안으로 성큼 들어섰다. 인테리어가 고풍스럽다. 천장에 매달려 있는 램프들의 여린 불빛이 아늑하다. 입구 쪽에 자리 잡고 있는 오래된 풍금 한 대가 옛날 스럽다. 찻집 안의 사람들은 차를 마시면서 정답게 대화를 나누고 있다. 손님들 대부분이 중년과 실버 세대에 속하는 사람들로 보인다. 남자들 보다는 여자들이 더 많다. 차를 마시고 있는 손님들의 표정은 이상하리만큼 행복해 보인다. 찻집 분위기 탓인가? 란주는 비어 있는 테이블을 찾아가서 앉았다. 조금 있으니 여자 종업원이 다가와 어떤 차를 주문하겠느냐고 공손한 자세로 물어왔다. 메뉴판은 테이블 한 쪽에 놓여있었다. 란주는 허브차로 정했다. 종업원이 직접 주문 을 받고 찻잔을 손님에게 날라다 주는 일은 지금은 없어진 풍경이다. 카운터 있는 곳에서 주문을 하면서 돈을 지불하고 번호표를 받고 차가 나올 때까지 테이블로 가서 기다려야하는 것이 요즘 카페의 풍경이다. 헌데 등나무 찻집은 시스템 자체가 달랐다. 손님 대접을 받는 기분이 들 것 같았다.

얼마 전에 란주의 엄마가 여고 동창을 카페에서 만나고 와서 잔뜩 불평을 늘어놓았다. 다리도 시원찮은데 그놈의 찻잔 들고 왔다 갔다 하려니까 힘들어. 요즘 세상엔 늙은 사람들 어디 한가하게 앉아서 차 한 잔 마실 데가 없구나. 또 찻잔은 왜 그렇게 무겁냐! 잘못 걷다가는 찻잔 들고 넘어지겠더라. 엄마 힘 들면 안 가면 되겠네요. 라고 엄마의 푸념에 란주가 한마디 던졌다. 어머! 애가 말하는 소리하고는. 늙었다고 분위기도 향수도 없는 줄 아니? 나이가 들면 들 수록 추억은 더 많아지는 거야. 이것아. 여기 와서 보니까 그 때 엄마의 불평을 알 것만 같다. 등나무 찻집이 옛날 운영 방식을 그대로 하고 있는 것도 이해가 갔다. 엄마가 이런 찻집이 있는 줄 알면 무척 좋아할 것 같다. 어쩌면 지혜로운 장사의 방법인지도 모르겠다.

  카운터에 앉아있는 서혜희는 란주에게 눈길 한 번 주지 않았다. 문을 열고 들어왔을 때 분명 란주를 보았을 것이다. 그럼에도 서혜희는 모른 척 하고 있다. 란주는 가방에서 메모지와 볼펜을 꺼냈다. 잠깐만 시간을 내 주셨으면 합니다. 꼭 부탁드립니다. 라고 적었다. 잠시 후 주문한 차를 가져온 여자 종업원에게 카운터에 계시는 사장님에게 전해 달라고 부탁을 했다. 여자 종업원은 곧장 서혜희에게로 걸어갔다. 란주는 메모지가 전달되는 것을 눈여겨 살폈다. 메모지를 읽은 서혜희의 표정이 묘하게 일그러지는가 싶더니 곧 상냥한 얼굴로 되돌아갔다. 허나 여전히 란주에게는 눈길을 주지는 않았다. 란주는 나도 현재 등나무 찻집에서 차를 마시고 있는 손님인데 너무한 것 아닌가 싶었다. 아무튼 아쉬운 쪽은 이쪽이니까 서혜희가 시간을 내 줄 때까지 기다리기로 했다. 차를 거의 다 마셨을 때야 서혜희는 란주 앞으로 걸어왔다. 카운터에는 다른 여자가 있었다.

  "기다리게 해서 미안해요. 란주씨. 카운터를 비울 수가 없어서요."

  생각보다 서혜희의 표정은 부드러웠다.

  "저야말로 연락도 드리지 않고 불쑥 찾아와서 죄송합니다."

  란주는 진심을 담은 목소리로 차분하게 말을 했다. 서혜희는 란주의 맞은 편 의자에 앉았다.

"차맛이 참 좋네요."

"차맛이 좋다니 감사합니다."

서혜희가 웃음을 머금은 눈으로 대답을 했다. 그리고 침묵이 이어졌다. 고우슬의 연락처를 알려달라고 하면 서혜희가 어떤 반응을 보일지 란주는 갑자기 두려워졌다. 다행스럽게도 서혜희가 먼저 말을 했다.

"무슨 일로 절 보자고 하셨는지요?"

"고우슬씨 때문입니다."

순간 서혜희의 표정이 금세 굳어졌다.

"고우슬 얘기라면 이미 끝난 것 아닌가요?"

목소리가 깐깐했다.

"서 여사님께서는 끝났는지 모르겠지만 저는 아닙니다. 왜냐하면 고우슬 씨가 죽은 사람이라고 생각하지 않으니까요."

"그건 왜죠?"

서혜희 눈빛이 잠간 흔들렸다.

"제 안에 있는 영혼의 느낌 때문입니다. 영혼이 알려주는 그런 느낌이죠. 말하자면 강한 영감이라고 할 수 있겠군요."

자신 있게 말을 하고 난 란주는 스스로도 놀랐다. 생각하지도 않았던 말이 술술 튀어나왔기 때문이었다. 여기서 영혼이라는 말이 왜 나왔는지 모르겠다.

"그렇다면 란주씨 영혼한테 물어보면 되겠군요. 그런데 상상력의 비약이 너무 지나치신 것 같네요."

서혜희는 어이가 없다는 얼굴로 자리에서 벌떡 일어났다.

"란주씨가 고우슬에 대하여 왜 이렇게 집착하는지 모르겠지만, 고우슬은 분명히 이 세상에 존재하지 않습니다. 괜한 헛수고 하지 마세요. 소용없는 일이에요. 그럼 저는 이만 실례하겠어요."

강한 어조로 말을 한 서혜희는 빠르게 입구 쪽으로 걸어가 밖으로 나가버렸다. 역시 예상한 대로였다. 서혜희가 쉽게 입을 열지는 않을 것이라고 말이다.

카운터에서 찻값을 계산하고 등나무 찻집을 나오는데 가슴이 서늘했다. 즉시 따라가서 서혜희를 붙들지 못한 것이 후회스러웠다. 이미 서혜희는 보이지 않았다. 정원의 한복판에서 조금 전 서혜희가 올라갔을 이층을 올려다보았다. 거실로 보이는 넓은 유리문에는 아이보리색 망사 커튼이 길게 드리워져 있다. 이러려고 온 것이 아닌데. 란주는 이 층으로 올라가 현관문을 두드리고 싶은 것을 간신히 참았다. 어떻게 해야 그녀를 설득할 수 있을까. 태도가 저토록 완강한데 방법이 떠오르지 않았다.

허탕을 치고 돌아온 란주를 향하여 진 선배는 목소리를 높였다. 제발 정신 차려라. 이름도 없는 여자의 책을 내서 어쩌려고? 너 요즘 나사가 빠져도 한참 빠진 것 같다. 그렇잖아도 일거리가 줄어들어 죽을 지경인데. 자칫 잘못하다가는 출판사 문 닫겠다. 미래가 아닌 지금 당장.

백번 옳은 말인 것 같다. 그런데 알 수 없는 것은 란주의 머릿속이었다. 진 선배의 심한 질책에도 불구하고 란주는 고우슬이 살아있다는 강한 예감을 떨쳐 버릴 수가 없었다.

재회

이층 현관문을 여는데 가슴 한 쪽이 써늘해 왔다. 혜희는 주방으로 가서 생수 한 컵을 마셨다.

"혜희야 너 많이 피곤해 보인다. 푹 좀 쉬어라. 여긴 계속 내가 있을 테니까."

조금 전 카운터를 교대할 때 신애가 걱정스러운 목소리로 말을 했다. 채란주가 보낸 메모지를 읽는 순간 피로가 확 몰려왔다. 고우슬의 일로 왔구나. 이상하게도 채란주가 다시 찾아올 것 같은 예감이 계속 들긴 했었다. 그래도 이렇게 빨리 찾아올 줄은 몰랐다. 채란주는 고우슬이 살아있다고 확신을 하는 얼굴이었다. 고우슬은 이 세상에 있지 않다고 강하게 말했지만 전혀 믿지 않는 눈치였다. 찜찜하기 짝이 없다. 분명 언젠가 또 느닷없이 들이닥칠 것이다. 단단한 동공이 쉽게 포기할 여자가 아님을 느끼게 했다. 차라리 수웅에게 고백을 할까? 채란주의 출판 계획을 막아

달라고 말이다. 잠시 그런 생각을 하다가 혜희는 고개를 저었다. 감쪽같이 속인 그리고 현재도 속이고 있는 혜희를 수웅이 이해를 할지 의문이었다. 그래. 만약 또다시 채란주가 나타나면 아예 아는 척을 하지 말자. 지치면 포기하겠지. 그렇게 마음을 먹자 혜희는 머릿속이 훨씬 편안해졌다. 혜희가 쉬기 위하여 긴 소파에 누우려는데 휴대폰이 소리를 냈다. 휴대폰을 집어들었다. 열어보니 김우헌이라는 사람의 메시지가 떴다.

'혜희씨 오랜만입니다. 그동안 육년이란 시간이 흘렀군요. 집으로 돌아온지 한 달 쯤 되었습니다. 이 문자를 받는 분이 서혜희 씨가 맞다면 답을 보내주기 바라오. 김우헌.'

'김우헌! 갑자기 머리에서 파도가 출렁거렸다. 잊어버리고 있던 이름이었다. 아니 가끔은 기억 속에 매달려 있기도 한 이름이었다.

남편의 장례식을 치르고 몸과 마음이 피폐 할대로 피폐해져 있는 혜희를 우헌이 만나자고 했다. 할 말이 있다고. 꼭 이 말은 하고 떠나고 싶다고. 떠나다니! 대체 어디로 그가 간단 말인가? 설마 아내를 따라 죽으러 가는 것은 아니겠지. 혜희는 바닷가 모래사장으로 달려갔다.

"난 아내의 영혼을 찾아 떠날 것이요."

우헌의 음성은 단호했다. 혜희는 전율했다. 형체도 없는 영혼을 찾아 떠나겠다니. 도대체 이 남자가 지금 제정신인가!

"과연 영혼이라는 존재를 이 세상에서 만날 수 있을까요?"

혜희는 입안에 들어있는 모래를 씹어 뱉듯 쓰디쓴 목소리로 물었다.

"난 꼭 찾고 말겠소. 지구 끝까지 가서라도 아내의 영혼을 만날 것이오."

지구 끝이라고? 혜희는 우헌이 말하는 지구 끝이 어디쯤인지, 도무지 짐작이 가지 않았다. 아무리 아내에 대한 사랑이 깊었다 해도 이건 말이 되지 않는다. 이 세상 어느 곳으로 간들 절대로 아내의 영혼은 만나지 못할 거예요. 영혼은 땅에 존재하지 않으니까요. 입속까지 치밀어 오르는 그 말을 혜희는 간신히 삼켰다. 우헌은 다시 힘주어 말을 했다.

"아내의 영혼은 분명히 어디선가 내가 오기를 기다리고 있을 것이오."

밤바다는 검은 먹물을 풀어놓은 것처럼 어두웠다. 그러나 광안대교에서 흘러 내리는 불빛은 더없이 아름다웠다. 다리 위를 지나가는 자동차들의 라이트는 노란 해바라기 꽃이 되어 끝없이 이어지고 있었다. 저 멀리 수평선에서 불어오는 바람은 축축했다. 축축한 바람의 끝자락에는 초여름의 바다 냄새가 물씬 묻어 있었다.

"우리는 꼭 만날 것이오."

우헌은 또다시 한 번 힘주어 말했다. 어둠 탓에 그의 눈빛을 볼 수 없는 것이 유감이었다.

"부디 성공하시길 바랍니다."

우헌이 제정신이든 아니든 상관없었다. 중요한 것은 아내에 대한 그의 진실한 마음이었다. 혜희는 그를 붙들 수도 붙잡아서도 안 된다고 생각했다. 떠나 는 것은 그의 자유고 권리였다. 지금 우헌을 떠나보내면 어쩌면 영원히 만날 수 없을지도 모른다. 가슴이 물처럼 젖어왔다. 그러나 혜희는 담담한 척 먼저 작별의 손을 내밀었다. 우헌은 혜희가 내민 손을 가만히 잡았다.

잠시 후 우헌은 잡고 있던 혜희의 손을 조용히 놓았다. 그리고는 말없이 돌아섰다. 혜희의 오른손에는 우헌이 남긴 따뜻한 손의 체취가 슬픔의 흔적처럼 남아 있었다. 등을 보인 우헌은 재빨리 모래사장을 빠져나갔다 곧 그의 모습은 어둠 속에 묻혀버렸다. 그것이 김우헌이라는 사람과의 마지막 만남이었다.

김우헌과 바닷가 모래사장에서의 이별 대화가 좀 유별났다면, 그들의 만남 또한 평범하지는 않았다.

겨울 하늘이 진회색으로 무척 흐려있던 어느 일요일 저녁 무렵이었다. 저녁식사 준비를 끝낸 혜희는 다급한 목소리의 전화 한통을 받았다. 하준호 씨가 교통사고로 경성병원 응급실에 있으니 빨리 와달라는 전화였다. 교통사고로 응급실이라니. 혜희는 가슴이 철렁 내려앉았다.

　남편은 아침식사를 끝내자마자 급히 문상을 가야한다면서 차를 몰고 나갔다. 혜희가 서둘러 경성병원 응급실에 도착했을 때 남편은 거의 시신 상태였다. 남편 옆 침상에 누워있는 여자도 마찬가지였다. 여자의 남편인 듯한 남자가 사색이 된 얼굴로 무어라고 큰소리로 말을 하는데 혜희는 도무지 무슨 말인지 알아들을 수가 없었다. 그가 김우헌이었다.

　며칠 후, 협상을 하기 위하여 혜희와 우헌은 경성병원 바로 옆에 있는 커피숍에서 만났다. 경사진 삼복도로에서의 추돌 사고였다. 늦은 오후였고 희끗희끗 눈발까지 날리기 시작한 시간이었다고 했다. 두 사람 모두 산소 호흡기를 부착해야할 만큼 중상 중의 중상이었다.

　"김우헌이라고 합니다."

　"서혜희입니다."

　인사를 한 두 사람은 막상 그 어떤 말도 서로 끄집어내지 못했다. 말이 협상이었지 사고를 낸 장본인들은 둘 다 목숨이 경각에 달려 있다. 그들의 보호자로 만난 두 사람도 몸과 마음이 탈진되어 있었다. 그런 상태에서 사실 협상 이라는 그 말 자체가 웃기는 소리였다.

　오랜 침묵이 흐른 다음 내린 결론은 이 사건은 없었던 걸로 하자는 것이었다. 우헌이 먼저 제안을 했고, 혜희는 두말없이 동의

했다.

  수술 후 두 사람은 곧바로 중환자실로 옮겨졌다. 두 사람 다 여전히 의식불명의 상태로 산소 호흡기에 의존해야 했다.

  경성병원의 중환자실 면회는 하루에 두 번씩 정해진 시간에만 환자를 볼 수 있었다. 혜희도 우헌도 매일 빠지지 않고 피가 마르는 심정으로 중환자실을 드나들었다. 면회시간이 끝나고 병원을 빠져나오면, 두 사람은 누가 먼저랄 것도 없이 근처의 커피숍으로 갔다. 그들은 차를 마시면서 서로를 위로하곤 했다. 동병상련의 혹독한 아픔 때문이었다.

  우헌의 아내와 혜희의 남편은 죽음도 두 달 후에 같은 날 찾아왔다. 우헌의 아내는 오전에, 혜희의 남편은 해질 무렵이었다. 그날은 하루 종일 굵은 비가 내렸다. 주룩주룩 쉬지 않고 내렸다. 그리고 한 달 뒤, 우헌은 혜희에게 이별을 고하고 이 도시를 떠났다.

  혜희는 우헌에게서 온 문자 메시지를 다시 헌 번 확인을 했다. 그리고 육 년이 넘도록 단 한 번도 소식이 없는 사람의 휴대전화 번호를, 지우지 않고 저장 상태로 그대로 두고 있었던 자신의 심정이 새삼 의문스러웠다. 잊고 있었다. 다시는 얼굴을 대할 일이 없을 것이라고 생각한 사람이었다. 그런데 가슴 한 편에 잔잔한 물결이 일었다. 혜희는 우헌이 떠난 밤의 축축했던 모래사장을 떠올리면서 답을 보내기로 했다. 김우헌이 어디를 돌아다녔는지 궁금했다. 더더욱 궁금한 것은 과연 그가 그토록 사랑했던 아내의 영혼을 만났는가,였다. 돌아오셨다니 반갑다는 답을 보냈다. 곧 문자가 떴다. 아픔의 시간들을 어떻게 헤쳐 나왔는지, 우리 만나서 서로 이야기를 나누자는 내용이었다.

다음날, 우헌을 만나기 위하여 집을 나서는데 혜희의 가슴이 자꾸만 젖어왔다. 마음속에 내리고 있는 비 때문인지도 알 수 없었다.

바닷가의 카페에 들어서니 우헌은 먼저 와서 기다리고 있었다. 혜희를 본 우헌은 오른팔을 높이 들었다.

"건강하게 살아계셨군요."

혜희가 맞은편 의자에 자리를 잡자 우헌은 활짝 웃으면서 먼저 말을 했다. 우헌의 얼굴은 혜희가 생각했던 것보다 훨씬 더 편안해 보였다. 그러나 눈동자에는 고독의 그림자가 짙게 박혀있었다.

"이렇게 무사히 돌아오셨으니 정말 반가워요,"

혜희는 진심으로 말했다. 우헌이 떠돌아다닌 세월동안 아무런 사고를 당하지 않고, 무사히 집으로 돌아온 것에 대한 고마운 마음에서였다. 졸지에 배우자를 떠나보냈던 두 사람이었다. 그러니까 그들에게 생존 문제는 절실했다. 혜희는 같은 아픔을 겪은 우헌이 이렇게 멀쩡하게 살아 돌아온 것이 너무나 고마웠다.

"어디를 갔다 오셨는지 매우 궁금하네요."

혜희의 물음에 우헌은 차부터 시키자고 했다. 그들은 아메리카노를 한 잔씩 마시고 카페를 나왔다. 우헌은 한걸음 앞서 모래사장 쪽으로 걸어갔다. 곧 그들은 모래사장 위에 나란히 섰다. 혜희의 눈짐작으로 육년 전, 우헌과 작별했던 그 장소 같았다.

먼 수평선에 저녁노을이 찬란하게 피어오르고 있었다. 바다가 붉게 물들어가는 모습은 참으로 아름다웠다.

"부인의 영혼은 만났나요?"

결국 혜희는 제일 궁금한 것을 묻고 말았다. 우헌은 아무런 대답 없이 여전히 수평선에 눈을 주고 있었다.

"만났었기 때문에 집으로 돌아오신 것 아닌가요?"

혜희가 재차 물었다.

"만나진 못했어요. 하지만 다른 방법으로 만났죠."

"어떤 방법으로요?."

혜희의 목소리에는 호기심이 잔뜩 묻어있었다.

"글쎄요. 지금 말할 순 없어요. 방랑객이 되어 많은 곳을 다녔어요. 만날 때마다 하나씩 얘기를 해드리지요. 우리 오늘은 저녁식사나 맛있게 먹읍시다. 무사히 이 도시에 돌아온 기념으로 내가 저녁을 살게요."

너무나 차분한 우헌의 태도에 혜희는 더 이상 물어볼 수가 없었다. 대체 무엇이 이 남자를 이런 여유 있고 편안한 모습으로 만들었을까. 아내의 영혼도 만나지 못했다면서. 고통스러워 금방 죽을 것 같은 얼굴로 이 도시를 떠난 남자가 아니었던가.

"식당으로 갑시다. 가서 저녁밥 맛있게 먹읍시다."

발갛게 불타던 수평선의 저녁노을이 조금씩 스러지고 있었다. 우헌은 다시 한 번 식사를 하러가자고 재촉을 했다.

근처에 있는 식당 골목길을 걸어가면서, 혜희는 앞으로 우헌과는 몇 차례 더 만나질 것 같았다. 그래야만 육년 동안의 그의 행적을 들을 수 있겠다 싶었다.

우헌과 헤어져 집으로 돌아오니 이층 거실에는 불이 밝혀져 있었다. 신애가 바로 집으로 퇴근하지 않고 이층으로 올라간 모양이다. 가끔 신애는 퇴근 후 집으로 가지 않고, 이층 거실로 올라와서 혜희와 이런저런 대화를 나눈 후 돌아가기도 했다. 카운터를 교대로 맡아야 하는 그녀들이다. 그러니 찻집 안에서는 속내를 털어놓는 이야기를 할 수가 없었다. 주로 마음이 심란할 때 신애는 이층 거실로 올라왔다. 혜희가 현관문을 열고 들어서자 신애는 거실 유리문 앞에서 서성이고 있었다. 왜 소파에 앉아 있지 않고 거기 서 있느냐고, 혜희가 의아스러운 눈으로 물었다.

"너 오는 모습 보려고."

신애의 표정이 처연했다.

"내 모습이 내 모습이지 뭐 별다른 게 있겠어. 나 옷 갈아입고 나올게. 잠깐만 기다려."

혜희는 방으로 들어가서 편한 복장으로 갈아입고 다시 거실로 나왔다.

"그 사람 어땠어?"

신애가 먼저 물었다. 신애는 혜희와 우헌이 어떻게 만나고 헤어졌는가를 혜희에게 들어서 잘 알고 있었다.

"모르겠어. 어디를 갔다 왔는지도 말하지 않았고, 내가 어떻게 살고 있는지도 묻지 않았어. 얼굴은 상당히 편안해 보였어. 눈빛은 고독해 보였지만."

"그랬구나. 그런데 앞으로도 계속 만날 거니? 그 사람."

신애는 따지듯이 물었다. 평소의 신애답지 않았다.

"나도 잘 모르겠어. 꼭 만나야할 이유가 있는 사람은 아니니까."

그것은 사실이었다. 앞으로 혜희가 꼭 우헌을 만나야할 이유는 없었다.

남편의 교통사고 때문에 만난 사람이었고, 그 사건은 오래 전에 이미 끝이 났다. 더욱이 혜희가 우헌에 대해서 아는 것이 거의 없었다. 바닷가의 좋은 아파트에 살고 있다는 것 말고는 아무것도 알지 못했다. 무엇을 하고 사는 사람인지조차 모른다. 안개 같은 사람이라고 생각했는데, 오늘도 그 느낌은 마찬가지였다. 그럼에도 불구하고 혜희는 앞으로 만나지 않을 것이라는 말을 신애에게 던질 수가 없었다. 같은 시기에 함께 똑같은 아픔을 겪은 사람이었다. 그런 탓에 혜희의 심정이 예사로울 수는 없었다.

"널 기다리고 있었던 건 사실 너한테 하고 싶은 말이 있어서야."

신애가 화제를 돌렸다. 우헌을 만난 소식이 궁금해서만은 아니었구나. 신애의 마음을 심란하게 하는 그 무엇이 있었구나.

"말해봐. 어떤 일로 마음이 심란해졌는지?"

혜희는 조용히 물었다. 신애는 선뜻 대답을 하지 않았다. 잠시 침묵이 흐른 뒤, 신애가 조심스러운 목소리로 말을 했다.

"혜희야, 나 없어도 찻집 너 혼자서 할 수 있겠니?"

대체 이게 무슨 날벼락 같은 소리란 말인가. 혜희는 신애와 함께가 아닌 찻집 영업은 생각 할 수도 없었다.

"너 없이 나 혼자서 어떻게 찻집을 해. 대추차, 유자차, 생강차, 쌍화차는 누가 만들고. 나 음식솜씨 별로인 것 네가 잘 알잖아. 신애 너 갑자기 왜이래? 나한테 뭐 섭섭한 거라도 있니?"

당황한 혜희의 목소리가 커졌다.

"그런 것 아니야. 너한테 섭섭한 것 하나도 없어."

"그럼 무슨 일인데?"

"혜희야 사실은 얼마 전에 재혼 중매가 들어왔어."

"뭐 중매라고?"

혜희는 귓속이 먹먹해졌다. 지금까지 재혼이라는 단어를 단 한 번도 생각해 본 적이 없었다. 신애도 그런 줄 알았다. 혜희에게 찻집을 하자고 부추긴 것도 신애였다. 혜희는 기가 막혀서 더 이상 말을 이을 수가 없었다. 신애는 주방으로 가서 생수를 한 컵 마신 뒤에 마음을 털어 놓았다.
　열흘 전쯤이었다. 신애와는 다른 교회에 다니고 있는 조 권사가 전화를 걸어왔다. 조 권사는 오래전부터 신애와는 잘 아는 사이였다. 주일 오후 예배를 마치고 집으로 와서 쉬고 있을 때였다. 조 권사는 신애에게 혹시 재혼할 생각이 있느냐고 물어왔다. 생각지도 않고 있는 뜻밖의 물음이었다. 그래서 신애는 재혼에 대해서 생각해 본 적 없다고 처음에는 정중하게 거절을 했다. 그런데 상대방 남자의 조건을 들어보니 마음이 흔들리기 시작했다. 조권사가 다니는 교회의 장로인데 아내와는 삼년 전에 사별을 했다. 장로는 재혼을 하지 않고 혼자 살려고 했는데, 불편한 점이 많아 최근에 생각이 바뀌었다면서 조 권사에게 중매를 부탁했다는 것이다. 장로는 조권사의 집안과도 잘 아는 사이였다. 거절할 처지도 아니고 해서 홀로된 좋은 여자를 한번 찾아보겠다고 말했다. 그 때 문득 머릿속에 신애가 떠오르더라는 것이었다. 먼저 조 권사는 장로에게 신애의 형편을 숨기지 않고 이야기를 했다. 남매가 아직 중, 고등학교 학생들이라고 하니까 그 나이에는 그런 또래의 자녀들이 있는 것은 당연하다. 크리스천으로서 믿음으로 바르게 살아가는 건강한 여자라면 상관없다. 아이들 공부는 원하는 데까지 책임지고 시켜주겠다. 자녀가 있는 건 나도 마찬가지다. 장로의 자녀들은 모두 세 명이다. 위로 두 아들은 결혼하여 각각 미국과 캐나다에 살고 있다. 현재 막내인 딸이 장로와 함께 살고 있다. 헌데 딸이 곧 결혼을 한다. 그래서 딸이 아버지의 재혼을 적극 권유했다는 것이었다. 장로의 딸도 결혼하면 남편을 따라 외국으로 떠난다는 것이었다. 보다 중요한 것은 장로가 인품도 좋고 상당한 재력가라는 사실이었다. 며칠 후, 조 권사는 신애에게 다시 전화를 걸어왔다. 찻집 하느라고 고생하지 말고 재혼해서 좀 편하게 살아라고 거듭거듭 권했다. 그때부터 신애의 마음에 갈등이 일어났다. 남편을 보내고부터 경제가 얼마나 중요한 것인가를 깨닫게 되었다. 생활은 돈과의 연결이었다. 혜희와 절반씩 나누어가지는 찻집 수입은 그렇게 많지 않았다. 은행에 대출받은 이자를 내고 남매의 뒷바라지와 먹고 살 수 있는 정도였다. 저축은 할 수가 없었다. 두 남매의 남아있는 학업과 결혼 문제를 생각하면 머리가 무거웠다. 찻집을 해서 부자가 된다는 것은 어떤 이변이 일어나지 않는 이상, 멀고 먼 나라의 이야기였다. 어차피 늙어지면 찻집에서도 손을 떼야한다. 노후를 생각하니 마음이 심란해졌다. 신애의 진솔한 고백을 듣자 혜희는 신애의 심정이 충분히 이해가 되었다. 신애의 가장 약한 부분은 물질이 아닌가. 그것을 인품 있는 남자가 채워주겠다는데 마음이 흔들리는 것은 당연한 것이다. 혜희는 남편과 백년해로를 하지 못하고 홀로되어, 재혼 문제를 언급해야 하는 그녀들의 처지에 마음이 서글퍼졌다. 만약 신애가 찻집 일을 그만두면 혜희는 혼자서 꾸려나갈 자신이 없었다. 그렇다고 신애에게 재혼을 하지 말라는 말을 할 수도 없었다. 신애도 어찌해야 좋을지 갈등이 되고 너무 답답하니까 혜희에게 말을 했을 것이다.

"나 때문에 너까지 심란하겠구나. 집에 가서 고민해 볼게. 가야겠다."

신애가 소파에서 일어나면서 말했다. 혜희는 대문 앞까지 신애를 따라갔다.

가로등 불빛을 받고 골목길을 걸어가는 신애의 뒷모습이 너무 쓸쓸해 보였다. 혜희는 무너질 것 같은 마음으로 이층으로 올라왔다. 신애가 장로와 재혼을 해서 등나무 찻집을 떠날 것 같은 예감이 자꾸만 머릿속으로 돌아다녔다. 남편이 없는 여자들은 이런 일도 닥치는 구나. 혜희는 울컥하고 목울음이 터질 것 같았다.

그런데 혜희의 우려와는 달리 다음 날 신애는 의외로 상큼한 얼굴로 나타났다. 의상도 한껏 멋을 부린 차림새였다. 그러잖아도 동안인 신애의 얼굴인데 밝은 옷차림 탓인지 훨씬 더 젊고 여유로워 보였다. 혜희는 신애가 어떤 결정을 했기에 저런 표정일까. 궁금하기 짝이 없었다. 어젯밤 혜희는 신애가 재혼을 하고, 등나무 찻집을 그만 둘 것이라는 생각 때문에, 너무 심란하여 제대로 잠도 잘 수가 없었다.

"혜희야, 나 결정했어."

장사를 할 모든 준비를 끝낸 신애가 밝은 목소리로 말을 했다. 아직 첫 손님이 오지 않아서 둘이서 얘기하기에는 딱 좋았다.

"나 재혼 안 하기로 결정했어. 재혼 마음 완전하게 접었어."

어제 늦은 밤에 집에 도착한 신애는 마음이 복잡해서 눈을 감아도 잠이 오지 않았다. 내일까지는 조 권사에게 확답을 해주어야 한다. 장로와 재혼을 해서 물질의 풍부를 누리면서 살자는 마음과, 돈이 좀 부족해도 이대로 살아야겠다는 생각이 교차되어 무척 혼란스러웠다. 그러다가 새벽이 가까울 무렵 성경을 펼쳤다. 눈에 고린도 후서 4장 19절 이 들어왔다.

'우리의 돌아보는 것은 보이는 것이 아니요 보이지 않는 것이니 보이는 것은 잠깐이요. 보이지 않는 것은 영원함이라' 라는 구절이었다. 이 말씀은 깊은 울림으로 신애의 가슴에 와 닿았다. 매일 성경을 읽지만 이런 깊은 느낌은 처음이었다. 그래, 잠깐 보이는 것보다 보이지 않은 영원한 것으로 살자. 남매를 위해서라도 복잡한 일은 만들지 말자. 아이들 가슴에 찬 서리를 내리게 할 수는 없어. 재혼을 접기로 결정을 하고 나니까 신애의 마음이 오히려 편안해지기 시작했다. 생각은 오래 했지만 결정은 순간적이었다. 아침에 출근하기 전에 신애는 아주 정중하게 재혼할 생각이 없다는 문자를 조 권사한테 보냈다.

"며칠 동안 검은 안개 속을 헤매고 헤매다가 온 느낌이야."

신애가 막연한 눈빛으로 말을 했다. 혜희는 재혼을 접은 신애가 반가우면서도 한편으로는 가슴이 시려왔다. 신애 그 마음이 역시 혜희 자신의 마음이 아니겠는가. 똑같은 일을 당한다면 말이다.

"혜희야 우리 남은 삶의 노를 세차게 한 번 저어보자. 강하고 담대한 마음으로."

신애는 아무 일도 없었던 것처럼 담담하게 말했다. 혜희는 눈물이 나오려하는 것을 겨우 참고 고개를 크게 끄덕였다. 신애의 재혼 얘기는 홀로된 중년의 한 여자에게, 잠시 불어온 실바람 같은 것이었다.

첫 손님들이 들어오자 그녀들의 대화도 끝이 났다.

란주는 정원의 등나무 아래 벤치에 앉았다. 서혜희를 처음 만났을 때 앉았던 자리였다. 바로 등나무 찻집 안으로 들어가려다가 등나무 밑으로 발길을 돌렸다. 일단 숨고르기를 해야 했다. 어쩌면 오늘의 방문이 마지막이 될지도 모르는 일이었다. 삼고초려의 마음으로 찾아오긴 했지만 쉽지 않을 것 같다. 오늘도 서혜희가 고우슬의 연락처를 알려주지 않는다면, 란주로서도 더 이상 어떻게 할 방법이 없는 것이다. 포기할 수밖에 없다. 란주는 고우슬이 죽었다는 사실이 믿기지 않는 자신이 문제라는 생각이 들기도 했다. 고우슬이 이 세상에 없다는 사실이 왜 이렇게 믿어지지 않는지 도무지 알 수가 없었다. 진 선배한테는 아무 말도 하지 않고 사무실을 나와 버렸다. 싫은 소리를 할 것이 뻔하기 때문이었다.

조금 전 장미의 골목길을 걸어오는데 그토록 아름다움을 자랑하던 빨간 장미꽃들은 한 송이도 보이지 않았다. 주택들의 담장에는 진초록 잎들만 무성했다. 하긴 계절이 칠월이니 장미를 볼 수 없음은 당연하다. 등나무 찻집 정원의 담장에도 역시 진초록의 잎사귀들뿐이었다. 그런데 장미의 향기가 사라진 대신, 담장 밑에는 여러 그루의 보라와 흰색의 수국들이 활짝 피어있다. 화려하지도 그렇다고 초라하지도 않은 수국의 수수한 아름다움이 정원의 주인인 서혜희를 닮았다는 생각을 하면서 란주는 벤치에서 일어났다.

등나무 찻집 문을 열고 들어서려는데 입구의 문 앞에서 서혜희와 마주쳤다.

"그동안 안녕하셨어요?"

란주가 공손한 자세로 먼저 인사를 했다.

"네, 란주씨도 잘 지내셨나요?"

의외로 서혜희의 음성은 매우 부드러웠다. 두 여자는 누가 먼저랄 것도 없이 함께 등나무가 있는 곳으로 걸어갔다.

"고우슬 때문에 또 왔군요."

서혜희가 먼저 말을 했다.

"그렇습니다. 제발 고우슬씨의 연락처를 부탁드립니다."

란주는 간절한 목소리로 애원하듯 말했다.

"란주씨 제가 똑같은 말을 또 해야겠군요. 분명히 말하지만 고우슬의 연락처는 없습니다."

서혜희는 란주가 참으로 딱하다는 눈빛이었다.

"저는 믿기지가 않습니다. 그 분이 현재 이 세상에 없다는 사실 말입니다."

"그렇다면 채란주씨가 스스로 찾아보세요. 그게 제일 정확하겠네요."

서혜희의 말투로 보아 오늘도 고우슬의 연락처를 알아내기는 틀린 것 같았다.

"스스로 찾아보라고 하셨나요?"

"네, 스스로요. 제 말을 믿을 수 없다니까요."

고우슬의 연락처를 스스로 찾아보라는 서혜희 말에 란주는 난감해졌다. 그리고 헷갈렸다. 지난번과는 달리 변함이 없는 서혜희 표정 때문이었다. 얼굴도 굳어지지 않았고 음성도 날카로워지지 않았다. 란주는 더 이상 어떤 말도 할 수가 없었다. 생각해보겠다. 찾아와 괴롭혀서 미안하다는 말을 던지고 란주는 정원을 벗어났다. 서혜희가 대문 앞까지 뒤따라왔다.

"채란주씨!"

몇 걸음 옮겼던 란주는 돌아섰다.

"고우슬의 연락처를 찾는 건 아마도 많이 힘들 겁니다. 차라리 포기하는 편이 현명할 것 같은데요."

서혜희가 걱정스러운 눈빛으로 말했다.

"그건 제가 알아서 판단할 문제인 것 같군요. 서 여사님."

란주는 못을 박듯 단단한 음성으로 말하고는 다시 걷기 시작했다. 어떻게 해야 할 지 머릿속이 혼란스러웠다. 이쯤에서 포기를 해야 할지 아니면 직접 고우슬을 찾아 나서야 할지, 란주로서도 도무지 알 수가 없었다. 여기서 포기해버리면 그만인 것을. 포기하지 못하는 자신이 오히려 이상했다. 바보같이. 장미의 골목길을 빠져나와 택시를 잡아타려는데 란주는 너무 속이 상하여 눈물이 나왔다. 고우슬을 포기하지 못하는 자신의 마음 때문이었다.

이층으로 올라온 혜희는 마음이 편하지가 않았다. 장미의 골목길을 힘없이 빠져 나가던 채란주의 모습 때문이었다. 미안하기도 했다. 헌데 그녀가 고우슬을 찾는 일에 왜 그토록 매달리는지 이해가 되지 않았다. 혜희를 보는 그 석연찮은 눈빛도 찜찜했다. 제발 이제는 란주가 고우슬을 완전히 포기했으면 싶었.

혜희는 현재 엮어가고 있는 소설도 탈고를 하면, 어떻게 할 것인지에 대해서는 한 번도 생각해 보지 않았다. 그냥 쓰고 싶어서 쓸 뿐이었다.

혜희는 란주에게 잠시나마 미안했던 마음을 털어내면서 안방으로 들어갔다. 오늘 저녁에는 우헌과 만나기로 약속이 되어 있다.

어제 우헌으로부터 전화가 걸려왔다. 카운터 교대를 하고 이 층으로 올라온 혜희는 거실 유리문 앞에 서서 정원에 내리고 있는 석양을 보고 있었다. 수국 위에 내려앉은 여름의 긴 석양은 부드럽고 온화했다. 우헌은 그동안 몇 가지 정리할 문제가 있어서 서울에 가 있었다고 했다. 마치 꼭 보고를 해야 하는 사람에게 보고를 하는 그런 말투였다. 내일 만나자는 우헌의 제안을 혜희는 거절하지 못했다. 우헌을 다시 만나야할 명확한 이유는 없었다. 그럼에도 혜희는 만날 약속을 했다. 신애는 바람도 쏘일 겸 만나라고 했지만 신애에게 미안한 마음이 드는 것 또한 사실이었다. 재혼을 포기한 신애는 더 열심히 찻집 일에 매달렸다. 혜희는 우헌과의 만남이 신애에게 어떤 기분을 줄지 걱정스럽기도 했다. 옷장 문을 열었다. 적당한 외출복을 고르다가 혜희는 조금 민망해졌다. 입고 나갈만한 옷이 선뜻 눈에 들어오지 않았다. 남편을 떠나보낸 이후 백화점이나 개인 브랜드의 의상가게에서 구입한 옷은 단 한 벌도 없었다. 집과 가까운 기성복이나 보세가게에서 중저가의 가격인 옷을 사 입었다. 백화점까지 나가기도 싫었지만 무엇보다도 금전적으로 여유가 없었다. 찻집에서 카운터를 볼 적에는 항상 단정하게 입었다. 신애도 그랬다. 그녀들은 의상 디자이너 출신답게 중저가의 옷들을 잘 소화 했다. 어떤 종류의 옷을 입어도 잘 어울렸다. 그래서인지 혜희는 의상에 대한 불편한 마음은 전혀 가져본 적이 없었다. 그런데 우헌과 두 번째의 만남이 될 오늘은 옷장 안에 걸려있는 옷들이 모두 촌스럽게 보였다. 유행이 지나도 한참 지난 옷들이 거의 절반 이상을 차지하고 있었다. 이 옷들이 갑자기 왜 촌스럽게 보이는 거지. 지금까지 잘 입었는데. 참 별일이라고 생각하면서 혜희는 피식 웃었다. 별 수 없이 걸려 있는 옷 중에서 골라야 했다. 혜희는 흰색 바탕에 작은 초록 잎 새들이 새겨진 반소매 원피스와 연초록색 니트 카디건을 골랐다. 괜찮아 보인다.

잠시 후 외출복으로 갈아입은 혜희는 상큼한 기분으로 집을 나섰다. 강렬했던 한 낮의 햇살이 조금은 수그러들고 있었다. 란주가 처진 어깨로 힘없이 걸어가던 모습이 예사롭지 않게 눈에 밟혔다. 제발 앞으로 다시는 란주를 만나는 일은 없었으면 좋겠다.

골목길을 벗어난 혜희는 지나가는 빈 택시를 탔다.

레스토랑 스카이에 들어서니 우헌은 첫 번째 만났을 때처럼 먼저 와서 기다리고 있었다. 혜희가 걸어오는 모습을 보면서 우헌은 환하게 웃었다. 그리고 보니 우헌도 의상에 신경을 좀 쓴 것 같다. 진회색 여름 슈트를 입고 있었다. 안에 입은 연한 하늘 색상의 셔츠가 우헌의 얼굴을 몇 살 정도 젊어보이게 했다. 이래서 아까 내가 그렇게 옷에 신경이 쓰였구나. 생각하면서 혜희는 속으로 웃었다. 우헌은 여전히 평온한 얼굴이었다.

"이 곳까지 오시느라 수고했어요."

"멀긴 좀 멀군요."

"다음엔 혜희씨 집과 가까운 곳으로 장소를 정합시다. 그런 의미에서 우리 식사부터 빨리 합시다. 점심을 가볍게 먹었더니 시장하군요."

우헌은 마치 매일 만나는 사이처럼 시원한 목소리로 말을 했다. 아마 우헌은 혜희와의 만남이 계속 이어질 것이라고 생각 하는 것 같았다. 우헌이 옆에 놓여있는 메뉴판을 혜희에게 내밀었다. 두 사람 다 비프 스테이크를 주문했다.

정말 시장했는지 우헌은 아주 맛있게 식사를 했다. 혜희는 양식을 좋아하는 편은 아니지만, 우헌이 먹는 모습을 보자 저절로 입맛이 당겼다. 우헌은 부지런히 칼질을 했다. 혜희는 우헌보다 먼저 포크와 나이프를 내려놓았다.

"이 집 스테이크가 입맛에 맞지 않소?"

말끔하게 쟁반을 비운 우헌이 남겨져 있는 혜희의 쟁반을 보면서 말했다.

"아니에요. 맛있어요. 원래 많이 먹지 못해요. 양이 좀 많군요. 저한테는."

"그래요. 그런데 혜희씨, 내가 아는 바로는 잘 먹는 사람이 건강합디다. 앞으로는 우리 뭐든 잘 먹도록 합시다."

"그럴게요."

혜희는 먹는 이야기에서 벗어나고 싶어서 쉬울하게 대답을 했다.

디저트로 나온 차를 마시고 그들은 밖으로 나왔다. 바다에는 이미 어둠이 짙게 내려앉아 있었다. 우헌은 밤바다를 좋아하느냐고 물었다. 혜희는 밤바다를 좋아하지도 싫어하지도 않는다고 대답했다.

"그렇군요. 혜희씨는 별로 좋아하지 않는군요. 나는 밤바다를 무척 좋아하는데. 밤바다를 보면 진실 같은 깊이를 느껴요. 인간의 슬픔도 괴로움도 그 어떤 불행도 모두 안아 감싸 줄 것 같은 끝없는 깊이를요."

진심으로 하는 우헌의 말에 혜희는 무어라고 말을 던질 수가 없었다. 다만 이 남자가 지금 어떤 문제 때문에 고뇌하고 있는지도 모른다는 생각이 들었다. 우헌은 차를 빼오겠다면서 스카이 레스토랑 주차장으로 빠르게 걸어갔다. 혜희는 우헌의 뒷모습을 보면서 아득한 기억 한 조각을 건져 올렸다.

그 시절에는 그랬다. 여자와 남자가 커피숍에서 만나 차를 마시고 식사를 하고 함께 걷거나 드라이브를 하는 것이 일방적으로 정해진 코스였다.

남편과도 그랬다. 두 사람 다 직장 생활로 바빴기 때문에 만남은 늘 퇴근 후에 있었다. 같이 밥 먹고 차 마시고 데이트를 했다. 만남 그 자체만으로도 행복했다. 그들에게는 결혼이라는 꿈이 있었기에. 함께 가꾸어 나갈 아름다운 미래가 있었던 것이다.

그런데 지금 우헌과의 만남은 어딘지 모르게 어색하고 조심스러웠다. 혜희는 찻집 일은 신애한테 떠맡기고, 왜 자신이 우헌을 만나고 있는지 알 수가 없었다. 복잡한 생각을 하고 있는 혜희 앞에 우헌의 승용차가 멈추어 섰다. 혜희는 말없이 차에 올라탔다.

"오늘은 혜희씨 댁까지 모셔다 드리죠. 거절하시면 안 됩니다."

우헌은 약간 강압적인 목소리로 말했다. 혜희는 대답 없이 묵묵히 앉아 있었다. 이미 우헌의 차에 탄 이상 호의를 거절할 수도 없었다. 우헌은 능숙한 솜씨로 운전을 했다. 자동차들의 흐름을 매끄럽게 따르던 우헌이 좌회전 차선으로 들어섰다.

"내가 왜 서울에 갔는지 혜희씨는 궁금하지 않소?"

좌회전 신호등이 바뀌기를 기다리면서 우헌이 조용히 물었다. 궁금했다. 우헌을 만나러 오는 동안 정말 궁금했다. 서울에는 왜 갔는지, 뭘 하는 사람인지, 새삼 궁금해 졌다.

"전혀 궁금하지 않았습니다."

혜희는 속마음을 숨기면서 무뚝뚝하게 말했다. 그 사이 좌회전 신호등이 초록으로 바뀌었다. 혜희의 대답이 마음에 들지 않았는지 우헌은 앞만 보고 운전을 했다. 차는 다시 어떤 골목길로 접어들었다. 천천히 차를 몰던 우헌은 가로등이 하얗게 불을 밝히고 있는 작은 공원 옆에 차를 세웠다.

"내려서 밤바람을 좀 쏘이고 갑시다. 여름 바람은 바닷가나 공원이 좋지요."

차에서 내린 두 사람은 공원의 벤치에 나란히 앉았다. 그들의 그림자가 불빛을 따라 흘러갔다. 두 사람의 어깨 위로 별빛이 속삭이듯 내려앉았다. 온갖 공해로 오염된 대도시의 작은 공원에서 밤하늘의 노란 별들을 볼 수 있다니, 혜희는 묘한 기분이 들었다. 높은 빌딩들이 이 동네에 없는 탓인가 보다. 헌데 그들이 앉은 벤치 옆으로 뻗어있는 싱싱한 무궁화나무들, 코에 스며드는 진한 무궁화 꽃향기가 낯익은 느낌이 들었다. 몇 번쯤 와본 것 같은 익숙한 냄새였다. 순간 혜희는 놀라서 소리를 지를 뻔 했다. 공원은 혜희의 집에서 한 블록 정도 떨어져 있는 주택가의 작은 마을 공원이었다. 이 동네 사는 사람들이 수시로 와서 쉬어가는 장소다. 여름이면 무궁화나무가 다른 수목들 사이로 꽃을 피우는. 밤이 아닌 낮이었다면 혜희는 금세 이 작은 마을 공원을 알아보았을 것이다.

우헌은 혜희에게 주소를 묻지도 않고 그녀가 살고 있는 동네로 운전의 방향을 정확하게 잡았다. 그렇다면 우헌은 혜희가 살고 있는 집도 알고 있을 것같았다. 혜희는 머릿속이 멍해졌다.

"내가 이 도시로 돌아오려고 결심했을 때, 제일 먼저 혜희씨 생각이 났어요. 어떻게 살고 있는지 염려가 되더군요. 그 엄청난 상처를 안고 여자 혼자 몸으로 세상 파도를 헤쳐 나가기가 쉽지 않을 텐데."

공원 숲의 나뭇잎들이 바람에 흔들림과 동시에 우헌이 침묵을 깨트렸다. 여자 혼자란 말에 혜희는 가슴이 시려 왔다. 과연 내가 어떻게 살아왔지? 그동안 신애와 같이 등나무 찻집을 오픈하고 오로지 손님 관리와 수입과 지출에 신경을 쓰면서, 살아온 것이 전부였다. 지금도 그렇다. 단 한 가지 위로가 되었다면 일찍 눈을 뜨는 미명이면 서재에 불을 밝히고 고우슬이 되어서 소설의 스토리를 엮어 나가는 것이었다. 소설 때문에 어쩌면 세상 파도를 파도라 여기지 않고 지금까지 살아온 것 같기도 하다. 그러나 우헌에게 할 수 있는 말은 아니었다. 아직 김우헌에 대해서 혜희가 확실하게 아는 것은 없다. 혜희는 갑자기 우헌의 신분이 의심스러웠다. 만약 이상한 직업을 가진 남자라면 오늘로서 만남을 끝내리라. 혜희는 마음속으로 다짐을 했다. 우헌은 다시 말을 이어갔다.

"내가 서울에 간 것은 건물을 처분하기 위해서였어요. 건물의 관리는 동생이 하고 있는데 팔겠다고 하니 어찌나 섭섭해 하든지. 하나 뿐인 동생인데 서로 마음이 상해서도 안 되겠고. 그래서 최상의 방법을 찾아서 연락을 하라고 했어요."

우헌은 집안일을 쉽게 털어놓았다. 혜희는 우헌이 그녀와는 아무런 상관이 없는 말을 왜 하는지, 도무지 이해가 되지 않았다. 영혼을 찾아서 나설 만큼 그토록 사랑했던 아내에 대한 이야기는 어째서 단 한마디도 언급을 하지 않는 것일까.

"왜 그런 말을 저한테 하시죠?"

혜희는 담백한 어조로 물었다.

"우린 이제 친구니까요. 나는 혜희씨가 앞으로 나의 좋은 벗이 었으면 해요. 속을 터놓고 기쁜 일 슬픈 일 무엇이든 이야기 할 수 있는 그런 친구 말이요."

우헌의 목소리에는 진심이 담겨 있었다. 사람이 세상을 살아 가면서 좋은 일이 있을 적엔 기뻐하고, 슬픈 일이 생기면 함께 슬 퍼하는 것이 얼마나 아름다운 일인가. 라고 하면서 서로 좋은 친 구가 되자고 재차 강조를 했다. 혜희는 묵묵했지만 정말 좋은 친 구가 될 수 있을지는 의문이었다.

"이제 일어납시다. 너무 오래 있으면 혜희씨가 피곤할 테니까요."

우헌이 먼저 벤치에서 일어났다. 밤이 늦어가는 데도 공원에 들어서는 사람들이 있었다. 더위 때문에, 자연바람으로 더위를 식히려고 공원을 찾아온 모양이다.

혜희를 태운 우헌은 정확하게 등나무 찻집 앞에 차를 세웠다. 혜희는 놀란 눈으로 우헌을 보았다. 공원에 갔을 때 이미 짐작은 했었다. 하지만 이렇게 확실하게 등나무 찻집을 알고 있을 줄은 생각지도 못했다.

"어떻게 아셨죠? 이 찻집을?"

혜희의 놀라운 목소리에 우헌은 자상하게 설명을 했다.

며칠 전 우헌은 장미의 골목 동네에 살고 있는 친구로부터 저 녁식사 초대를 받았다. 절친이었는데 우헌이 이 도시를 오랫동 안 떠나 있었던 탓에 아주 오랜만의 만남이 되었다. 우헌은 친구와 쌓인 이야기를 나누면서 저녁식사를 맛있게 끝냈다. 대충 식탁을 정리한 친구 부인이 차는 찻집으로 가서 대접을 하겠다는 것이었다. 집에서 마셔도 상관없다는 우헌의 말에 친구 부인은 웃음 머금은 얼굴로 고개를 저었다. 이 근처에 아주 고풍스러운 분위기에 차 맛이 일품인 찻집이 있다고. 친구도 그러는 것이 좋겠다고 했다. 별 수 없이 우헌은 그들 부부를 따라 나섰다. 장미의 골목길을 걸어가면서 친구의 부인이 찻집에 대한 부연 설명을 했다. 홀로된 두 중년 여자가 경영하는 찻집이다. 그러면서 친구의 부인은 그 중 한 여자의 남편의 직업과 교통사고를 당한 스토리를 들려주었다. 여자와는 잘 알고 지내던 사이라 무척 마음이 아팠다고 했다. 그래서 지인들과의 만남은 가급적 등나무 찻집을 이용한다고 했다. 듣고 보니 그 한 여자가 서혜희라는 확신이 들었다. 그러나 우헌은 등나무 찻집에서 혜희를 보지 못했다. 혜희가 아닌 다른 여자가 카운터를 보고 있었다.

"등나무 찻집. 정감이 가는 이름이에요. 무언가 꿈이 숨어 있는 것 같은."

"그렇게 말씀해 주시니 감사합니다."

우헌의 진심이 느껴져 혜희는 깍듯하게 말했다. 등나무 찻집 안은 불이 꺼져 있었다. 신애 혼자서 일을 마무리하고 퇴근을 한 모양이다. 영업이 끝나서 차대접을 못하겠다는 혜희의 말에 우헌은 잔잔하게 웃었다. 쓸데없는 걱정을 한다면서. 혜희는 우헌에 대하여 막연했던 의문을 접고 차에서 내렸다.

"앞으로 어려운 일이 생기면 말해요. 우린 좋은 친구잖아요."

차 유리문을 내리고 부드럽게 말한 우헌은 천천히 아주 천천히 장미의 골목길을 빠져 나갔다.

거실에 불을 켜는 혜희의 눈에 물기가 어렸다. 타인으로부터 얼마 만에 들어보는 따뜻한 말인가. 어쩌면 처음 인지도 모르겠다. 단단하게만 보이는 우헌에게 그런 따뜻함이 있을 줄은 상상도 하지 못했다.

거실의 벽시계는 열시에 가까워 있다. 혜희는 세훈에게 전화를 걸까하다가 그만두었다. 여름방학이 시작된 지 꽤 날짜가 지났는데 세훈은 집에 오지 않았다. 알바도 해야 하고 도서관에 가서 책도 읽어야 하고 암튼 할 일이 엄청 많아요. 겨울 방학 때는 꼭 갈게요. 더운데 서울에 있지 말고 집에 와서 지내는 것이 어떻겠느냐는 혜희의 전화에 세훈은 갈 수 없다는 이런저런 이유를 내세웠다. 따지고 보면 이유 아닌 이유였다. 부산서도 얼마든지 알바자리 구할 수 있다. 도서관도 많다고 혜희가 목소리를 높였지만, 세훈은 막무가내였다. 자신이 결정한 일은 절대로 바꾸지 않는 고집은 영락없는 남편을 닮았다. 애비 아들 아니랄까봐. 혼자 중얼거리면서 혜희는 세훈이 집에 오게 하는 것을 단념했다.

아버지의 부재를 유난히 힘들어 하던 세훈이였다. 아버지를 죽게 만든 이 도시가 싫다고 했다. 그것이 어디 이 도시 탓이냐.

네 아버지 운전 부주의 탓이었지. 혜희가 몇 번이나 소리를 질렀지만 소용이 없었다. 대학도 서울로 갔다. 아버지가 졸업을 한 대학에 가고 싶다고 했다. 혜희는 엄마하고 같이 살면서 부산에 있는 대학을 선택하자고 했다. 혜희의 제안에 세훈은 질색을 했다. 결국 남편이 다녔던 대학으로 갔다.

"좋은 대학만 나오면 뭐해? 사람이 명이 길어야지."

세훈이 서울로 가기 전 날 혜희는 쏘듯이 말했다. 혜희로서는 가슴 아픈 표현이었지만, 세훈은 아무 말도 하지 않았다.

혜희는 전화대신 언제 시간을 내서 잠깐이라도 한 번 다녀가라는 문자를 보냈다. 아들은 엄마가 보고 싶지도 않은가봐. 혜희는 중얼거리면서 서재의 문을 열고 불을 켰다. 먼저 책상 위에 현재 쓰고 있는 소설의 원고지가 아픔처럼 눈에 들어왔다.

요 며칠간은 단 한 장도 쓰지 못했다. 오늘도 소설은 엮지 못할 것 같다. 혜희는 벽 한 쪽에 걸려있는 남편의 영정사진 앞에 섰다. 오늘따라 영 낯선 사람처럼 보인다. 우헌을 만나고 온 탓인가. 지난 세월의 멀고 가까운 기억들이 온 몸 밖으로 빠져 나가는 것 같다. 나 오늘 좋은 남자친구 한 명이 생겼어요. 혜희는 머뭇거리듯 작은 목소리로 말했다. 남편은 아무런 대답이 없다. 영혼이 떠나버린 사람과의 대화는 늘 이렇게 무응답이었다. 서늘해진 가슴에 손을 얹고 다시 거실로 나오는데 메시지 음이 울렸다. 혜희는 소파에 앉아서 휴대폰을 열었다.

어머니 이번 겨울 방학 때는 꼭 갈게요. 요즘 무지 바빠요. 미안해요. 어머니. 그리고 사랑해요.
 자식이란 저 편리한 데로만 하는구나. 엄마 심정은 조금도 모르고. 세훈이 보고 싶어서 혜희의 눈에는 눈물이 고였다.

생각의 굴레

여름의 끝자락이다. 여름의 끝은 가을의 초입이기도하다. 올해 여름은 숨 막히도록 더운 날이 많았다. 열대야가 열흘이 넘도록 계속되기도 했다. 이글이글 끓는 태양의 열기에 도시의 아스팔트길들은 녹아버릴 듯 뜨거웠다. 별로 할 일이 없는 사람들은 백화점이나 쇼핑몰로 모여들어 에어컨 바람에 더위를 식히곤 했다. 그런 불같은 더위도 닥쳐온 계절 앞에서는 고개를 숙이고 말았다. 란주는 꽃향기 카페가 있는 건물 앞에서 차를 세웠다. 오늘 출판사에는 출근을 하지 않았다. 몸살이 너무 심해서 쉬어야겠다고 문자만 날렸다. 그리고는 휴대폰을 꺼버렸다.

어제였다. 퇴근을 준비하고 있는데 진 선배가 한숨을 쉬면서 불쑥 내 뱉았다. 출판사를 접어야겠다고. 지방에서 작은 출판사 해먹기가 너무 힘이 든다. 일감 따오는 문제도 넌덜머리가 나고. 란주는 출판사를 인수할 사람이 나타났느냐고 묻고 싶은 것을 겨우 참았다.

"백 만부이상 팔리는 소설이라도 나오면 모르겠지만. 이 상태로는 너무 힘이 드네."

란주는 진 선배의 푸념을 못 들은척했다.

"헌데 넌 고우슬의 소설은 이제 포기했냐? 그렇게 난리법석을 떨더니 역시 아니었던가 보지. 감이 없기는."

막 사무실 문을 열고 나가려는데 진 선배의 짜증 섞인 목소리가 란주의 귀를 잡았다. 간신히 꾸려가고 있는 미래 출판사다. 삼 개월 전부터는 적자 운영이니 진 선배로서는 짜증도 날 만하다. 진 선배의 기분을 모르는 것은 아니지만, 란주는 심히 자존심이 상했다. 같이 일해보자고 도와 달라고, 애걸복걸 사정을 한 것은 진 선배였다. 몇 개월 적자 좀 났다고 저렇게 옹졸해 질 줄은 미처 몰랐다. 달리 생각하면 사년이 넘도록 끌고 온 것도 진 선배의 능력이다 싶지만.

란주는 원룸으로 돌아오는 내내 마음이 불편했다. 밤에는 잠까지 설쳤다. 이참에 사표를 내고 알바라도 하면서 대학원에 다닐까. 다른데 직장을 구해볼까. 아니면 엄마가 소원처럼 원하는 맞선을 보고 시집이나 가버릴까. 온갖 상념이 란주의 머리를 어지럽혔다.

지난여름 휴가 때도 집에는 일부러 가지 않았다. 끝없는 엄마의 잔소리가 듣기 싫어서였다. 처녀 귀신 돼서 늙어 죽을래? 서른셋이면 애 셋은 낳아서 키웠겠다. 맞선도 안 보겠다. 그렇다고 연애를 하는 것도 아니고. 금방 마흔이고 오십이야. 도대체 네가 어디가 부족해서 시집을 못가냐. 이 나라에서 손꼽히는 명문대학 나왔겠다. 인물 반반하겠다. 가난한 집 자식 아니겠다. 대체 뭐가 부족한데. 못 가는 거냐, 안가겠다는 거냐? 말 좀 해 보거라. 답답해서 속 터지겠다. 란주가 집에 들르면 엄마는 냅다 소리부터 질렀다. 그리고는 꼭 뒤에 따라 나오는 말이 있었다.

"니 언니 봐라. 서른둘에 시집갔어도 애 둘 낳고 잘만 살고 있지 않나."

란주는 잔소리처럼 들리는 엄마의 말이 새삼 귀에 쟁쟁거렸다.

언제 나이를 이만큼 먹었는지 모르겠다. 이십대가 엊그제 같은데 어느 사이 삼십대가 되어버렸다. 진 선배처럼 독신주의자로 살기로 작정한 것도 아닌데 말이다. 진 선배는 여태까지 끄떡도 하지 않고 독신을 고수하고 있다.

지나간 여름, 무더위가 기승을 부리던 복날이었다. 진 선배가 대뜸 삼계탕을 먹으러 가자고 앞장을 섰다. 복날엔 꼭 삼계탕을 먹어야 한다면서. 란주는 닭고기를 별로 좋아하지 않았지만 진 선배의 말을 거절할 수는 없었다.

사람들로 북적거리는 식당에서 진 선배는 삼계탕 한 그릇을 깨끗이 비웠다.

"얘, 이 더운 여름에 이렇게 뜨거운 삼계탕을 먹다니! 우리나라 사람들이 좀 우습지 않니? 아무리 관습이라지만."

뜬금없는 진 선배의 물음에 란주는 반 쯤 먹다말고 그만 수저를 내려놓았다.

"이열치열로 생각하세요. 그리고 에어컨이 추울 정돈데요."

"에어컨 빵빵한데서 먹는 이열치열이라. 그것도 말이 쬐끔은 안 되는 것 같고. 아무튼 웃겨. 닭고기를 좋아하니까 잘 먹긴 했지만."

계산은 당연히 진 선배가 했다. 사무실로 돌아오자 또 진 선배가 느닷없는 말을 했다.

"란주야 넌 성서에 나오는 에덴동산이 정말로 있었다고 생각하니? 신이 창조한 인류 최초의 조상인 아담과 이브가 선악과를 따먹었다는 그 에덴 말이다."

"있었다니까 있은 걸로 믿고 싶어요. 선배님처럼 그런 문제 깊이 따지고 싶지 않아요. 그냥 믿어요. 순수하게."

에덴동산이 있었으면 어떻고 또 없었으면 어떻단 말인가. 현재 우리 생활과는 아무 상관이 없는데요. 란주는 속으로만 대꾸를 했다.

"그러니까 말이지. 나는 네가 말하는 고우슬이라는 여자가 꼭 에덴동산 같은 느낌이 든다니까."

"그건 왜요?"

"어쩜 고우슬이라는 이름이 필명일 수도 있겠다 싶었어. 만약 맞다면 영원히 찾을 수 없는 것 아니겠어? 어쩐지 내 예감이 그렇다는 거야."

진 선배의 말이 일리가 있다 해도, 정식으로 동의까지는 할 수 없었다.

그런데 이 순간 새삼스럽게 진 선배의 그 말이 뇌리에 강하게 박히는 것은 어째서일까. 사실 란주는 마지막으로 서혜희를 만나고 온 이후부터는 고우슬을 포기하고 있었다. 그래 희망 없는 일에 에너지를 낭비하지 말자라고 마음을 굳혔던 것이다.

란주의 현재 심정은 당장이라도 출판사를 그만두고 싶을 뿐이다. 그러나 출판사를 그만 두더라도 진 선배와의 끝맺음은 좋게 하고 싶었다. 란주의 문자를 본 진 선배의 마음도 편하지는 않을 것이다. 물론 어제까지 멀쩡했는데 몸살이 났다는 란주의 말을 믿을 진 선배가 아니다. 여차하면 원룸까지 찾아올지도 모른다. 행여 진선배가 찾아올까봐 란주는 일찍 원룸을 나섰다. 도와 달라. 우리 한 번 멋지게 일을 해보자. 라고 애걸하듯 부탁하던 지난 일은 이미 잊었나보다. 진 선배가 좋은 책을 만드는 유명한 출판사로 키워보자는 희망의 꿈을 가지고 시작한 미래 출판사였다. 헌데 지금 이 꼴은 뭔지 한숨이 나왔다.

아침에 일어나자 갈 곳부터 생각했다. 어디로 가지? 란주는 갈 곳을 더듬다가 불현 듯 카페 꽃향기가 떠올랐다. 그곳에 가서 앉아 있으면 머리가 좀 맑아질 것 같았다.

송정 방향으로 차를 몰았다. 란주는 건물 주차장에 차를 몰아넣고 삼층에 있는 꽃향기 카페로 올라갔다. 문을 열고 들어서니 꽃향기 카페 안에는 군데군데 생화가 멋스럽게 꽂혀있었다. 지욱 어머니의 작품일 것이다. 꽃꽂이 사범 자격증까지 있는 지욱의 어머니는 꽃꽂이가 유일한 취미라고, 언젠가 지욱이가 말했다. 어머니 때문에 꽃향기 카페에는 늘 싱싱한 생화가 곳곳에 놓여 있다고 했다. 생화를 보기 위하여 일부러 꽃향기 카페를 찾아오는 손님들도 제법 있단다. 카페에 투자를 한 것은 지욱의 어머니지만, 실제 경영은 지욱이가 하고 있었다.

란주는 마침 딱 한 군데 자리가 비어있는 창가 쪽으로 가서 앉았다.

송정 바다가 한 눈에 들어왔다. 드넓은 깊고 푸른 바다다. 바다의 등에 가을의 숨소리가 실려 있다. 도대체 얼마만에 보는 바다인가! 바다가 있는 도시에 살면서도 바다를 본 지가 아득하다. 미래 출판사도 현재 살고 있는 원룸도 바다와는 거리가 먼 동네에 있다. 이 도시가 드넓은 바다를 끼고 있다는 사실조차도 잊은 채 출판사 일에 매달렸다.

"오랜만이야."

지욱이 란주의 맞은편에 앉으면서 환하게 웃었다. 반가움이 넘쳐나는 얼굴이다. 카페에 들어왔을 때는 지욱을 보지 못했다.

"바다 처음 보니? 계속 바다만 주시하고 있군."

한동안 지욱과는 전화가 없었다. 여전히 잘 살고 있겠지 라는 생각만 가끔 했을 뿐이다. 지욱은 더 어른스러워진 것 같다.

"바다가 이렇게 탁 트이고 아름다운 줄 미처 몰랐어. 잔잔하게 출렁이는 파도의 모습이 참 경이로워."

"근데 어쩐 일이니?"

지욱은 란주의 출현이 신기한 모양이었다.

"그냥 오고 싶었어."

지욱이 보고 싶어서 온 것은 아니었기에 란주는 그냥 건성으로 대답을 했다.

란주가 지욱을 처음 만난 것은 고등학교에 입학하고였다. 남녀 공학이라 한 반이 되었고, 같이 동아리 활동을 하면서 비교적 친하게 지낸 편이었다.

란주는 서울에 있는 대학으로 갔고 지욱은 이 도시에 있는 대학을 선택했다. 대학 생활을 하는 동안에는 서로 연락을 하지 않고 지냈다. 바람결에 지욱의 소식을 가끔 듣긴 했지만 별다른 관심은 없었다. 지욱은 군 입대 관계로 란주보다 늦게 대학 졸업장을 받았다.

서로 연락을 하게 된 것은 란주가 서울에서의 직장 생활을 청산하고, 이 도시로 오고부터였다. 지욱이 먼저 전화를 해왔다. 란주도 반갑게 전화를 받았다. 그 때부터 지욱은 란주에게 일주일에 한두 번 정도로 꼭 안부를 묻는 전화를 했다. 가끔은 란주가 전화를 하기도 했다. 만나서 함께 차를 마실 때도 있었다.

지욱이 꽃향기 카페를 오픈하고 부터는 서로 얼굴을 보지 못했다. 지욱은 전화는 계속 해 주었고, 란주도 지욱의 전화는 아무리 피곤해도 받았다.

"오늘 바다 보려고 일부러 여기 온 거야."

"나 보러 온 것 아니고 바다만 보러 왔다! 듣고 보니 좀 섭섭하네. 친구야."

지욱은 정말로 섭섭한 모양이다.

"사실은 네가 한동안 소식이 없어서 왔어. 출판사 결근까지 하면서."

란주는 얼른 말을 고쳤다. 지욱은 믿을 수 없다는 표정이다.

"나도 내일쯤은 전화하려고 했어. 좀 먼 곳에 갔다 왔거든."

지욱은 뉴질랜드에 살고 있는 친척집에 다녀왔다. 두 달 정도 머무르면서 그 곳의 도시들을 둘러보았다는 것이다.

"여행이나 다니고 부럽네. 근데 너 뉴질랜드에 간다는 말 나한테는 안 했잖아."

"다녀와서 말하려고 일부러 안 했어. 너 놀라게 하려고."

"그래. 아무튼 잘 갔다 왔으니까 됐고. 카페는 잘돼? 손님들이 제법 있네."

란주는 자신이 가보지 못한 뉴질랜드 이야기가 계속 나올까봐 재빨리 화제를 돌렸다.

"잘 꾸려가고 있어. 워낙 바다 전망이 좋으니까. 그리고 어머니의 생화 꽃꽂이가 한 몫을 하는 것 같아. 손님들이 다들 좋아해. 꽃향기 맡으려고 일부러 찾아오는 손님들도 있고."

지욱은 어머니 덕도 톡톡히 보면서 장사를 잘 하고 있구나. 그런데 난 이 꼴이 뭐지? 란주는 아무것도 이루어내지 못한 자신의 모습이 초라하게 느껴졌다.

"란주. 너 무슨 고민이 있니? 얼굴이 어두워 보인다."

지욱이 걱정스럽게 물었다.

"그래, 나 요즘 걱정 근심이 많아. 당장 미래 출판사가 문을 닫을지도 모르겠고.

란주는 한숨을 길게 뽑아냈다.

"너 출판사가 잘 된다고 했잖아. 내가 물을 때마다."

"그럼 잘 나간다고 해야지. 너한테까지 어렵다고 말할 수 있겠니. 자존심 상하게."

어째 란주의 말이 꼬이는 듯 했다.

"베스트셀러가 나올 것이라고 분명히 들은 것 같은데. 내가 잘못 들었나."

"아니 너 잘 못 들은 것 아니야. 내가 전화로 너한테 그런 말 한 적 있었어. 기억나. 헌데 지욱아 베스트셀러 그런 거 아무 출판사에서 나오는 것 아니란 걸 알았어. 이번에 똑똑히 깨달았어."

란주는 비감한 어조로 말했다. 직업 선택을 잘못한 자신에 대한 비하의 감정도 담겨있었다.

"란주 너 기분이 영 별로인 것 같은데 우리 밖에 나가서 좀 걷자."

지욱은 란주의 대답을 듣지도 않고 벌떡 일어나서 입구 쪽으로 갔다. 란주도 엉겁결에 일어나서 지욱의 뒤를 따랐다. 란주가 한 모금도 마시지 않은 아메리카노는 식어버린 채 탁자 위에 그대로 놓여 있었다.

카페 밖으로 나오자 바닷바람이 써늘하게 이마에 와 닿았다.

"뭐 좀 먹으러 갈래? 점심시간 한참 지났는데."

지욱이 동의를 구하듯 물었다. 란주는 고개를 저었다. 이상했다. 점심을 먹지 않았는데도 전혀 시장하지 않았다. 모래사장으로 걸어간 두 사람은 수평선을 바라보면서 나란히 앉았다. 작은 파도의 물결이 눈앞에서 밀려왔다가 밀려가곤 했다. 란주는 오늘따라 창이 넓은 모자를 참 잘 쓰고 왔다 싶었다. 드문드문 모래사장을 거닐고 있는 한가한 커플들의 모습이 눈에 띄었다. 많이 여유로워 보인다.

"난 우리의 인생이 바다와 같다고 생각해. 잔잔하다가도 풍랑이 일고 갑자기 거친 파도가 솟구치기도 하는."

수평선에 눈을 준 지욱이 진지한 목소리로 말을 했다.

"너, 마치 철학자 같은 소릴 하고 있어. 인생이 왜 바다 같다는 거야? 인생은 그냥 인생일 뿐이야.

란주는 무척 불만스러운 목소리로 말을 뱉았다.

"끝이 보이지 않는 드넓은 바다를 항해하는 배들은 수도 없이 거센 파도와 싸우지. 싸워서 이겨내고 결국은 육지로 돌아오는 거야. 아주 가끔은 사고를 당하여 못 돌아오는 배도 있지만."

"그래서?"

"그렇다는 거야. 그냥 우리 인생의 여정이."

지욱의 차분한 인생 논리에 란주는 입을 닫았다. 갑자기 지욱이 새롭게 느껴졌다. 란주는 자신과는 달리 지욱이 지방 이류 대학 출신이라고 어느 정도 눈 아래로 보고 있었다. 우월감도 있었다. 그런데 오늘은 아니었다. 추락해가고 있는 자신과는 달리 꽃향기 카페를 잘 경영해 나가고 있는 지욱이다. 사람팔자 알 수 없다더니, 이제 무언가 뒤바뀐 것 같다. 지욱은 많이 커지고 자신은 한 없이 내려앉고 있다는 묘한 상실감이 들었다. 스트레스를 풀어보려고 꽃향기 카페를 찾아왔는데 오히려 스트레스가 더 쌓일 것만 같았다. 그러다가 란주는 후딱 마음을 고쳐먹었다. 옹졸해지지 말자. 친구가 장사 잘하고 있으면 좋은 일 아닌가.

"어머니가 자꾸 결혼을 졸라. 올해 안으로 장가 안 가면 절연하겠다고 엄포를 놓으셨어."

란주의 기분을 눈치 챘는지 지욱이 화제를 바꾸었다.

"그럼 장가가면 되겠네. 너 여학생들한테 인기 많았잖아."

"여친은 많았지. 그런데 다들 시집을 가버렸어. 나한테는 물어보지도 않고"

요즘 들어 어머니의 협박이 점점 더 심해진다고 지욱은 쓰게 웃었다. 란주는 어머니한테 협박을 받는 건 나도 마찬가지라고 말하려다가 그만 두었다. 자칫하다가는 엉뚱한 방향으로 이야기가 흘러갈 것 같아서였다. 헌데 무언가 이상한 느낌이 들었다. 카페를 이렇게 오래 비워도 되느냐는 란주의 물음에 지욱은 봐 줄 사람이 있으니 걱정하지 말라고 했다.

"란주 너 만난 김에 하고 싶은 말도 해야 할 것 같고. 이제는 너한테 정말 말하고 싶어."

란주는 갑자기 심각해진 지욱이 하고 싶은 말이 무엇인지 무척 궁금했다.

지욱은 어머니의 강요로 몇 번인가 맞선 자리에 나갔다. 하지만 처음부터 마음에도 없는 맞선이 성사가 될 리가 없었다. 어떤 여자를 만나든 마음이 채우지 못한 빈 들판 같았다. 그것은 끝없이 달려가고 있는 란주에 대한 감정 때문이었다.

고등학교 시절에 함께 동아리 모임을 하면서 란주에게 서서히 마음이 끌리기 시작했다.

대학시절에는 란주가 서울로 갔기 때문에 거의 만날 수가 없었다. 그리고 지욱에게는 란주에 대한 열등의식이 늘 잠재해 있었다. 란주는 대한민국에서 알아주는 명문대학인데 자신은 지방에서 이류에 속하는 대학을 다닌다는 사실이 지욱의 콤플렉스를 더욱 부추겼다. 고등학교 때도 지욱의 성적은 중간에서 맴을 돌앉다. 하지만 란주는 삼 년 동안 반에서 늘 일등을 했다. 공부로는 도저히 란주를 따라 잡을 수가 없었다. 란주의 존재는 항상 지욱의 위에 군림하고 있었다. 그래서 단 한 번도 너를 좋아한다는 말을 해보지 못했다. 오르지 못할 나무라고 생각했다.

지욱은 대학 생활을 시작하면서, 채란주를 가슴 속에서 끄집어내기로 했다. 눈에서 멀면 마음에서도 멀어진다고 했던가. 다른 여자 친구들과 어울리면서 차츰 란주는 잊혀져 갔다. 그리고 말끔히 잊었다. 그런데 정작 잊혀 진 것이 아니었다.

어느 날이었다. 친구를 만나기 위하여 간 커피숍에서 란주를 만났다. 약속 시간보다 십 분정도 일찍 도착한 지욱이었다. 란주는 혼자 앉아서 커피를 마시고 있었다. 란주를 본 지욱의 가슴이 두근거리기 시작했다. 너무 두근거려서 지욱은 하마터면 신음 소리를 낼 뻔했다. 한 쪽 손으로 가슴을 누르면서 지욱은 란주가 있는 곳으로 걸어갔다. 다가온 지욱을 란주도 금세 알아보았다.

"지욱아 너무 반갑다. 대체 우리가 얼마 만에 보는 거니?"

란주가 들고 있던 커피잔을 내려놓으면서 소리치듯 말했다. 손을 내밀어 악수를 한 두사람은 잡은 손을 마구 흔들어 댔다.

란주는 서울에서의 직장생활을 청산하고 며칠 전에 집으로 내려 왔다. 곧 선배언니와 함께 출판사 일을 할 것이라고 아주 밝은 목소리로 말했다. 미래의 꿈을 향한 희망에 찬 얼굴이었다.

그날부터 지욱의 가슴에는 란주가 다시 들어와서 자리를 잡았다. 자주 전화를 하기 시작했다. 그러나 지욱은 란주에게 자신의 그런 마음을 내보일 수가 없었다. 여전히 란주에 대한 열등의식이 내재해 있었기 때문이었다. 란주는 자신보다 우월하다는 의식 속에서 벗어날 수가 없었다. 란주가 성지욱이라는 남자를 고등학교 동기동창 친구 이상으로 생각하지 않는다는 사실도 잘 알고 있었다. 아버지가 돌아가시자 더 용기가 나지 않았다. 란주에게 마음을 열어 보일 수가 없었다. 고심 끝에 뉴질랜드 여행을 선택했다.

뉴질랜드에 살고 있는 친척 형의 안내로 뉴질랜드 곳곳을 여행하면서 란주를 잊기로 했다. 그런데 잊어버리기는커녕, 자연이 잘 보존되어 있는 그 나라의 아름다운 경치를 보니 더 란주 생각이 났다. 딱 몇 년 만이라도 란주와 함께 와서 살아보고 싶었다. 결국 지욱은 란주에 대한 사랑의 감정을 정리하지 못한 채 귀국을 했다.

지욱은 오늘 카페에 나타난 란주를 보고 깜짝 놀랐다. 란주가 꽃향기 카페로 찾아온다는 것은 상상도 해 본 일이 없었다. 너무 뜻밖이었다.

창가 옆 자리에 앉아있는 란주의 얼굴이 매우 복잡해 보였다. 란주에게 무슨 일이 그것도 어려운 일이 생겼다는 느낌이 들었다. 많이 의기소침해 보였다. 그런 란주를 보자 지욱은 보호해 주고 싶은 마음이 생겨났다.
 "채란주."
 "말해. 성지욱. 대체 하고 싶은 말이 뭐니?"
 "우리, 결혼하자."
 지욱은 자신도 모르게 그런 말이 튀어 나왔다.
 "지욱이 너 지금 뭔 말을 하는 거야?"
 란주는 놀라서 지욱을 보았다.
 "결혼 하자고 우리 둘."
 지욱의 눈빛은 진지했다. 농담으로 하는 말이 아니구나. 란주는 황당했다. 지금까지 단 한 번도 성지욱을 남자로 생각해 본 적이 없었다. 말하자면 지욱은 좋은 일이든 나쁜 일이든 터놓고 이야기 할 수 있는 관계. 만만한 고등학교 동기동창일 뿐이었다. 란주에게는 그 이상도 그 이하도 아니었다. 지금도 그렇다.
 "오래 전부터 널 사랑해 왔어. 앞으로도 그럴 것이고. 진심이야."
 순간 란주는 온 몸에 통증을 느끼면서 일어섰다. 지욱의 따귀라도 한 대 갈겨주고 싶은 것을 간신히 참았다. 바다를 보면서 힐링을 하려고 왔다가 무거운 짐 하나가 어깨에 얹히는 듯 했다. 란주는 발딱 일어섰다. 말이면 다하는 줄 아나. 지욱의 고백은 란주에게는 충격이었다.
 "지금 네가 한 말, 나 못들은 걸로 할게. 이만 가야겠다."
 지욱은 두 무릎 사이에 얼굴을 묻고 있었다.

원룸으로 돌아온 란주는 혼란스러운 마음 때문에 머리가 아팠다. 설마 지욱이가 제 정신으로 한 말은 아닐 거야. 그러나 그렇게 생각하기에는 조금 전 지욱의 음성과 눈빛이 너무나 진지했다.

란주도 남자와의 교제가 전혀 없었던 것은 아니었다.

대학시절, 나이가 두 살 많은 같은 대학교의 남자와 사귀다가 헤어졌다. 남자는 집안도 좋고 똑똑했다. 그런데 아는 것이 너무 많아서 피곤했다. 은근 슬쩍 집안 자랑을 자주 하는 것도 란주의 비위를 상하게 했다. 만나면 곧 잘 말싸움을 하다가 결국 일 년 만에 헤어졌다.

란주가 두 번째 만난 남자는 대학을 졸업하고 서울에서 직장 생활을 할 때였다. 명문대학 출신의 남자였고 손꼽히는 대기업에 다니고 있었다. 매사에 신중하고 예의가 바른 편이었다. 그런데 그 남자 또한 이 세상에서 모르는 것이 없을 만큼 똑똑했다. 이해타산에는 넘치도록 밝았다. 사랑보다는 상대방의 조건이 우선인 것 같아서 끝을 냈다. 그 이후부터 란주는 남자를 아예 만나지 조차 않았다. 누가 좋은 남자를 소개 시켜준다고 해도 무조건 노로 일관해 왔다.

미래 출판사에 근무를 시작하고부터는 오로지 일에만 집중했다. 그런데 집에 들르는 날이면 엄마의 잔소리가 점점 심해졌다.

부산 집에 온 란주가 원룸을 얻어서 독립을 해서 살겠다. 집이 직장과는 거리가 너무 멀다. 라고 했을 때도 엄마는 아주 못 마땅해 했다. 같이 일하면서 진 선배의 영향을 받은 탓인지는 모르겠지만, 지금도 결혼을 꼭 해야 되겠다는 생각은 들지 않았다. 결혼하자고 널 사랑한다고 한 지욱의 말이 새삼 머리를 쑤신다. 미친 놈! 생수를 한 컵 마시려고 냉장고 문을 여는데 시장기가 확 몰려왔다. 하긴 아침에 토스트 한 조각과 야쿠르트 한 잔을 마신 것 외에는 아무것도 먹지 않았다.

컵라면 한 개를 끄집어 내 식탁에 놓았다. 입맛이 없을 때는 가끔 한 번씩 컵라면을 먹었다. 란주는 물을 뜨겁게 끓여서 컵라면에 부었다. 잠시 기다린 후 컵라면의 뚜껑을 열었다. 잘 익은 컵라면을 김치와 함께 먹었다.

휴대폰을 켜니 두 개의 메시지가 들어와 있다. 진 선배와 엄마다. 란주는 진 선배의 문자부터 읽었다.

'안 아픈 것 알고 있다. 내일은 꼭 출근해라. 대책을 세워보자.'

대책은 무슨 대책이란 말인가. 이미 출판사 접기로 마음먹고 있으면서. 란주는 답을 보내지 않았다. 엄마의 문자도 열었다.

'이번 주말에는 꼭 집에 들러라. 너하고 딱 어울리는 선 자리가 있다. 네 나이 서른셋이라는 걸 명심해라. 혼자 살다 늙어 죽을 작정이 아니라면.'

참말로 서른셋에 딱 질려버리겠네. 역시 엄마한테도 답을 보내지 않았다.

소화도 시킬 겸 란주는 원룸 밖으로 나왔다. 원룸이 줄지어 서

있는 골목길을 천천히 걸어갔다. 이마에 닿는 밤바람은 낮의 바람보다 훨씬 서늘하다. 사거리 골목길에서 잠시 멈추어 섰다. 하늘을 보았다. 별이 보이지 않는다. 높은 빌딩들의 불빛과 밝은 가로등에 가려 대도시 하늘의 별들은 빛을 잃은 지가 이미 오래 되었다. 동네를 한 바퀴 돈 란주는 다시 원룸으로 돌아왔다. 원룸 문을 열고 들어서는데 갑자기 서혜희가 떠올랐다. 그렇다. 정말 마지막으로 서혜희를 다시 한 번 찾아가자. 왜 또 이런 마음이 드는지 란주로서도 알 수가 없었다. 고우슬은 이미 포기했는데도 말이다.

이튿날 란주는 조금 이른 출근을 했다. 진 선배가 먼저 나와서 커피를 마시고 있었다. 꼭 벌레 씹은 얼굴이다.

"선배님 커피 체하겠어요. 인상 좀 펴세요. 죽을 일도 아닌데."

정색을 하면서 하는 란주의 말에 진 선배는 마시던 커피잔을 탁자 위에 내려놓았다.

"뭔 대책이라도 발견했니?"

"선배님이 오너인데 대책이든 묘책이든 선배님이 결정 하셔야죠."

란주는 냉정하게 말했다. 진 선배의 표정에서 출판사를 접기로 결심한 것을 느꼈기 때문이었다.

"너한테는 정말 미안해. 같이 일하자고 해놓고. 이 지경이 되었으니."

"미래의 일을 누가 알 수 있겠어요. 미안해하지 마세요. 선배님. 저도 당분간 좀 쉬고 싶으니까요."

어떻게 이야기가 대책을 세우는 것이 아닌 출판사 문을 닫는 쪽으로 흘러갔다.

진 선배 아버지는 사업을 해서 돈을 많이 벌었다. 진 선배 아버지는 하는 사업마다 잘 풀려 나갔다. 그래서 자신도 아버지처럼 잘할 수 있을 것이라고 생각했다. 어렸을 때부터 유독 책을 좋아했다. 정말 좋은 책들을 내려고 미래 출판사를 시작했다. 허나 경영이라는 것이 결코 쉬운 일이 아님을 깨달았다면서 진 선배는 울먹였다. 처음 시작할 적의 자신감과 패기는 어디로 사라졌는지 란주는 안타까운 마음이 들었다.

란주는 꿈과 현실의 차이에서 한없이 허망했다. 진 선배는 출판사를 인수할 사람이 나타날 때까지는 출근을 해달라고 했다. 란주는 그렇게 하겠다고 했다. 달마다 꼬박꼬박 제 날짜에 월급을 지불해준 진 선배에 대한 의리만큼은 지켜주고 싶었다.

커피를 한 잔 타서 마시려고 하는데 문자 음이 울렸.

전화도 안 받고 답도 없고. 도대체 네가 바쁘면 얼마나 바쁘니? 스타라도 되냐. 이번 주말에 집에 안 오면 나도 모르겠다. 늙은 처녀 귀신이 돼서 죽든지 말든지.

단단히 화가 난 모양이다. 란주는 엄마가 결혼 문제로 왜 이렇게 닦달을 하는지 이해를 할 수가 없었다. 간단하게 답을 보냈다.

들릴게요. 라고.

진 선배는 누군가를 만나야한다면서 쓴 얼굴로 사무실을 나갔다.

란주도 마음이 어수선해져 일이 제대로 손에 잡히지 않았다. 채 오 년도 못 넘기고 막을 내린 작은 출판사의 근무 경력은, 그녀의 스펙에도 별다른 도움이 되지는 못할 것이다. 라고 생각하니 허망하기 짝이 없었다.

란주는 멍청하게 앉아 있다가 퇴근을 서둘렀다. 오후 세 시에 퇴근이라니, 너무 이른 퇴근이었다. 진 선배한테는 아무런 연락이 없다. 별 수 없이 란주는 지금 퇴근해요라는 간단한 문자만 날렸다.

사무실을 나온 란주는 우종 출판사로 차를 몰았다. 현 사장에게 미래 출판사가 문을 닫게 되었다는 말이라도 하고 싶었다. 분명 어떤 희망의 조언을 줄지도 모른다. 평소 현 사장은 상대방에 대하여 남달리 배려하는 마음이 많았다. 가식이 아니라 진심으로 그랬다. 그런 탓에 그에게는 항상 인간적인 냄새가 은근하게 배어나왔다.

다행히 현 사장은 사무실 안에 혼자 있었다.

"또 고우슬인가?"

문을 열고 들어서는 란주를 보자 현 사장은 인상부터 썼다.

"미래 출판사가 문을 닫게 됐어요."

"그 소식은 나도 들었어."

물론 들었을 것이다. 이 바닥에서 베테랑 중의 베테랑인 현 사장이 못 들었다면 거짓말일 것이다. 그래서 찾아 온 것 아닌가.
"부탁이 있습니다. 선배님."
현 사장은 손짓으로 란주를 소파에 앉으라고 했다.
"말해 보렴. 내게 부탁할 것이 뭔지."
현 사장도 란주를 마주보며 소파에 앉았다.
"미래를 인수할 사람이라도 알아봐 주었으면 하는 부탁을 드리려 구요."
현 사장은 오너도 아닌 직원인 란주가 이런 부탁을 하는 것이 의외라는 표정이었다.
"꼭 좀 도와주세요."
란주의 눈에 물기가 어렸다. 란주도 자신이 왜 이런 부탁을 하는지 알 수 가 없었다. 함께 일을 해온 진 선배에 대한 의리인지 아니면 아직 대박의 꿈을 이루지 못한 자신을 위해서인지 잘 분간이 되지 않았다.
잠깐 동안의 침묵이 지나간 뒤에 현 사장이 입가에 가벼운 웃음을 실으면서 말을 했다.
"일은 진사장이 알아서 할 일이고. 미스 채는 이참에 시집이라도 가는 게 어떻겠니? 내가 참 괜찮은 총각을 한 명 알고 있는데. 생각해보니 미스 채와 딱 어울리겠어."
"지금 사장님 농담 들을 기분 아니에요. 저."

현 사장의 엉뚱한 말에 란주는 화가 났다. 시집 이야기가 이 자리에서도 왜 나와. 엄마 한 사람한테 시달리는 것도 머리가 아픈데!"

"나, 농담 아닌데 진심으로 하는 말이야. 미스 채를 위하는 마음에서."

"그만두세요. 계속 그런 말씀 하시려면 저 돌아가겠어요."

란주는 발딱 일어섰다. 그녀의 눈에서 기어이 눈물이 번져났다. 현수웅 사장을 만나면 란주는 늘 작아지는 느낌이 들었다. 모든 시스템을 완벽하게 갖추고, 이 도시에서 선두를 달리고 있는 큰 출판사의 오너라서만은 아니었다. 무언가 모르게 그에게는 상대방을 배려하는 따뜻함이 있었다. 그 따뜻함 때문에 때로는 존경심과 함께 란주의 가슴이 설레이기도 했다. 그런데 그런 현 사장이 절박한 심정으로 찾아온 그녀에게 엉뚱한 소리를 하다니! 란주는 너무나 섭섭했다.

"채란주."

가방을 들고 나서려는 란주를 현 사장이 진지한 목소리로 불렀다.

"내가 잘 못 말했다면 미안해. 그 점은 사과할게. 그리고 진 사장과는 퇴근 후에 만나기로 이미 약속되어 있으니까 미스 채는 너무 걱정하지 않았으면 해."

란주는 아무런 말도 하지 않고 밖으로 나와 버렸다. 아무렴 가만히 있을 진 선배가 아니지. 땡전 한 푼 건지지 못하고 폐업을 하려고 하지는 않을 것이다. 미래 출판사를 인수할 누군가를 찾으려고 최선을 다할 것이다. 현 사장을 만나서 도움을 청하면 어쩌면 생각보다 인수자가 빨리 나타날지도 모르는 일이다. 이미 진 선배와 만나기로 약속이 되어 있었기 때문에 현 사장이 다른 이야기를 했구나.

란주는 차를 몰고 원룸으로 돌아가면서, 잠시나마 현 사장에게 섭섭했던 마음을 털어버리기로 했다. 긴장되었던 마음이 다소나마 풀어지자 진한 피곤이 몰려왔다. 오늘 남은 시간에는 충분히 푹 쉬어야 되겠다고 생각하면서 란주는 원룸건물의 일층 주차장에 차를 밀어 넣었다.

기억의 그늘

혜희가 신애와 같이 본당에서 대예배를 마치고 밖으로 나오니, 우헌이 교회 마당에 우두커니 서 있었다. 너무나 뜻밖이라 혜희는 하마터면 소리를 지를 뻔 했다. 세 번째로 우헌과의 만남을 가졌을 적에, 교회 나가는 것을 얘기했고 교회 이름과 위치를 말해 주었다. 하지만 우헌이 이렇게 불쑥 교회로 찾아올 줄은 꿈에도 생각하지 못했다. 혜희가 교회를 다니게 된 것은 순전히 신애의 권유 때문이었다.

신애는 남편이 떠난 그 이듬해부터 기독교 신앙을 가지게 되었다. 누군가의 전도를 받아 나간 것도 아니고 스스로 교회를 찾아 나섰다고 했다. 홀로된 마음이 너무 힘들었기 때문에 하나님에게라도 의지하여 위로를 받고 싶었다. 처음에는 그런 마음으로 시작한 신앙이었으나 지금은 온전한 크리스천의 삶을 살아가는 사람이 되었다.

어느 날 길을 걷다가 발견한 이 작은 교회의 앞마당에 눈부시게 쏟아지고 있는 맑은 햇살에 이끌려 신애는 자신도 모르게 발걸음을 멈추었다. 그 햇살 속에는 인자한 미소를 머금은 누군가가 신애를 들어오라고 손짓을 하는 것 같았다. 신애는 스스럼없이 교회 마당으로 들어섰다. 그리고 잠겨있지 않은 교회의 본당 문을 밀고 들어갔다. 강대상에 새겨진 십자가를 보는 순간 마음에 평안이 물밀 듯이 밀려왔다. 신기한 것은 그 마음의 평안이 집으로 오는 내내 계속된 것이었다. 그리하여 신애는 일요일 날 아침 그 교회를 찾아갔고, 그 교회의 성도가 되었다. 작은 교회라 가족 같은 분위기였고 신애의 아파트에서도 그다지 멀지 않아서 더 마음에 들었다.

혜희가 신애를 따라 교회에 출석하게 된 기간은 일 년 정도밖에 되지 않는다. 그러니 혜희에게는 아직도 초신자라는 네임이 붙어있다. 혜희도 교회에 와서 예배를 보면 왠지 마음이 편안해졌다. 읍에 살던 유년 시절에 동네 언니들을 따라 예배당에 다녔던 경험이 있었다. 그래서인지는 몰라도 교회의 예배 의식이 낯설지 않았고, 곧 익숙해졌다. 등나무 찻집 문을 닫는 일요일, 혜희가 교회를 가지 않았던 지난날에는 집에서 푹 쉬기도 하고 미루었던 일들도 처리를 했다. 교회에 출석하고부터는 오후예배를 마친 다음 집으로 돌아가서 일들을 처리했다.

"어쩐 일이세요. 여기까지?"

놀라서 묻는 혜희에게 우헌은 조금은 쑥스러운 표정으로 대답을 했다.

"그냥요. 오늘은 그냥 오고 싶었어요."

저만큼 서서 두 사람을 지켜보고 있던 신애가 천천히 다가왔다. 혜희는 우헌에게 신애를 소개했다.

"함께 점심 식사 하시죠?"

신애가 밝게 웃으면서 우헌에게 말했다.

"교회서 점심도 주나요?"

"그럼요, 반찬도 꽤 괜찮은 편이에요. 꼭 드시고 가셨으면 합니다."

혜희에게 우헌의 이야기를 들은 탓인지 신애는 초면인데도 전혀 어색하지 않은 모양이었다.

세 사람은 식당이 있는 이층으로 올라갔다. 일찍 올라온 성도들은 이미 식탁의자에 앉아서 식사를 하고 있었다. 분위기가 화기애애해 보였다. 음식은 뷔페식으로 차려져 있었다. 그들은 각자의 쟁반에 음식들을 담고 함께 점심을 먹었다. 우헌은 맛있다면서 그릇을 깨끗이 비웠다. 신애가 커피자판기에서 석 잔의 커피를 뽑아 왔다. 커피를 마신 혜희는 우헌과 함께 다시 교회 마당으로 내려갔다. 신애도 곧 뒤따라 왔다. 우헌은 혜희에게 점심도 잘 먹었으니까 소화도 시킬 겸 좀 걷자는 제안을 했다.

"우리의 장소로 모시고 가면 되겠네. 혜희야 그렇게 해. 오후예배까지는 시간이 많이 남았으니까."

"그래, 그렇게 할게."

좀 걷자는 우헌의 말에 혜희도 그곳을 떠올렸는데 신애가 먼저 말을 해주어서 혜희는 그 곳으로 쉽게 결정이 되어 버렸다. 신애는 교회 입구에서 우헌에게 깍듯이 배웅 인사를 하고 다시 이 층 식당으로 올라갔다. 교회 입구를 나오면 바로 큰 찻길이었다. 바로 가까이 산을 끼고 있는 찻길은 비교적 한산한 편이었다. 일요일에는 더욱 그랬다. 그들은 초록 신호등이 켜진 횡단보도를 건넜다. 우헌은 묵묵히 혜희의 발걸음에 보조를 맞추면서 걸었다. 혜희는 그냥 오고 싶어서 왔다는 우헌의 그 말이 참으로 푸근하게 느껴졌다.

혜희는 k고등학교 쪽으로 올라가다가 오른편으로 몸을 돌렸다. 산길의 입구가 시작되는 곳이다. 시작되는 길은 평지처럼 편편하다. 그 옆에는 삼 층 건물인 이름난 카페가 버티듯 자리를 잡고 있었다. 경치가 좋은 곳이다.

평지 같은 산길을 오십 미터 정도 걸어가면 긴 나무 벤치 몇 개가 놓여있었다. 그 나무 벤치가 조금 전 신애가 말한 우리의 장소였다.

혜희와 우헌은 누가 먼저랄 것도 없이 거의 동시에 중간에 있는 나무 벤치에 앉았다. 청정한 공기와 함께 숲을 낀 낮은 계곡이 눈에 들어왔다. 계곡에는 맑은 물이 시냇물처럼 흐르고 있었다.

신애를 따라 처음 이 장소에 왔을 때 혜희는 숲을 가로지르는 낮은 계곡과 투명한 물의 흐름을 보자, 감탄이 저절로 튀어 나왔다. 혜희의 집에서도 그다지 멀지 않은 곳이었다. 큰 도로에서 비켜나 조금만 걸어오면 이런 아름다운 경치가 있는 줄 혜희는 전혀 몰랐다. 이곳에서는 도시의 높은 건물과 숲과 계곡이 다 같이 공존하고 있었다. 한샘 교회의 성도가 된 후에 신애도 이곳을 알게 되었다고 했다. 대예배를 보고 점심을 먹고 나면 오후예배까지는 두 시간 정도의 여유가 있었다.

어느 일요일, 같은 여전도회 소속의 문 집사가 신애를 데리고 이곳에 왔다. 경치가 너무 마음에 들었다. 그 때부터 신애는 대예배를 마친 후 점심을 먹고 교회에 별다른 행사가 없으면 이 벤치에 앉아서 청정한 숲의 공기를 듬뿍 마시고 갔다. 혜희가 교회로 출석하고 부터는 신애는 시간을 늘 혜희와 함께 했다. 우리들의 장소라고 이름을 지은 것도 신애였다. 라고 혜희는 묻지도 않은 우헌에게 자세히 설명을 했다.

"정말 기막히게 좋은 곳이군요. 저절로 힐링이 되겠어요. 몸과 마음 모두."

우헌은 계곡 바로 위에 붉게 물들어 있는 단풍나무들을 주시한 채 힘껏 숲의 공기를 들이마셨다.

가을이 짙어진 탓인지, 아니면 우헌과 함께 온 탓일까. 계곡에는 지금까지 알지 못했던 낯선 언어들이 낙엽처럼 떠돌고 있었

기억의 그늘 105

다. 신애와 같이 왔을 때는 만나지 못했던 또 다른 언어들이었다.
"다음 주 일요일에는 혜희씨와 함께 가보고 싶은 교회가 있어요."
"어딘데요. 그곳이?"
엉뚱한 우헌의 제안이 혜희는 궁금했다.
"떠돌다가 마지막으로 살았던 면 소재지의 시골 마을에 있는 교회인데 언젠가는 한 번 방문을 하려고 마음을 먹고 있었어요. 혜희씨가 동행을 해주면 기운이 나겠어요."
"주일 예배에 빠질 수는 없어요."
혜희는 대예배에 빠지고 싶지 않았다.
"아침 일찍 출발하면 그곳에 가서도 예배에 참석할 수 있어요. 한 시간 반 정도면 충분히 도착할 수 있는 거리니까요."
우헌의 눈빛이 너무 정중하여 혜희는 도저히 거절을 할 수가 없었다. 고향 을 잊고 산지가 수십 년이 되었다. 혜희의 가슴에 아련한 향수가 피어오르면서, 혜희는 정말 시골다운 시골을 한 번쯤 보고 싶었다.

혜희는 우헌과 같이 동행할 것을 약속하고 벤치에서 일어섰다. 오후예배 시간이 가까워서였다. 우헌도 벌떡 일어났다. 그들은 다시 도로 쪽으로 걸어 나왔다. 우헌은 택시를 불러 탔다. 오늘은 걷고 싶어서 일부러 승용차를 몰고 오지 않았다고 우헌은 설명을 했다.. 우헌이 탄 택시가 눈앞에서 멀어지자 혜희는 오후 예배에 참석하기 위하여 다시 한샘 교회로 돌아왔다.

현관문을 열고 들어서자 외로움이 뒤 따라왔다. 넓은 거실에는 적막이 안개처럼 맴을 돌고 있었다. 육십 평이 넘는 이 아파트의 공간은 혼자 살기에는 너무 적적했다.

우헌은 육 년 동안이나 비워둔 집에 발을 들여 놓았을 때 깜짝 놀랐다. 낯설어서였다. 생판 모르는 타인의 집에 온 기분이었다. 이곳 동을 담당하고 있는 경비원에게 일주일에 한 번씩은 창문을 열어서 환기를 시켜달라고 부탁을 했다. 경비원은 그 약속을 철저히 지켰다고 했다. 심한 냄새가 나지 않은 걸로 보아 맞는 말 같았다.

그런데 쓸쓸함은 어쩔 수가 없었다. 아내 라엘이 살아있을 적에는 결코 외롭지도 적막하지도 않았다. 아내가 외출 중이어도 집에는 항상 온기가 있었다. 자신에 대한 라엘의 감정이 어떠했든 그것은 우헌에게 이차적인 문제였다.

조금 전, 서혜희를 만나고 온 탓일까. 집은 다른 날보다 더 적막하게 느껴졌다. 우헌은 신교마을까지의 동행을 순순히 허락해 준 혜희가 고맙기도 했다.

아내의 영혼을 찾아 떠나겠다고 이별을 고했을 때, 서혜희라는 여자를 다시는 볼 수 없을 것이라고 생각했다.

작별의 마지막 악수를 하기 위하여 내민 혜희의 손을 가늘고 차가웠다.

밤 바닷가의 모래사장을 급하게 걸어 나오면서 그녀와의 이별은 영원하리라 생각했었다. 하여 등 뒤에 꽂히는 혜희의 막막한 눈빛을 힘껏 털어냈다.

우헌이 새삼스럽게 서혜희를 떠올린 것은 마산에서 내려, 부산으로 가는 버스를 갈아탔을 때였다. 불현 듯 언젠가 밤 바닷가에서 손 안에 쥐어졌던 혜희의 가늘고 차가웠던 손이 생각났다. 자신과 똑같은 슬픔을 함께 겪었던 여자. 아들을 데리고 어떻게 살고 있을까? 그 여린 몸으로. 버스를 타고 오면서 우헌은 서혜희의 소식이 못내 궁금했다.

혜희가 휴대폰 번호를 변경하지 않고 그대로 사용하고 있었음은 정말 다행 중의 다행이었다.

다시 재회를 한 그들은 동일한 아픔을 눈빛만으로도 이야기할 수 있었다.

우헌은 주방으로 가서 생수를 한 컵 마신 다음, 베란다로 나갔다.

아파트 정원의 붉은 나뭇잎들이 짙은 가을 햇살 속에서 팔랑거리고 있다. 땅으로 떨어진 나뭇잎들은 낙엽이 되어 바람에 구르고 있다. 아프다고 신음 소리라도 낼 것 같다.

아까 교회로 찾아가 혜희를 만나 계곡 앞에 섰을 때, 우헌의 가슴에는 심한 풍랑이 일었다. 좋은 친구로 지내자고, 그녀와의 관계 설정에 못을 박은 것은 우헌 자신이었다. 그런데 지금 마음의 이 흔들림은 무엇 때문이란 말인가. 우헌은 이 세상을 작별하기 전, 희망 교회에서 있었던 일들을 그 누군가에게 말하고 싶었다. 만일 말하지 않으면 괴로움에 심장이 터져 죽어버릴 것만 같았다. 어쩐지 서혜희! 그녀에게는 말을 하고 싶다. 똑같은 아픔을 함께 겪은 그녀라면 결코 질책 같은 것은 하지 않을 것 같았다. 그녀에게 말하리라. 언젠가는 내 가슴에 일고 있는 이 풍랑도 이야기 하리라. 또 이도시를 떠나기로 결심한 것도.

혜희가 우헌과 함께 희망 교회에 도착한 때는 대예배 시간 삼십분 전이었다. 딱 알맞게 도착한 편이었다.

그들이 차에서 내리자 브라운 색상의 양복을 입은 요한이 밝게 웃으면서 그들 앞으로 걸어왔다. 우헌이 미리 연락을 한 모양이었다. 우헌은 요한에게 혜희를 소개했다. 그냥 성도라고. 반갑습니다. 잘 오셨습니다. 요한은 혜희를 향하여 친절하게 인사를 했다.

몇 명의 여자 성도들이 부지런히 걸어와서 본당 안으로 들어갔다. 우헌과 혜희도 예배에 늦지 않으려고 빨리 본당으로 들어섰다. 본당 내부는 수수하고 아담했다. 대예배에 참석한 성도들은 대략 사오십 명 정도 되어 보였는데 거의가 중년층과 노인들이었다.

강대상 앞에 선 요한은 열정적으로 예배를 인도했다. 설교는 더욱 그랬다.

타인의 잘못을 너그러운 눈으로 보아라. 나도 언젠가는 그 누군가에게 잘못을 저지를 수도 있기 때문이다. 사랑의 눈으로 서로를 바라보면 우리는 얼마든지 서로 용서하고 사랑할 수 있는 것이다.

요한의 설교에 혜희는 잔잔한 가슴의 감동을 느꼈다. 분노가 치솟아 오를 만큼 지금까지 누군가를 미워한 적은 없었다. 다만 직장 생활을 할 때 결혼을 하여 시댁 식구들과의 소소한 갈등 속에서 괴로움을 느낀 적은 많이 있었다.

"부산에서 오신 한 성도님께서 우리 교회 식당을 리모델링할 수 있는 비용 전액을 헌금해 주셨습니다. 그동안 경비가 없어서 못하고 있었는데, 참으로 감사합니다."

설교를 마친 요한이 광고 시간에 고마움을 담은 목소리로 말을 했다. 앞에 앉은 성도들이 고개를 돌려서 제일 뒤편 의자에 앉아있는 우헌과 혜희를 바라보았다. 우헌은 민망스러운 얼굴을 했다. 비밀로 해 달라고 했는데. 우헌이 낮게 중얼거렸다. 우헌은 이 곳 교회에 헌금을 하려고 일부러 오자고 했구나. 희망교회와 우헌의 사이에는 특별한 무엇이 있는가 보다. 아까 박요한 목사와 만남의 악수를 할 적에 두 사람이 꽤 친숙해 보이긴 했다.

대예배의 순서가 모두 끝났다. 요한은 본당으로 들어가는 입구에 서서, 예배를 마치고 나오는 성도들 한 사람 한 사람에게 인사를 했다.

　두 사람은 본당 옆에 있는 식당으로 갔다. 중년의 여자 성도 한 사람이 친절하게 밥과 반찬을 날라다 주었다. 요한이 성큼성큼 다가와서 그들의 식사 자리에 합류를 했다. 유리창 밖으로 넓은 들판이 혜희의 눈길을 끌었다. 들판 뒤에는 낮은 동산이 무르익은 가을을 품고 아담하게 누워있었다. 가을이 익을 대로 익어 있는 들녘과 동산이 참으로 아름다웠다. 혜희가 감탄을 했다.
　"경치가 너무 좋아요."
　"네 사시사철 풍광이 아름다운 곳이죠. 실은 이 맛에 시골에서 목회를 한답니다."
　요한이 담백하게 웃으면서 말했다. 혜희는 요한의 그 말에 어느 정도 공감이 갔다.
　식사를 마친 그들은 교회 밖으로 나왔다. 희망교회는 들판과 바로 연결이 되어 있었다.
　"혜희씨. 우리 좀 걸읍시다. 흙냄새를 맡으면서요."
　그들은 논과 논 사이의 흙길을 천천히 걸었다. 가끔 마른 풀들이 신발 밑에서 신음 소리를 내며 밟혔다. 추수가 끝난 들녘이 황량하지 않은 것은, 바로 눈앞에 나란히 서있는 두 동산 때문인 것 같았다. 붉은 단풍잎들이 덮여 있는 작고 낮은 두 동산은 쌍둥이처럼 닮아 있었다. 동산 두 개가 참 예쁘다는 혜희의 말에 우헌이 설명을 했다.

"왼편의 이름은 학봉 동산이고 오른편은 비봉 동산이라고 해요. 이 곳 마을 사람들이 나들이처럼 드나들면서 사랑하는 동산들이죠. 특히 비봉 동산은 더 많이 사랑을 받죠."

두 사람은 어느 사이에 비봉 동산 아래 누워있는 편편한 바위 앞에 도착했다.

"혜희씨. 바위 위에 좀 앉읍시다."

우헌은 들고 온 종이봉투 안에서 청색 타올 두 개를 끄집어 내 바위 위에 깔았다. 그들은 비봉 산을 마주하고 나란히 앉았다.

"우헌씬 희망교회와 특별한 인연이 있으신가 보죠. 많은 액수의 헌금을 하시는 걸 보면."

혜희는 궁금한 것을 물었다.

"그렇습니다. 인연도 아주 유별난 인연이 있어요. 기억에서 지우고 싶은."

우헌의 눈빛이 눅눅해졌다.

"기억에서 지우고 싶다면 슬픈 기억인가 보죠?"

"박요한 목사에게 나는 큰 죄를 지었습니다. 죽어서도 갚을 수 없는."

지극히 가라앉은 우헌의 목소리에 축축한 물기가 담겨 있었다. 우헌이 계속 말을 이었다.

"얼마 전부터 혜희씨에게는 말하고 싶었어요. 말을 한다면 기억에서 지울 수 있을는지 모르겠지만, 아무튼 말하고 싶군요."

우헌의 표정이 곤혹스럽게 변했다. 혜희는 우헌을 만난 이후 이런 표정은 처음 보았다.

"말하세요. 무엇이든 들을게요."

"고마워요. 그런데 내 이야기를 들으려면 혜희씨의 귀보다는 가슴을 열어야 합니다. 그래 줄 수 있겠어요?"

귀가 아닌 가슴으로 들어야 할 이 남자의 이야기는 도대체 어떤 것일까.

혜희는 대답대신 고개를 끄덕였다. 그리고 우헌의 말대로 가슴을 열기로 했다.

마산 시외버스터미널에서 우헌은 가안면으로 가는 버스를 탔다. 국내 곳곳을 돌아보기 위하여 집을 떠난 지 꼭 이십일 만이었다. 여러 도시를 돌아 마산에서는 삼일을 머물렀다. 다른 도시로 가려고 하다가 불현 듯 시골 풍경이 보고 싶어졌다. 방향을 바꾸어 가안면으로 가는 차표를 끊었다. 한 번도 가보지 못한 곳이었다.

군 복무를 마치고 대학에 복학하여 졸업을 한 우헌은 아버지가 경영하는 건설회사에 입사하기로 되어 있었다.

회사에 근무하기 전 우헌은 아버지께 청을 했다. 우리나라를 한 바퀴 돌아보고 오겠다고. 허락해 달라고. 한참동안 생각에 잠겨있던 아버지는 마지못해 허락을 했다. 젊은 총각 일 때 대한민국 땅을 두루 밟아보는 것도 나쁘지는 않겠구나. 좋다. 그렇게 해. 그런데 한 가지 약속을 해주어야겠다. 돌아와서는 회사에 들어와 열심히 일을 배우겠다고. 네, 아버지 밑에서 열심히 배우겠습니다. 우헌은 아버지의 허락에 감사하면서 가벼운 마음으로 집을 나섰다.

우헌은 창가 쪽에 자리를 잡았다. 사람들이 한두 명씩 버스에 올라오기 시작했다. 우헌의 옆 자리에는 우헌과 비슷한 나이로 보이는 청년이 앉았다. 청년은 먼저 앉아 있는 우헌에게 가벼운 목례를 했다. 서글서글한 눈매와 둥근 얼굴이 첫인상을 좋게 했다. 늦은 오후 종점인 가안면에 도착했을 때 우헌은 좀 당황했다. 숙소 때문이었다. 청년에게 이곳에 쉴만한 여관이 있느냐고 물었다. 청년은 면 소재지라 여관 같은 것은 없다고 했다. 여관은 K읍에 가야 있는데 지금은 그 곳으로 가는 버스는 없다는 것이었다.

"여행 중이신가 보죠?"

우헌의 캐리어를 보면서 청년이 물었다.

"네, 도시 쪽만 다니다가 시골은 오늘이 처음입니다. 잘 곳이 없는 줄을 미처 몰랐습니다."

우헌은 정말 난감했다. 마을이 꽤 커 보이는데도 숙박을 할 수 있는 곳은 없는 것 같았다. 몇 발자국 앞으로 걸어가던 청년이 대뜸 돌아섰다.

"괜찮으시다면 제가 살고 있는 집으로 가실까요. 마침 비어있는 방이 하나 있습니다."

요한의 제의에 우헌은 두말없이 요한을 따라갔다. 기가 막힌 상황에서 구세주를 만난 기분이었다.

"저는 박요한이라고 합니다."

"저는 김우헌입니다."

통성명을 나눈 그들은 도로를 걸어가다가 오른편 골목길로 들어섰다. 골목길은 끝이 보이지 않았고 깊은 정적으로 가득 차 있었다. 그들은 골목길을 말없이 걸어갔다. 우헌이 끌고 가는 여행용 캐리어의 바퀴소리도 골목길의 깊은 정적에 묻혀버리는 듯했다.

골목의 끝자락에서 오른편에 십자가가 달린 종탑이 우헌의 눈에 들어왔다. 종각 옆에는 작고 아담한 교회가 있었다. 교회 뒤쪽은 온통 황금빛 들판이었다.

"여기가 제가 살고 있는 곳입니다."

요한은 대문이 없는 교회의 마당으로 성큼 들어섰다. 종탑 옆에 서 있는 감나무에 주황색 감이 주렁주렁 매달려 있었다. 교회 이름은 희망교회였다.

요한은 희망교회의 전도사라고 자신의 직업을 밝혔다. 나는 현재 직업이 없다고 우헌이 겸연쩍게 말을 했다. 요한은 차분하게 웃으면서 우헌을 방으로 안내했다.

기억의 그늘

희망교회의 별채라고 했다. 아주 가끔 교단의 목사님들이 오시면 머물고 가는 곳이라고 했다.

방은 생각보다 넓고 깨끗했다. 요한이 기거하는 옆방이었다. 요한은 우헌에게 사택으로 가서 목사님을 뵙고 올 테니 잠시 기다리고 있으라고 했다. 시골 청년의 인심이 참 후하다고 생각 했는데, 교회의 전도사였기 때문일까.

우헌은 방문을 열고 밖으로 나왔다. 들판은 가을이 완연하게 익어있고 풍성한 가을 냄새가 우헌의 코에 향기롭게 감겼다. 대도시에서 태어나 도시에서만 생활해 온 청년 우헌에게 추수가 시작된 시골 들녘의 모습은 참으로 경이로웠다.

우헌이 황금 들판과 작은 동산의 경치에 사뭇 심취해 있는데 요한이 온화한 얼굴을 가진 중년의 남자와 같이 걸어왔다. 요한은 희망 교회의 윤학중 목사님이라고 중년 남자를 우헌에게 소개했다.

"마음 편하게 쉬었다 가시오."

"정말 감사합니다. 목사님."

우헌은 공손하게 머리를 숙여 진심으로 고마운 마음을 표현했다. 윤학중 목사는 다시 한 번 잘 쉬었다 가라는 말을 한 후 교회 사택으로 되돌아갔다. 요한도 곧장 뒤따라갔다. 우헌은 딱 이틀간만 이 시골에 머물다 가리라 생각했다. 우헌은 다시 들판으로 눈을 주었다. 동산에서 내려온 저녁노을이 황금 들판에 소리 없이 깔리고 있을 때였다.

"목사님께서 식사를 같이 하자고 합니다."

돌아보니 교회사택으로 갔던 요한이 성큼 다가와 서 있었다. 그렇잖아도 우헌은 시장기를 느끼던 참이었다.

요한을 따라 들어선 교회사택에는 저녁식탁이 차려져 있었다. 찬이 그다지 많지 않은 아주 소박한 식탁이었다. 기다리고 있던 윤학중 목사는 우헌에게 식탁 의자에 앉기를 권했다. 세 사람은 거의 동시에 식탁 의자에 앉았다. 그 때 주방 싱크대에 서 있던 젊은 아가씨가 우거지 국을 담은 그릇을 들고 식탁 앞으로 왔다. 젊은 아가씨는 윤 목사와 요한, 우헌 앞에 각각 국그릇을 놓았다. 우헌과 눈이 마주치자 젊은 아가씨는 미소를 머금고 눈으로 인사를 했다. 찬은 별로 없지만 많이 드시라고 하는 말 같았다. 눈이 깊고 맑았으며, 갸름한 얼굴에 오똑한 콧날이 상큼했다. 순간 우헌의 가슴이 설레면서 뛰기 시작했다.

윤학중 목사가 딸인데 윤라엘이라고 젊은 아가씨를 간단하게 소개를 했다. 그들은 함께 식사를 했다.

우헌의 가슴 설레임은 그 날부터 계속 되었다. 라엘 때문에 우헌은 그곳을 떠날 수가 없었다. 결국 다른 지방으로 가는 것은 포기해 버렸다.

이곳에 더 머물다 가도 되겠느냐는 우헌의 요청을 윤학중 목사도 요한도 거절하지 않았다. 이왕 비어있는 방이니까 머물고 싶을 때까지 머물다 가라고 했다. 대신 한 가지 조건이 있었다. 희망교회에서 보는 예배에는 꼭 참석해야한다는 조건이었다. 우헌은 그러겠다고 했다. 요한은 우헌보다 한 살 위였다. 요한은 같은 또래라고 좋아했다.

시일이 흐르면서 요한과 라엘이 서로 사랑하는 사이고 머지않아 결혼을 할 사이라는 것도 알게 되었다. 우헌은 절망했다. 그러나 라엘을 향한 마음은 돌이킬 수가 없었다. 돌이키기에는 라엘에 대한 마음이 너무 깊어 있었다.

이런 우헌의 속마음을 모르는 요한과 라엘은 항상 친절하게 우헌을 대해 주었다.

가안면서 제일 가까운 도시에서 미술 대학을 졸업한 라엘은 별다른 직업을 가지고 있지 않았다. 졸업을 하던 그 해에 암말기로 투병 생활을 하던 어머니가 돌아가셨기 때문이었다. 라엘은 어머니를 대신하여 집안 살림을 꾸려가고 있었다. 일주일에 한 번씩 k읍에 있는 미술 학원에 가서 아이들을 가르치고 오는 것이 유일한 외출 이었다.

라엘의 대학 등록금은 처음부터 전부 요한의 집에서 부담했다. 작은 시골 교회 목사의 사례비로는 라엘의 대학 등록금은 무리였다. 요한의 집 경제는 그런대로 넉넉한 편이었다. 요한의 아버지와 윤학중 목사는 고등학교 동기동창으로 절친한 사이였다. 요한과 라엘이 서로 사랑하는 사이라는 것을 알게 되었을 때 윤학중 목사보다는 요한의 아버지가 더 기뻐했다. 요한의 아버지도 목사가 되기 위하여 신학대학을 가려고 했으나, 부모님의 반대로 그 뜻을 이루지 못했다.

그런 탓에 요한이 신학대학을 가서 목사가 되겠다고 하자 요한의 아버지는 전혀 반대하지 않았다.

우헌은 요한을 따라 다니면서 교회의 텃밭 농사도 거들었다. 성전을 청소하는 일도 도왔다. 마을 사람들에게 전도 용지를 나누어 주는 일에도 함께 했다. 요한과 우헌은 참으로 죽이 척척 잘 맞았다. 적어도 그 사건이 있기 전까지는.

그날은 겨울이 깊어 있었다. 우헌이 머문 지 이 개월이 지난 시점이기도 했다.

윤학중 목사와 요한은 임종을 눈앞에 두고 있는 어느 성도의 가정에 임종 예배를 보러 갔다. 성도의 집은 신교 마을과는 많이 떨어져 있는 아주 작은 마을이었다. 그 때부터 눈발이 흩날리기 시작했다. 첫눈이기도 했다. 눈이 내린다고 임종 예배를 미룰 수는 없을 것이다. 눈발은 차츰 굵어졌다. 오후가 되자 큼직한 목화송이로 변했다.

집에는 우헌과 라엘만이 남았다. 우헌은 라엘과는 어색한 관계가 아닌지라 별다른 부담감은 없었다. 그러나 라엘의 존재는 여전히 우헌의 가슴을 설레게 했다. 우헌이 라엘이 식탁에 차려 놓은 저녁을 먹고 있을 때였다. 요한으로부터 전화가 왔다. 눈 때문에 봉고차를 움직일 수 없다는 것이었다. 마을에 이토록 많은 눈이 내리는 것은 처음 본다면서. 더욱이 방금 운명한 성도를 두고 바로 일어나 갈 수는 없다고 했다. 어쩔 수 없이 오늘 밤은 소천한 성도의 집에서 보내게 될 것 같다고 하면서 성전 단속을 부탁했다.

우헌은 성전 안팎을 한 번 둘러보았다. 별다른 이상이 없음을 확인한 다음 자신의 거처로 돌아왔다. 눈은 점점 더 많이 내리는 것 같았다. 잠자리에 누우려는데 목이 따끔거렸다. 감기가 오려나보다. 생강차라도 한잔 마셔야겠다고 생각했다. 생강차는 항상 식탁 위에 있었다.

우헌은 급히 사택으로 갔다. 주방에는 불이 켜져 있고, 라엘이 식탁의자에 앉아서 생강차를 마시고 있었다.

순간 우헌의 가슴이 심하게 떨려 왔다. 라엘은 우헌을 향하여 자연스럽게 웃었다. 감기 기운이 있어서 생강차를 한 잔 마시려고요. 우헌은 변명하듯이 말했다. 라엘이 싱크대로 가서 머그잔과 티스푼을 가지고 왔다.

"양은 본인이 알아서 넣으세요."

"고마워요."

우헌은 생강차 뚜껑을 열었다. 세 스푼 정도를 머그잔에 담았다. 뜨거운 물을 붓자 생강 향기가 식탁 위로 번졌다. 생강차를 다 마신 라엘은 주방 문 쪽으로 걸어가면서 말했다. 나가실 때는 꼭 불을 꺼달라고.

"라엘 씨!"

라엘이 걸음을 멈추고 우헌을 향하여 돌아섰다.

"이곳엔 겨울에는 언제나 이렇게 눈이 많이 내리나요?"

우헌은 라엘과 더 있고 싶어서 눈을 끌어 들였다. 눈이 내리지 않은 겨울은 없었다. 하지만 첫눈이 이렇게 많이 내리는 것은 처음 본다면서, 라엘은 자신의 방으로 돌아갔다. 순간 우헌의 내면에서 뜨거운 욕망 하나가 거품처럼 끓어 오르기 시작했다. 우헌은 생강차가 반이나 남아있는 머그잔을 식탁 위에 내려 놓고 급히 라엘을 뒤따라갔다. 라엘은 아직 방문을 잠그지 못한 상태였다. 문을 열고 불쑥 방으로 들어서는 우헌을 라엘이 놀란 눈으로 보았다.

"무슨 할 말이라도 있으세요? 우헌 씨?"

라엘의 물음에 우헌은 가슴이 터질 것 같았다.

"있어요. 하고 싶은 말. 내가, 내가, 라엘 씨를 사랑한다는 그 말을 하고 싶어요."

우헌은 간절한 목소리로 말했다. 라엘의 눈은 불안과 경계의 빛이 역력했다.

"나는 요한 씨와 곧……."

"알아요. 곧 결혼할 사이라는 것."

우헌의 등에 진땀이 났다.

"알면서 우헌 씨의 이런 행동은 무척 무례해요."

당장 나가달라면서 라엘이 고함을 질렀다. 고함을 치는 라엘의 얼굴 위로 요한의 얼굴이 재빨리 겹쳐졌다. 요한과 라엘을 떼어 놓아야 한다. 우헌은 소리를 지르는 라엘을 붙들었다. 한 손으로는 라엘의 몸을 붙들고 다른 한 손으로는 라엘의 입을 막았다. 우헌은 침대 위로 라엘을 밀어 넣었다. 라엘은 온 힘을 다하여 발버둥을 쳤다. 그러나 우헌은 이미 이성을 잃고 있었다. 자신의 욕망과 요한에 대한 질투로.

"그날 나는 반 쯤 기절한 라엘에게 천하에 몹쓸 짓을 하고 말았소. 요한과 라엘을 떼어 놓기 위하여."

우헌의 눈이 축축하게 젖어왔다.

우헌은 이 말을 하려고 나를 이곳으로 데리고 왔구나. 그 누군가에게 고백하지 않으면 평생 고통의 마음으로 살아가야 하니까. 막힌 통로를 뚫기 위하여 아픔의 시간을 함께 겪은 나를 선택했구나. 혜희는 우헌의 그런 마음이 이해가 갔다. 허나 그 어떤 말도 할 수가 없었다. 오직 우헌의 이야기를 끝까지 들어주는 것 말고는.

새벽에 눈이 그치고, 부지런한 마을 사람들에 의해 눈길이 열리자 우헌은 도망치듯 희망교회를 빠져나왔다.

그리고 시간은 속절없이 흘렀다. 우헌은 어느 날 윤학중 목사의 전화를 받았다. 가슴이 섬뜩했다.

커피숍의 한쪽 구석에 있는 별실에서 윤학중 목사는 우헌을 기다리고 있었다. 조심스럽게 들어선 우헌이 머리 숙여 인사를 하려고 윤학중 목사의 앞에 섰을 때였다. 자리에서 벌떡 일어난 윤학중 목사는 치켜든 오른 손으로 우헌의 따귀를 세차게 갈겼다. 우헌의 눈에 번쩍하고 별이 튀었다. 더할 수 없는 분노가 담겼을 윤학중 목사의 팔 힘은 참으로 대단했다. 라엘과의 일 때문이구나. 조금 전 윤학중 목사의 휴대폰 목소리에서 이미 짐작은 하고 있었다. 우헌은 무릎을 꿇었다. 말을 한 들 어떤 말을 할 수 있겠는가. 처분만 기다릴 수밖에 없었다.

한동안의 무거운 침묵이 흘러간 후 윤학중 목사가 조금은 절제된 목소리로 입을 열었다.

"일어나서 자리에 앉게."

겨우 일어난 우헌은 윤학중 목사의 맞은편 의자에 구겨지듯 앉았다. 과연 무슨 말이 나올지 심장이 조여 왔다.

윤학중 목사의 목에서 침 넘어가는 소리가 났다.

"내 딸 라엘이 임신을 했다. 자네 아이라더군. 며칠 전에 알았다. 이 사실을."

"죄송합니다. 죽을죄를 지었습니다. 저를 용서해 주신다면 라엘 씨와 결혼하겠습니다."

우헌은 온 힘을 다하여 진심으로 말했다. 그동안 라엘이 보고 싶어서 달려가고 싶을 때가 한 두 번이 아니었다. 그러나 차마 달려가서 라엘의 얼굴을 대할 용기가 나지 않았다.

"요한이 이성을 잃고 자넬 죽이려 오겠다는 걸 간신히 말렸네."

요한의 입장에서 왜 그런 마음이 들지 않겠는가. 만약 우헌 자신이 그런 경우를 당했다면 당장 달려가서 작살을 내도 몇 번은 냈을 것이다.

"앞으로 요한을 만나서는 절대로 안 돼. 명심하게."

윤학중 목사는 거듭거듭 당부를 했다.

라엘과의 결혼에는 한 가지 조건이 있었다. 라엘과 함께 신앙 생활을 하는 것이었다. 우헌은 그러겠다고 윤학중 목사에게 약속을 했다.

우헌과 라엘의 결혼 생활은 두 사람 모두에게 불행의 시간들이라고 할 수 있었다. 우헌은 라엘을 사랑했지만, 라엘은 단 한순간도 우헌을 사랑하지 않았다. 라엘의 마음은 언제나 요한에게 가 있었다. 느낌으로 알 수 있었다. 아이가 태어났으면 좀 달랐을지도 몰랐다. 허나 불행하게도 아이는 사 개월 만에 유산이 되어 버렸다. 라엘의 정신적 고통으로 처음부터 산모나 태아는 부실했다.

우헌은 절망했다. 하지만 달리 어떻게 할 방법이 없었다.

우헌과 사는 동안 라엘은 꼭 필요한 말 이외는 하지 않았다. 그렇다고 아내의 임무를 소홀히 하는 것은 절대 아니었다. 흠잡을 수 없을 만큼 아내의 역할에 충실했다.

결혼생활 내내 라엘은 임신을 하지 못했다.

우헌은 라엘이 다시 아이를 가지기를 원하고 또 원했다. 그런데 어찌된 셈인지 우헌에게 그런 기쁨은 오지 않았다.

날마다 회사일로 바쁜 우헌과는 달리 라엘의 하루는 단조롭기 그지없었다. 근처의 마트에 가서 식료품을 사오고. 두 사람이 먹을 음식을 만들고. 식탁을 차리는 것이 하루 일과 거의 전부였다. 그리고 일요일 오전이면 교회에 가서 예배를 보고 오는 것이 큰 외출이었다.

우헌은 결혼 조건이었던 교회 나가서 예배를 보는 신앙생활을 제대로 하지 못했다. 라엘이 원하지 않았기 때문이었다. 라엘은 우헌이 그녀를 따라 교회 나가는 것을 완강히 거절했다. 신앙심도 없으면서 억지로 그럴 필요 없다고 딱 잘랐다. 우헌도 어쩔 수가 없었다.

어느 날 라엘이 뜻밖의 청을 했다. 그림을 그리고 싶으니 그녀의 아트리에를 마련해 달라고. 우헌은 두말없이 라엘의 청을 들어주었다.

그림을 그리기 시작하면서 라엘의 얼굴에는 조금씩 빛이 돌기 시작했다. 우헌은 여전히 라엘의 임신을 학수고대 기다렸다. 우헌의 애탄 기다림에도 불구하고, 어찌된 셈인지 라엘은 계속 임신이 되지 않았다. 첫 아이의 유산 때문일까. 그런데 라엘이 약을 먹으면서 일부러 아이를 가지지 않는 다는 사실을 알게 되었다. 그 순간 우헌은 절망과 함께 온몸이 땅속으로 추락하는 것 같았다. 우헌의 아이를 라엘은 원하지 않았던 것이다.

라엘이 교통사고를 당했던 그날, 일요일 오전 대예배에 참석을 한 다음, 라엘이 과연 차를 몰고 어디로 가려고 했는가는 지금도 의문으로 남아 있다. 라엘의 운전 솜씨는 마트나 화방에 가서 화구를 사오는 정도였다.

라엘이 떠난 후, 삼년 동안 라엘의 영혼을 찾아 헤매고 다녔지만, 우헌은 이 세상 그 어느 곳에서도 라엘의 영혼을 만나지 못했다. 라엘의 영혼은커녕 영혼의 그림자도 만날 수가 없었다.

그러던 어느 날, 어떤 작은 도시에서였다. 버스를 타려고 시외버스 터미널로 향하는데 불현 듯 요한이 생각이 났다. 라엘이 죽는 순간까지도 가슴에 품고 갔을 남자! 박요한! 그 사람이라면 라엘의 영혼이 어디 있는지 알고 있을지도 모른다. 터무니없는 생각을 하면서 우헌은 희망교회로 달려갔다.

요한은 소천한 윤학중 목사의 뒤를 이어 희망교회의 담임 목사가 되어 있었다.

요한은 한 눈에 우헌을 알아보았다. 요한의 입장에서 보면 기겁을 할 만한 우헌의 출현일 것이다. 우헌만 아니었다면 요한과 라엘은 아주 금슬이 좋은 부부가 되었을 것이다. 우헌은 요한 앞에 무릎을 꿇었다.

"일어나시죠. 그일 잊은 지 이미 오랩니다."

요한은 너그러웠다. 성직자이기 때문일까.

윤학중 목사는 평생 요한을 만나서는 안 된다고 말했다. 그러나 우헌은 그렇게 할 수가 없었다.

"라엘이 죽었습니다. 교통사고로. 삼 년 전에."

요한이 우헌을 일으켜 세웠다.

"알고 있습니다. 라엘의 영혼이 떠나는 것을 보았으니까요."

그랬구나. 라엘의 영혼은 요한을 찾아와서 작별을 고하고 떠났구나. 그들은 언제나 하나로 엮어 있었구나. 우헌은 비로소 라엘의 영혼이 이 세상을 완전히 벗어났음을 믿을 수 있었다.

바람이 불고 어둠이 몰려오면서 하늘에는 노란 별들이 빛나기 시작했다.

그날 밤 우헌은 그곳에서 잤다. 요한은 날이 저물었으니 자고 가라면서 기꺼이 숙소를 제공했다. 옛날 우헌이가 거처하던 그때의 그 방이었다.

요한의 배려로 우헌은 그곳에서 삼 년을 보냈다. 요한에게 속죄하는 마음으로 우헌은 교회의 텃밭도 가꾸고 성전 청소도 했다. 요한이 하는 농사일도 거들었다. 교회의 공식 예배에도 충실하게 참여를 했다. 고등학교와 중학교에 다니는 요한의 두 아들과도 친하게 지냈다.

우헌이 그곳을 떠나올 때, 요한은 버스 정류장까지 배웅을 해 주면서, 오고 싶을 적에는 언제든지 오라고 말했다. 우헌이 머무는 동안 요한은 단 한 번도 라엘의 이야기는 입에 올리지 않았다.

거실에 불을 밝힌 혜희는 소파에 털썩 주저앉았다. 가슴이 아려왔다.

조금 전, 고속도로를 달려오면서 그들은 단 한마디도 하지 않았다.

부산에 진입하여 우헌이 등나무 찻집 앞에 차를 세울 때까지도 마찬가지였다.

혜희가 차문을 열고 내리려고 하는 순간, 우헌이 낮은 목소리로 입을 열었다.

"나의 고백이 혜희씨에게 부담이 되지 않았으면 합니다만."

혜희는 차문을 도로 닫았다. 김우헌이라는 남자, 오죽했으면 그런 일을 나한테 털어 놓았을까. 감추고 살아도 아무한테도 말하지 않고 살아도 될 일을 말이다. 사실은 심장에 무엇이 꽉 막혀 있는 것처럼 고통스러웠을 것이다. 그래서 그 고통의 일부라도 덜어내고자 그녀에게 말했는지도 모른다. 인간은 누구나 실수를 하면서 살아갑니다. 혜희는 그렇게 위로의 말을 하려다가 그만두었다. 그 때 우헌이 라엘에게 저지른 행위가 실수로 치부해 버리기에는 무언가 아닌 것 같았다. 우헌이 말을 이어나갔다.

"나는 서울의 건물이 처리되는 대로 이 도시를 떠날까합니다. 며칠 전에 아우 도 건물 매각에 찬성을 했답니다. 요한 목사가 있는 근처에 땅을 사서 집을 짓고, 정원과 텃밭을 가꾸고 성전 청소도 하고 농사도 지을 겁니다."

"귀농을 하시겠다는 건가요?"

"귀농이라고 거창하게 말하고 싶진 않군요. 그냥 시골에 가서 살려고요. 시골이 좋아졌으니까요. 귀촌이죠."

우헌은 계속 낮은 음성으로 말했다. 차에서 내린 혜희는 우헌의 차가 떠나는 것을 막막하게 바라보았다.

우헌은 왜 하필이면 라엘이 살았던 그곳으로 간다는 것인가! 우헌의 가슴에 아직도 라엘의 영혼이 살아있기 때문일까. 혜희로서는 도무지 모를 일이었다.

우정의 계곡

　월요일, 신애와 함께 손님 맞을 준비를 끝낸 혜희는 창가의 자리에 앉았다.
　일요일 하루 쉬었다고 월요일 아침에는 항상 좀 부지런을 떨어야 했다. 때로는 새로 가게를 개업하는 기분이 들기도 했다.
　신애가 아메리카노 두 잔을 내려서 들고 왔다. 커피향이 정말로 좋다. 손님들이 오기 전에 그녀들은 커피를 마셔야 한다. 신애도 혜희의 맞은편 의자에 앉았다.
　"시골 교회는 어땠어?"
　신애가 커피잔을 들면서 소녀 같은 표정으로 물었다. 혜희는 신애에게 우현을 따라 가안면에 있는 시골교회로 가서 예배를 볼 것이라고 가기 전 날 말했었다.
　"희망 교회 근처의 풍광이 참 좋더라. 하늘도 공기도 너무 맑았고."

아무리 신애지만 우헌이 고백한 그 말을 할 수는 없었다.

"우헌 씨는 그곳에 살고 싶다고 했어. 머지않아 귀촌을 할 생각인가 봐."

"좋겠다. 우헌 씨는. 사실 나도 애들 제 갈길 가고 나면 그런 시골에 가서 살고 싶어. 맑은 공기 마시면서."

신애가 눈을 반짝였다.

아! 그것도 좋겠다. 아이들 결혼 시키고 나면 우리 시간적인 여유가 많겠지. 경치 아름다운 곳에 집도 예쁘게 지어서 너랑 나랑 같이 살면 외롭지도 않을 거고. 가게 매상 때문에 신경 쓰지 않아도 될 것이고.

들고 있던 커피잔을 탁자 위에 내려놓는 혜희의 목소리가 조금은 들떠 있었다. 그러나 찻잔에 마지막으로 남아 있던 커피를 다 마셨을 때 그녀들은 깨달았다. 경치 좋고 물 맑고 공기 좋은 시골 전원주택에서의 생활은 오로지 그녀들의 희망사항일 뿐이라는 것을.

늙으면 아무래도 병원 출입이 잦아질 것이다. 그러니까 병원은 물론이고, 마트나 아니면 재래시장이라도 가깝게 있어야 발힘이 덜 들것이다.

집 밥하기 싫거나 입맛이 없으면 집근처 가까운 식당에 가서 밥을 사먹는 날도 많을 것이다. 그런데 이런 모든 것이 전무한 시골에서의 전원생활은 현재 그녀들의 꿈일 뿐인 것이다.

창밖 정원의 붉은 단풍나무 가지가 바람에 흔들리고 있었다. 그녀들은 잠깐 동경했던 시골 전원주택에 대한 꿈을 내려놓으면서 마주보고 소리 없이 웃었다. 그때였다. 찻집 입구의 문이 열리면서 누군가 썩 들어섰다. 평소 무관하게 지내는 앞집 강 여사였다. 그녀는 주로 일주일에 두 번쯤 언제나 오후 좀 늦은 시간에 들리곤 했다. 신애가 만든 대추차를 마시기 위해서였다. 혜희는 그런 그녀가 오전 시간에 나타나니 웬일인가 싶었다. 어디 동창 모임에라도 가는지 한껏 멋을 부렸다. 혜희를 보자 그녀는 급히 걸어왔다.

"마침 서사장이 계시네. 잘됐어. 전해야할 소식이 있는데."

강 여사는 혜희보다 세살 위라서 그런지 혜희에게 곧잘 해라를 했다. 혜희는 그녀에게 앉을 자리를 권했다. 강 여사가 혜희 바로 옆에 앉자, 신애는 커피 잔을 들고 자리를 비켜주었다.

"강여사님 무슨 일인데요?"

"서 사장은 아직 소식 못들었지? 이 동네 재개발 한다는 것."

"재개발이라니요? 몇 년 전에 끝난 이야기가 아니었던가요?"

혜희는 심장이 멎는 것 같았다. 몇 년 전이었다. 동네의 재개발 문제로 한 때 시끄러웠던 적이 있었다.

그 당시 재개발 문제로 주민들의 찬반 투표가 있었다. 그 때는 반대 의견이 훨씬 많아서 재개발 건은 부결이 되었다. 장미의 골목 사람들은 이런 아름다운 목가적인 동네가 사라지는 것을 원하지 않는다면서 대부분의 사람들은 반대표를 던졌다. 혜희도 극구 반대했다.

"하긴 서사장이야 찻집 때문에 바쁘니까 뭘 알겠나."

강 여사는 현재 진행되고 있는 상황을 상세하게 설명을 했다. 재개발을 하려는 건설 회사는 대기업에 속해있다. 그 회사 직원들이 한 집 한 집 다니면서 의견을 물은 결과 거의가 다 찬성을 했다. 젊은 자녀들이 결혼을 하거나 직장을 찾아 떠나고 나니까, 노인들만 남은 집에서는 주택 관리가 힘들다는 것이었다. 겨울에는 보일러를 켜도 외풍 탓으로 아파트만큼 따뜻하지 않다. 길고양이들도 주택을 침범해서 애를 먹인다. 결혼하여 아파트로 간 자녀들은 주택에 와서 살 생각은 아예 없다. 따라서 아파트의 편리함을 알게 된 주민들도 더 이상 주택에 살기를 원하지 않는다. 가격도 새 아파트와 오래된 주택하고는 상당한 차이가 있었다. 강 여사는 오월 장미의 골목이나 장미의 향기, 목가적인 주택 풍경은 이차적인 문제라고 또박또박 목소리를 높였다. 강 여사도 이젠 아파트 생활이 하고 싶어졌다. 하기 때문에 적극 찬성표를 던질 것이란다. 강 여사의 집 정원은 잘 가꾸어 놓은 예쁜 정원으로 이 동네에서는 소문이 나 있었다.

"서사장이야 장사를 하니까 장소 문제 때문에 찬성표를 던지기가 좀 그렇겠지. 하지만 보상금 받아서 다른데 가서 영업하면 여기보다 잘 될지 누가 알아. 그러니 우리 아무 소리 하지 말고 찬성합시다. 서 사장 혼자 반대 해봤자 재개발이 안 되는 것도 아니고."

혜희는 기가 막혔다. 언제는 주택이 좋다고 하더니, 지금은 또 아파트 편으로 돌아서니 참으로 사람의 마음이란 모를 일이다.

"그리고 서사장 내가 머리로 계산기를 두드려보니, 우리가 손해 볼 것 하나도 없어. 곧 조합도 설립 한다는데 공연히 힘 빼서 싸우지 말라고."

강 여사는 교훈을 하듯 말한 다음 일어섰다. 그리고는 빠른 걸음으로 찻집 문을 열고 나가버렸다.

혜희는 머리가 멍해졌다. 재개발로 아파트가 들어서게 되면 어차피 찻집 장사는 접어야 한다. 주민들이 다 찬성을 하고 건설사가 대기업이라면 생각보다 빨리 재개발이 진행 될지도 모른다. 신애도 그녀도 자식들이 정상적인 직업을 가지고 결혼을 할 때까지는 돈을 벌어야 하는 처지다. 물론 자금의 여유가 있으면 어디서든 찻집을 할 수는 있을 것이다. 하지만 혜희는 새로 시작해야 하는 복잡함이 너무 싫었다. 그나마 용기를 내어 등나무 찻집을 할 수 있었던 것도, 매사에 야무진 신애가 있었기 때문이었다.

신애가 가만히 다가왔다. 마침 차를 마시러 온 사람이 없어서 다행이었다. 손님 앞에서 장사하는 집 사람의 우울한 표정은 금물이다.

"강 여사가 무슨 일로? 아침에."

"이 동네가 재개발이 될 것이라고 해. 지금 추진 중이래. 나보고 혼자서 반대해도 아무 소용없으니까 찬성 도장 찍어주라고. 그 말 하러 왔어."

신애의 얼굴이 굳어졌다.

"신애야, 우리 어떡하지? 난 이 동네를 떠나고 싶지 않아. 찻집 장소도 여기가 딱 좋아. 난 복잡한 곳은 싫어."

혜희가 걱정스러운 얼굴로 말했다.

"나도 복잡한 곳은 싫다. 아직 시일이 많이 있으니까 너무 겁내지 말자, 당장 집을 무너뜨리는 것도 아니잖아. 침착하게 우리 대책을 세워보자꾸나. 혜희야."

신애는 신중했다.

출입구 문이 열리면서 알바 아가씨 한 명이 출근을 했다. 뒤이어 세 명의 손님들이 들어와서 자리를 잡고 앉았다.

"혜희야, 이층에 올라가서 머리 좀 식혀라. 얼굴색이 안 좋다."

속삭이듯 말한 신애는 재빨리 카운터 쪽으로 걸어갔다. 알바 아가씨가 첫 손님들에게 다가가고 있다.

혜희는 무거운 걸음으로 밖으로 나왔다. 바로 이층으로 올라가려다가 정원 한 가운데로 걸어갔다. 똑바로 서서 하늘을 보았다. 하늘이 푸르고 깊다. 그리고 구름 한 점 없다. 이 동네의 주택들이 모두 사라지고 대단지 고층 아파트가 들어서면 과연 지금처럼 이런 푸르고 깊은 가을 하늘을 볼 수 있을까. 모르긴 해도 아마 없을 것 같다.

　집을 살 그당시, 남편은 초라하지도 그렇게 화려하지도 않은 이 집의 정원이 무척 마음에 든다고 했다. 몇 번의 전세 생활을 거친 다음 마련한 집이었다. 부족한 액수는 은행 융자를 이용했다. 남편은 죽기 전에 그 돈을 다 갚았다.

　혜희는 이 집에서 죽을 때까지 살고 싶었다. 이사를 자주하는 것은 고통이었다. 그런데 그녀의 의사와는 상관없이 언젠가는 이 집을 떠나야 한다고 생각하니 가슴이 아린다. 현대 사회는 그녀가 그녀의 집에서 죽는 날까지 살고 싶어도 살 수 없게 만든다. 아파트라는 주거 문화가 그렇게 만들고 있었다.

　혜희는 푸른 공기를 천천히 아주 천천히 마신 다음 이층으로 올라왔다. 잠시 망설이다가 서재 방으로 들어섰다. 책상 위에 펼쳐져 있는 원고지들이 무언가 목소리를 내고 있었다. 고우슬이 엮어 나가고 있는 장편 소설이다. 언젠가 등나무 찻집 문을 닫게 되면, 진짜 고우슬이 되어 소설이나 쓸까. 채란주의 기대처럼 대박을 칠지도 알 수 없으니까. 허나 그것이 어디 쉬운 일인가. 아무에게나 해당되는 사항은 아닌 것이다.

　혜희는 남편이 달마다 꼬박꼬박 갖다 주던 월급쟁이 시절이 새삼 그리워졌다. 혜희는 다시 거실로 나와 소파에 몸을 기댔다. 머리를 식혀야 했다. 문득 어제 차 안에서 우헌이 했던 말이 생각났다. 우헌은 서울에 있는 건물이 정리가 되면 귀촌을 할 것이라고 말했다. 신교 마을에서 희망교회의 교인이 되어 살아갈 것이라고 했다. 혜희는 모든 것을 내려놓고 시골로 들어갈 수 있는 그의 여유있는 여건이 부러웠다. 그녀에게 자신의 고통을 고백한 우헌이다. 그런 우헌이라면 어쩌면 좋은 조언자가 되어 줄지도 모른다. 혜희는 우헌의 휴대폰 번호를 찾았다. 신호음이 가자 우헌은 곧바로 전화를 받았다.

"우헌 씨 지금 어디에요?"

"아! 혜희씨 나 지금 고속도로 휴게소에 있는 커피집에서 커피 한 잔 마시고 있어요. 갑자기 아우가 오라고 연락이 와서 서울로 가는 중이에요."

우헌의 목소리는 매우 밝았다.

"네, 서울 가시는 길이군요."

"그런데 혜희씨 목소리가 왜 그래요? 어디 아파요?"

우헌의 목소리가 걱정스럽게 변했다.

"아픈 거 아니에요. 그냥 전화 넣었어요. 서울 잘 다녀오세요. 끊을게요."

혜희는 먼저 전화를 끊었다. 공연히 서울에 볼일 보러 가는 사람의 마음만 어지럽게 한 것 같았다.

남편이 살아 있어서 함께 의논을 한다면 조금도 어려운 문제가 아닌 것을, 혼자서 감당하려니까 이토록 마음이 힘들어진다.

솔직히 말해서 이 집이 장미의 골목에 있는 주택이니까 그나마 비싼 월세 안 내고 찻집을 할 수 있었다. 이 층 한 편도 전세를 줄 수 있었고. 또 소담한 이집 정원의 풍경이 손님을 오게 하는데 한 몫을 하고 있다. 그것뿐 아니라 자동차 기름 값 들이지 않고 출퇴근 하는 장점도 있다. 그러나 아파트가 들어서면 이렇게 좋은 모든 조건들이 사라지게 된다. 강 여사 말처럼 혼자서 반대해 보았자 계란과 바위를 치는 것처럼 아무 소용이 없다는 것을 혜희도 익히 알고 있었다.

혜희는 이 같은 상황을 우헌에게 하소연하듯 이야기 하고 싶었다. 우헌이 오랜 마음의 고통을 그녀에게 털어놓았던 것처럼. 혜희도 솔직하게 고충을 털어놓고 작은 위로라도 받고 싶었다. 그런데 서울로 가고 있다니, 타이밍이 맞지 않았다. 혜희는 긴 소파에 쓰러지듯 누웠다. 그래 신애하고 의논하자. 어차피 신애하고 같이 해야만 하는 찻집이다. 생각하면 자녀가 둘인 신애의 경제적인 삶은 혜희보다 더 고달플지도 모른다. 그럼에도 신애는 늘 얼굴에 따뜻한 미소를 잃지 않고 있다. 신애라면 분명 지혜롭게 추진을 할 것이다. 담대한 마음을 가지고 주님께 기도하자고도 할 것이다. 그렇게 작정을 하자 방금 전과는 달리 혜희의 마음이 편안해지기 시작했다.

며칠 뒤에 건설회사 직원 두 명이 혜희를 만나기 위하여 등나무 찻집으로 왔다. 강 여사도 그들 뒤를 따라 들어왔다. 재개발에 해당되는 주민들은 모두 찬성을 했다. 이곳은 영업하는 집이라

제일 마지막에 찾아왔다고 한다. 장미의 골목에서 장사를 하는 집은 혜희의 집이 유일했다. 혜희는 어쩔 수 없이 찬성을 했다. 건설회사 직원 두 사람은 모든 일들은 속전속결로 진행될 것이라는 말을 남기고 자리를 떴다.

"서 사장 정말 잘했어. 찻집이야 다른데 가서도 얼마든지 할 수 있잖아."

강 여사가 안심이 된 얼굴로 말했다.

"나 찬성 도장 안 찍을까봐 강 여사님이 뒤따라 온 거 알아요. 동네 돌아가는 사정이 어떻다는 거 정도는 알고 있어요. 이미 정해진 일에 반대하면 나만 미운 털 박힐 것 아녜요. 장사를 하니까 자신의 이익만 생각한다고요. 그래도 찬성표를 던지는 마음은 쓰렸어요."

세상을 살아가면서 싫어도 어쩔 수 없이 상대방과 타협을 해야 하는 일이 발생 한다는 것은 혜희도 찻집 경영을 하면서 터득하고 있었다. 경영을 해야 하는 지금은 월급을 받고 다녔던 지난날의 직장생활과는 너무나 달랐다.

"아무튼 잘했어. 서 사장이 찻집을 하는 동안에는 나 자주 차 마시러 올게."

혜희의 어깨를 두어 번 가볍게 두드린 강 여사는 바람을 일으키듯 활기차게 찻집 문을 열고 나갔다.

"강 여사 주책이지만 밉지는 않아."

신애의 말에 혜희도 공감이 갔다. 남의 일에 참견을 잘하는 강여사지만 정말 밉지는 않았다.

혜희는 찬성표를 던지고 나니까, 오히려 후련한 마음이 들기도 했다. 결정을 하기전의 마음이 더 힘들었던 것 같다.

이제 이곳을 떠날 준비를 마음속으로 단단히 해야 할 것 같았다.

참으로 오랜만에 우헌은 동생 수헌과 거실 소파에 앉았다. 우헌이 서울에 온지 일주일 째 되는 좀 늦은 오후였다. 수헌의 찬성으로 건물은 주변 시세에 알맞은 가격으로 계약이 성립되었다. 수헌과 공동 명의로 되어 있는 건물은 아버지가 두 아들에게 남긴 유산이었다.

수헌의 아내가 허브차를 들고 왔다.

"이제 부산으로 내려갈까 한다."

건물 계약을 끝내고 곧장 부산으로 가려는 우헌을 수헌이 쉬었다 가라면서 붙든 것이, 일주일이나 머물게 된 것이었다. 우헌은 그동안 만날 사람도 만나고 가고 싶은데도 가보았다. 라엘이 살아있다면 어림도 없는 일이었다. 하루 정도 머물다 가는 것은 몰라도. 혼자니까 홀가분한 면도 있었다.

"형님도 이제는 재혼을 하셔야죠. 혼자 계시는 것 별로 보기 안 좋네요."

"그러세요. 아주버니, 이제 재혼을 해도 하늘나라에 계신 동서도 서운해 하시진 않을 거예요."

수헌의 아내가 우헌의 찻잔에 허브차를 따라 주면서 거들었다.

"재혼이 어디 그리 쉬운 일인가요. 재혼은 무엇보다 서로의 조건이 맞아야 하니까요."

"그러니까 형님, 그 조건 맞는 사람을 찾아보면 될 거 아닙니까. 형님이 못 찾아내시면 이 사람이 적당한 사람을 알아보겠다고 합니다. 사실은 어젯밤에 우리 두 사람 머리 맞대고 진심으로 상의해서 내린 결론입니다.

혼자 사는 우헌을 위하여 수헌이 염려하는 것은 너무나 당연한 일인지도 모른다. 슬하에 자식 한 명 없이 홀로 지내는 형님이 딱하기도 하고 먼 훗날을 생각하면 부담스러운 면도 있을 것이다.

우헌은 허브차를 천천히 마시면서 혜희를 생각했다.

처음 병원에서 혜희를 만났을 적에 그 기막힌 상황 앞에서 혜희의 눈은 아득하기만 했다.

그 후로 정해진 면회 시간에만 환자를 볼 수 있는 중환자실 문 앞에서 혜희를 만나면 그녀의 눈은 늘 바다처럼 젖어있었다.

아버지에게서 물려받은 건설 회사를 접은 후 육년 동안의 방황을 끝내고 다시 도시로 돌아왔을 때, 그녀의 눈은 한 없이 고단해 보였다.

우헌은 남은 생을 서혜희라는 여자와 함께라면 가능할 것 같았다.

그 언제부터인가 그녀에게로 마음이 다가가기 시작했다. 끌려가는 마음을 붙들려고 애를 썼지만 소용이 없었다. 감정은 소리 없이 그녀를 향하여 달려가고 있었던 것이다.

라엘이 아니고는 그 어떤 여자도 사랑하지 못할 거라고 생각했다. 그런데 아니었다. 혜희를 다시 만나고부터 라엘과는 또 다른 느낌이 우헌의 가슴 한 구석을 파고들었다.

우헌은 수헌 부부에게 재혼을 한 번 생각해 보겠다면서 일어섰다. 수헌과 수헌 아내의 얼굴이 밝아졌다.

차에 시동을 걸기 전에 혜희에게 지금 부산으로 출발한다는 문자를 찍었다. 아직 혜희의 마음은 알지 못한다. 알지는 못하지만 때가 이르면 청혼을 하리라. 그녀의 대답이 어떠하든 꼭 청혼의 손을 내밀 것이다.

혜희한테서 운전 조심조심해서 오시라는 답이 왔다. 우헌처럼 그녀도 교통 사고로 죽은 그녀의 남편을 떠올리면 끔찍할 것이다. 트라우마로 남았을 지도 모른다. 우헌은 조심해서 운전하여 가겠다는 답을 보낸 다음 승용차에 시동을 걸었다.

미래 출판사가 기어이 문을 닫고 말았다. 현 사장이 몇 사람을 소개해 주었지만 계약으로 이어지지는 않았다. 별 수 없이 미래 출판사는 문을 닫을 수 밖에 없었다.

진 선배와 란주가 대단한 의욕을 가지고 시작한 미래 출판사의 미래가 이렇게 막을 내릴 줄은 두 사람 다 상상도 하지 못했다.

폐업 신고를 하고 돌아오는 차 안에서 진 선배는 펑펑 울었다. 란주도 눈물이 나서 견딜 수 없었다. 이 와중에도 진 선배는 남아 있는 직원들에게 퇴직금을 챙겨 주었다.

진 선배는 한 달 쯤 집에서 푹 쉬었다가 서울로 갈 것이라고 했다. 서울 가서 무엇을 할 것인가는 아직은 생각하지 않는다고 했다. 그저 한 많은 이 도시를 떠나고 싶을 뿐이라고 했다. 충분히 이해가 갔다.

사실 란주로서도 고우슬의 소설을 출판하지 못한 것이 가장 큰 아쉬움으로 남았다.

졸지에 실업자가 되어버린 란주는 참으로 난감했다. 아무리 생각을 해도 결혼도 하지 않은 젊은 여자가 직장에 출근을 하지 않고 원룸에만 쳐박혀 있기에는 너무 답답했다. 무려 열흘 동안이나 아무데도 출근을 하지 않고 있으니, 갑갑해서 몸이 뒤틀릴 지경이었다. 기껏해야 해질 무렵에 원룸들이 빽빽하게 들어서 있는, 원룸 촌을 한 바퀴 돌아보는 것이 외출의 전부였다. 그렇다고 출판사 문을 닫았다고 엄마한테 말할 수도 없었다. 엄마는 백수가 원룸 달세 꼬박꼬박 내지 말고 당장 집으로 들어오라고 소리를 지를 것이 뻔했다.

란주는 문득 지욱의 카페 생각이 났다. 직장을 구할 때까지 자존심 구겨 넣고 꽃향기 카페에서 시간 알바라도 하게 해달라고 부탁을 해볼까 싶은 생각이 들었다. 아니면 광복동으로 나가서 국제시장을 한 바퀴 돈 다음, 깡통시장도 구경하고 용두산 공원에도 올라가 보고. 침대에 누워서 이런저런 생각의 날개를 달고 있는데 휴대폰이 소리를 냈다. 지욱이었다.

"란주야 우리 카페에 놀러올래? 오늘 날씨도 엄청 맑은데."

마치 란주의 생각이 바람을 타고 전달이 된 것 같았다. 갑갑하기 짝이 없는데 거절할 이유가 없었다. 또 지욱의 목소리가 경쾌하여 지난번 바닷가 모래사장에서 어쩌구 한 일은 싹 잊어버린 듯 했다. 란주는 드넓은 바다도 보고 싶고 꽃향기도 맡고 싶었다. 행여 그녀에 대한 지욱의 감정이 고스란히 남아있다 해도 상관하고 싶지 않았다. 이 시간에 카페로 놀러오라는 것을 보면 지욱도 미래 출판사가 망한 것을 이미 알고 있는 모양이다. 란주는 정식으로 갈 곳이 생겼다는데 대해서 갑자기 기분이 좋아졌다. 그야말로 기분전환이 필요한 시점이 아닌가.

원룸을 나선 란주는 서둘러 송정 쪽으로 차를 몰았다.

그녀가 꽃향기 카페에 들어서자 생화 냄새가 은은하게 풍겨 나왔다. 오후라 그런지 여전히 차를 마시는 손님들이 많았다.

창가에 앉아 있던 지욱이 아는 체를 했다. 란주는 재빨리 걸어가서 지욱의 맞은편에 앉았다. 너 때문에 전망 좋은 자리 빼앗기지 않으려고 일부러 앉아 있다면서 지욱은 밝게 웃었다. 지욱은 지난번에 만났을 때보다 더 성숙해 보였다.

"출판사 접었다면서?"

지욱의 목소리가 조심스럽다.

"그래, 진 대표가 서울로 간다고 접었어. 어떻게 알았니?"

출판사와는 무관한 지욱의 직업이라 란주는 궁금했다.

"채란주 일인데 내가 왜 몰라."

란주는 더 이상 묻지 않았다.

"나 실업자 됐어."

란주는 바다로 눈을 주었다. 드넓은 바다는 여전히 푸르고 깊었다.

문득 대학시절, 같은 과의 한 친구가 생각났다.

우리 아파트는 강이 바로 눈앞에 보여서 전망이 참 좋다고 자랑을 했다.

어느 날 그 친구 집으로 놀러갔다. 정말 눈앞에서 강이 흐르고 있었다. 그런데 끝없이 드넓은 바다를 낀 항구 도시에서 자란 탓일까. 란주의 눈에는 친구가 말한 그 강의 물줄기가 작은 도랑의 흐름으로 보였다. 란주는 그 때 강이 있어서 전망이 참 좋다는 말을 하지 않았다.

몇 년 전에 결혼을 한 그 친구는 현재 강이 눈앞에 보이는 아파트에 예쁘게 둥지를 틀고 있다. 내가 지금 친구의 아파트에서 그 강을 다시 본다면 어떤 생각이 들까.

"란주야 뭘 그렇게 골똘히 생각해? 바다만 바라보면서."

란주는 지욱에게로 눈을 돌렸다.

"옛날 어떤 일이 잠시 생각이 나네."

"하긴 나도 요즘은 가끔 옛날 일들이 떠오를 때가 있어. 그런데 오늘 널 만자고 한 것은 의논할 일이 있어서야."

"무슨 의논?"

의문스러운 눈빛으로 묻는 란주에게 지욱은 표정을 진지하게 하면서 노니까 심심하지 않느냐고 묻는다. 란주는 직장생활 하던 사람이 집에서 노니까 당연히 심심할 거 아니냐고 쏘듯이 말했다.

"그래서 하는 말인데 꽃향기 카페 이 호점을 낼까 해. 혹시 네가 맡아서 관리를 해 줄 수 있겠나 싶어서."

지욱은 아주 조심스럽게 말을 했다. 너무 뜻밖의 제안에 란주는 당황스러웠다. 시간 알바라도 부탁해 보려고 했던 마음이 쑥 들어가 버렸다. 란주가 카페 일에는 문외한이라는 것을 지욱이 누구보다도 잘 알고 있다. 카페로 가서 차를 마시는 것과 카페 안에서 차를 파는 입장은 엄연히 다르다. 지욱이 왜 이런 제안을 하는지 란주로서는 그 의도를 알 수가 없었다. 물론 워낙 장사가 잘 되니까 이 호점을 내는 것도 생각 할 수는 있을 것이다. 그렇다면 진지욱 에게도 스타벅스처럼 되고 싶은 욕망이 생긴 것일까. 이 나라 전국에 깔려 있는 스타벅스처럼 말이다. 란주는 일언지하에 거절을 했다.

"자신 없어. 내 분야도 아니고 장사 경험도 없고. 사양할게."

"나도 네가 쉽게 승낙하리라고는 생각지 않았어. 카페 운영이 그렇게 어렵지는 않아. 난 너하고 같이 일을 하고 싶어서 생각한 거야. 일은 배우면 되니까."

"카페 운영이 너한테는 어려운 일이 아닌지 몰라도 나한테는 심히 어려운 일이거든. 고맙지만 안 들은 걸로 할게."

지욱의 얼굴이 민망하게 변했다. 란주는 일어섰다. 내일부터는 열심히 취직 자리를 알아봐야겠다는 생각이 조급하게 들었다.

사실 엄밀히 따진다면 직장을 잃은 그녀에게 지욱의 제안이 절대로 기분 나쁘게 생각할 일은 아닌 것이다. 현재 란주의 입장에서 보면 오히려 반가워해야할 일인지도 몰랐다. 그럼에도 그녀는 무슨 심사인지 지욱의 제안이 아주 못 마땅했다.

지욱은 민망한 얼굴로 주차장까지 조심스럽게 따라왔다.

차에 시동을 걸려고 하는데 휴대폰의 메시지가 울렸다. 우종 출판사의 현 사장이었다. 내일 오전 열한시에 우종으로 와주었으면 고맙겠다는 문자가 떴다.

현 선배님이 대체 무슨 일로? 이어서 엄마의 문자가 등장을 했다.

내일은 좀 일찍 퇴근을 해서 집으로 오너라. 저녁 같이 먹게. 아무리 바빠도 너 생일 미역국은 먹어야하지 않겠니. 기다리마.

내일이 내 생일이란 말인가. 열흘 동안이나 놀고 있었으면서 생일은 깜빡 잊어버리고 있었다. 더욱이 란주 엄마는 가족들 생일을 음력 날짜로 챙기니 란주로서는 날짜 기억하기가 더 어려웠다.

이튿날 란주는 시간에 맞게 현 사장의 사무실에 들어섰다. 현 사장은 사무실 소파에 앉아서 란주를 기다리고 있었다.

"어서 와요. 미스 채."

현 사장은 환하게 웃었다. 소파에 앉자마자 란주는 물었다.

"선배님 무슨 일로 절 보자고 하셨어요?"

"미래 일은 정말 유감이야. 끝까지 내가 도와주지 못해서 미안해."

"아니에요. 우종 사장님께서 최선을 다해 애써 주셨다고 진 선배님이 많이 고마워했어요."

진 선배가 애를 써주는 현 사장을 고맙게 생각했던 것은 사실이었다.

"그래, 그럼 다행이네. 헌데 미스 채는 다닐만한 직장은 알아보았니?"

"아뇨. 아직은요."

"그럼 미스 채. 우종에서 일 한번 해볼래? 며칠 전에 미스 정이 집안 사정으로 사표를 냈다. 인터넷에 올릴까 하다가, 미스 채 생각이 나더군. 그래서 먼저 미스 채 의사를 물어본 다음 결정을 하려고."

현 사장은 설명을 하듯이 말을 했다. 미스 정이라면 란주와도 안면이 있는 사이였다. 너무 뜻밖이었다. 우종은 이 도시에서 규모가 제일 큰 출판사다. 모든 것이 자체적으로 해결되는 시스템이 갖추어져 있다. 고작 직원 몇 명 데리고 움직이는 출판사와는 격이 달랐다. 란주는 두 번 다시 문을 닫는 출판사 에는 근무하고 싶지 않았다. 거절할 이유가 없었다. 그리고 이 바닥에서는 알아주는 현 사장 밑에서 일을 배우는 것도 좋겠다 싶었다.

"근무하면 제가 해야 할 일은요?"

"소설 쪽이야. 미스 정이 하던."

"출근은 언제부터 할까요?"

"내일부터 당장."

"알겠습니다."

밖으로 나오니 하늘의 모습이 조금 전과는 달라 보였다. 현 사장을 만나러 갈 적에만 해도 푹 쳐져 보이던 하늘이 지금은 참으로 맑고 높게 보인다. 극히 짧은 백수 기간 이었지만 백수에서 벗어난다는 사실이 이토록 사물까지 달라보이게 했다.

취직이 되려니까 이렇게 쉽게 된다. 사람의 내일 일이란 정말 모를 일이다. 어제 지욱의 제안을 거절한 것은 정말 잘한 일 같다.

우종 출판사 주차장에서 차를 빼내 생일 미역국을 먹으러 가는 길이 더없이 가뿐했다.

란주는 아파트 주차장에 차를 세우고 엘리베이터 앞에 섰다. 층수를 누르는데 갑자기 머릿속으로 강한 울림이 왔다. 그동안 포기하고 있었던 고우슬의 그림자가 다시 솟아오르기 시작했다. 고우슬과 서혜희의 사이에 분명 무언가가 있을 것 같은 이 지워지지 않는 의문은 어째서일까. 그래, 생일 미역국을 먹으면서 천천히 열심히 다시 한 번 생각을 해보자. 란주는 엘리베이터 안으로 발을 들여 놓으면서 새삼 다짐을 했다.

청혼, 그리고 여행

겨울의 한복판에서 모처럼 그녀들은 이층 거실 소파에 아주 편한 자세로 앉았다. 신애가 오늘은 집으로 가지 않고 혜희의 집에서 자고 가기로 했다.

혜희는 보일러의 온도를 더 높였다. 그동안 동네의 재개발은 확정이 되었다. 조합이 설립되고 일은 일사천리로 착착 진행이 되고 있었다.

강 여사가 이틀에 한 번씩은 차를 마시러 와서 동네 소식을 전해 주었다. 아직 확정이 된 것은 아니지만, 이 년 안에는 모두 이사를 가야할 것 같다는 오늘 강 여사의 말에 혜희는 마음이 무척 심란해졌다. 정들었던 이 집을 떠나 어디로 가서 둥지를 내리나. 생각하니 아득하기만 했다. 다른 사람들은 집도 잘 팔고 쉽게 이사도 가는데 그녀에게는 이런 일이 왜 이렇게 어려운지 모르겠다. 혜희의 심란한 마음을 눈치 챈 신애가 찻집 일이 끝나자 곧장 혜희를 따라 올라온 것이다.

겨울방학이 시작된 며칠 후에 세훈이 집을 다녀갔다. 이틀을 머문 세훈은 알바 때문에 가야한다면서 도망치듯 서울로 올라가 버렸다. 혜희는 섭섭했지만 어쩔 수 없었다. 세훈은 이제 품안의 자식이 아님을 깨달았다. 장미의 동네가 고층 아파트촌으로 재개발이 된다고 하니까 차라리 잘 됐다고 말했다. 아버지의 부재를 무척 힘들어 했던 세훈이였다. 집에 오면 아버지 생각이 더 많이 난다면서 울먹거리기도 했다. 아직도 세훈의 시야 곳곳에 남아 있는 아버지의 흔적 때문일 것이다.

"신애야, 우리 앞으로 어디로 가서 찻집을 하지?"

혜희의 목소리에 기운이 없다.

"찻집 할 장소 없겠니. 혜희야 우리 주님께 기도하자. 그러면 여기보다 훨씬 좋은 장소를 예비해 주실 거라고 나는 믿어."

혜희는 신애의 기도 신앙을 도저히 따라갈 수가 없었다. 어렵고 힘든 일이 생길 때마다 신애는 그 문제를 기도 제목으로 내놓고 기도를 했다. 그런데 혜희는 아직은 그것이 잘 되지 않는다.

"겨울답게 함박눈이라도 펄펄 내렸으면 좋겠다."

혜희가 창밖을 보며 아련한 목소리로 말을 했다.

이 도시에는 겨울에 눈이 잘 내리지 않았다. 가끔 눈발이 흩날릴 때가 있었지만, 땅에 내리자마자 이내 녹아버렸다. 그러니까 이 도시의 눈은 내리면서 녹았다.

"만약 함박눈이 내려서 장미의 골목에 눈이 많이 쌓이면 눈은 누가 치울까?"

신애의 목소리가 건조해졌다.

"당연히 이 동네 남자들이 치우겠지."

"그럼 등나무 찻집 앞의 눈은 누가 치우지? 차 마시러 오는 손님들 불편하게 안하려면 눈처리를 말끔하게 해야 할 텐데. 그렇다고 다른 나라에 가 있는 남자들을 불러올 수도 없고."

한숨 같은 신애의 말에 혜희는 공연히 눈시울이 젖어왔다.

"오지 않는 눈을 가지고 우리가 쓸 데 없는 걱정을 하고 있네. 혜희야 안그래?"

갑자기 신애가 목소리를 밝게 바꾸었다.

"그러게. 일어나지도 않은 일을 가지고 염려를 하다니. 우리가 참 바보 같다."

그녀들은 마주 보면서 소리 없이 웃었다.

잠시 후 그녀들은 안방의 침대에 나란히 누웠다. 혼자 누웠을 적보다 두 사람이 누우니 온기가 그득했다. 헌데 쉽사리 잠이 오지 않았다. 신애도 잠이 오지 않은지 몸을 몇 번이나 뒤척였다.

"우헌 씨는 요즘 어때?"

신애가 우헌의 말을 먼저 한 것은 처음이다. 혜희는 우헌을 만나고 나면 신애가 궁금해할까봐 우헌에 대하여 대충 이야기를 하곤 했다. 하지만 우헌에게 청혼을 받았다는 말은 미처 하지 못했다.

"우헌씨가 나한테 청혼을 했어."

"청혼을?"

신애가 벌떡 몸을 일으켰다. 혜희도 덩달아 일어났다.

"그래, 분명히 청혼을 했어."

"넌 뭐라고 했니?"

"아무런 말도 못했어. 할 수가 없었어. 재혼은 아예 생각해 본 적도 없으니까."

며칠 전 일요일 해가 질 무렵이었다. 혜희는 한샘 교회에서 오후 예배를 마치고 집으로 돌아와 쉬고 있었다.

우헌으로부터 전화가 걸려왔다. 지금 등나무 찻집 앞에 와 있으니까 잠시 내려와 주시면 좋겠다고 했다. 목소리가 아주 정중했다. 무슨 일이냐고 물으려다가 혜희는 즉시 내려갔다. 골목에서 기다리고 있던 우헌은 차문을 열어주면서 혜희를 차에 타라고 했다.

"혜희씨에게 하고 싶은 말이 있어요."

핸들을 잡으면서 하는 우헌의 목소리가 조금은 들떠 있었다. 우헌은 지난 번에 혜희와 함께 갔던 동네의 마을 공원 옆에 차를 세웠다. 추우니까 차 안에서 말을 하겠다면서 우헌은 한참 동안을 망설였다. 갑자기 심각해진 우헌의 표정이 혜희는 너무나 궁금했다. 라엘의 얘기가 더 이상 남아있을 것도 아닐 텐데. 우헌의 긴 침묵에 혜희는 조바심이 났다. 잠시 후, 우헌이 진지한 목소리로 입을 열었다. 오늘 희망 교회에 가서 대예배를 보았다. 앞으로도 그럴 예정이다. 그 동네에 땅을 샀다. 수려한 산과 들녘을 볼 수 있는 경치가 좋은 곳이다. 계약을 했고 잔금도 곧 치를 것이다. 그 땅에 집을 짓고 살면서 텃밭도 가꾸고 화단에는 화초도 심고, 희망 교회를 섬기면서 남은 생을 살아가려고 한다. 건축학을 전공했고 아버지가 경영하는 건설회사에 오랫동안 몸담고 있었기 때문에 집을 짓는 것은 자신이 있다.

"그런데 함께 할 동반자가 없군요. 그래서 난 혜희씨에게 나의 영원한 동반자가 되어 달라고 정식으로 청혼을 합니다."

혜희는 가슴이 철렁 내려앉았다. 남편을 떠나보낸 후 지금까지 단 한 번도 재혼을 생각해 본 적이 없었다.

그런데 우헌과 함께 희망 교회에서 대예배를 보고 온 이후부터 일 것이다. 아니 더 정확하게 말을 한다면 라엘에 대한 우헌의 진솔한 참회의 고백을 들은 이후부터였을 것이다. 혜희는 자신도 모르게 우헌을 향하여 흘러가고 있는 그녀의 감정을 감지하고 있었다. 그러잖아도 감정이 흘러 넘칠까봐 그녀의 마음 안으로 조금씩 잡아당기고 있는 중이었다.

"물론 오늘 당장 혜희씨의 대답을 들으려고 생각한 것은 아닙니다. 쉽게 답할 문제가 아니라는 것도 잘 압니다."

추위에 잔뜩 움츠러든 공원의 수은등이 희미하게 불빛을 흘리고 있었다.

혜희는 그 어떤 대답도 할 수가 없었다.

다시 등나무 찻집 앞으로 돌아와 혜희가 차에서 내리려고 할 때, 우헌이 조용히 입을 열었다. 그 어떤 대답을 주시든, 그 때까지 기다리겠다고. 기다리고 있겠다고.

진심이 담긴 우헌의 말에 혜희는 가슴 한 구석이 시려왔다.

라엘의 잔영은 어떡하고. 재혼을 하겠다는 것일까. 이제 라엘을 잊었단 말인가. 아니면 생활의 불편이나 외로움 때문에 재혼이란 줄을 선택한 것일까.

그날 혜희는 표현할 수 없는 미묘한 심정으로 이층 현관문을 열었다.

"재혼 할 거니?"

신애가 심각해진 목소리로 물었다.

"생각해 보지 않았어. 아직은."

상대방의 자식들과 나의 자식들이 엮여지는 복잡한 관계가 싫어서 신애는 재혼을 포기한다고 했다. 혜희 역시 그럴 것 같았다. 신애는 더 이상 묻지 않았다. 동병상련의 두 여자는 동시에 침묵했다. 남편의 그늘 없이 살아간다는 사실이 얼마나 힘든 삶임을 뼈저리게 느껴온 그녀들이다. 그렇다고 재혼은 어디 그리 쉬운 일인가. 말이 쉬워서 재혼이지. 서글픔이 그녀들의 어깨 위에서 맴을 돌았다.

"혜희야 우리 여행이나 갈까. 이박 삼일정도. 너 혼란한 머리도 좀 식힐 겸."

신애가 먼저 입을 열었다.

"그래, 나도 지금 여행 생각을 하고 있었어. 가게 삼일 문 닫는다고 당장 어떻게 되는 것도 아니고. 가자. 여행."

그녀들은 당장 의기투합했다. 동일한 장소에서 같이 일을 하니까. 이제는 생각까지도 일치해지는 것 같아서 혜희는 속으로 웃었다.

"그런데 우리 어디로 가지?"

신애의 물음에 혜희는 문득 초등학교 동기동창인 준미를 떠올렸다. 몇 달 전 에 준미로부터 전화가 걸려왔다. 준미는 가끔 전화를 걸어왔다. 남편의 장례식에도 문상을 와서 혜희의 슬픔을 진심으로 위로해주고 간 준미였다. 서로 있는 듯 없는 듯 그렇게 지내는 관계지만, 만나면 흉허물이 없을 것 같은 사이이기도 했다.

통영시 변두리에 땅을 사서 삼층으로 펜션을 지었다. 일층에는 식당과 카페를 하고 이층과 삼층은 손님을 받는 펜션이다. 바닷가라 전망이 끝내준다. 인터넷에 검색하면 다 나온다. 혜희야 시간 내서 꼭 한번 놀러왔으면 한다. 준미는 아주 밝은 목소리로 자신의 근황을 알려주었다. 시간을 내서 한번 가겠다고 말은 했지만, 그다지 마음에 두지는 않았다. 마산에서 식당을 할 적에 장사가 잘되어 제법 돈을 벌었다고도 했다. 왜 하필 통영으로 갔느냐고 혜희는 물었다. 준미는 남편의 고향이기 때문이라고 확실하게 대답을 했다.

그녀들은 여행을 통영으로 가기로 결정을 했다. 혜희보다 신애가 더 좋아하는 것 같다. 여행이라니! 찻집 일에 매달려 언감생심 생각지도 못했던 일이다.

"혜희야, 우리 휴가 가는 거다."

"그래, 휴가다."

혜희는 조금 전의 쳐진 기분이 확 달아나고 에너지가 몸속에서 솟아나는 느낌이 들었다. 시간은 이미 자정을 넘기고 있었다. 두 여자는 다시 침대에 나란히 누웠다. 그리고 참으로 오랜만에 평온한 마음으로 잠을 청했다.

이틀 후였다. 혜희는 신애와 같이 통영으로 가는 시외버스에 올랐다.

찻집 일에서 벗어나 여유로운 마음으로 여행을 한다는 것이 이렇게 상큼한 일인 줄 미처 알지 못했다. 혜희는 유년 시절에 소풍을 가는 것처럼 가슴이 설레었다. 얼마 후에 통영 시외버스 터미널에 도착했다. 혜희가 신애와 함께 터미널 밖으로 나오자 준미가 기다리고 있었다.

"서혜희 여기야, 여기."

준미는 승용차 앞에서 환하게 웃으며 손을 흔들었다. 혜희는 신애보다 한걸음 앞서 걸어갔다. 밝은 준미의 모습이 너무나 반가웠다. 남편 장례식 때 만나고는 처음이다. 그동안 가끔 전화로 소식은 주고받았지만 만나지는 못했다.

"정말 잘 왔어. 한번 씩 바깥바람도 쏘여야 생활에 활력소도 생기는 법이야."

준미는 혜희와 신애의 여행 가방을 승용차의 트렁크에 실었다. 신애와도 인사를 나눈 준미는 그녀들이 차에 오르자 시동을 걸고 곧 출발을 했다.

잠시 뒤 펜션에 도착하자 준미의 남편이 기다리고 있었다. 작업복 차림의 준미 남편은 매우 후덕해 보이는 인상이었다.

"추운데 오시느라고 수고가 많으셨습니다."

준미의 남편은 혜희와 신애를 향하여 반가운 얼굴로 인사를 했다.

"준미가 차를 태워 주어서 아주 편하게 왔습니다."

혜희도 고마움을 담아서 말했다. 준미의 남편은 아무튼 펜션에 머무를 동안 즐거운 여행이 되었으면 좋겠다면서, 그녀들이 거처할 방까지 여행용 가방을 옮겨다 주었다.

비로소 혜희는 펜션의 겉모습이 눈에 들어왔다. 펜션의 겉모습은 낭만적이면서도 아주 평온해 보였다. 준미 부부가 꽤 신경을 쓴 흔적이 느껴졌다.

점심을 먹고 방으로 가라는 준미의 말에 그녀들은 일단 일층에 있는 식당으로 갔다. 식당 상호가 '행복한 식당'이었다. 준미의 활달한 성격에 꼭 맞는 상호 같았다.

식당의자에 앉자 오픈되어있는 주방에 준미의 남편이 보였다. 음식을 만들고 있었다. 주방장이 결근을 하면 남편이 주방장 일을 한다고 준미가 설명을 했다. 마산에서 식당을 할 때는 남편이 주방장이었다는 것이다.

혜희는 식당 안에 그녀들 말고는 손님이 한 명도 보이지 않아 이상했다. 혜희는 점심시간인데 왜 손님이 한사람도 없느냐고 살짝 준미에게 물었다. 준미는 변두리에 있는 식당이라 예약을 한 손님만 받는다고 한다. 예약 손님들은 주로 저녁식사 시간에 온다. 오늘은 점심 예약은 없고 저녁에 단체 손님들 예약이 두 팀 있다는 것이다. 하기야 집이 많지 않은 변두리 시골 마을이라 혜희는 충분히 납득이 갔다.

혜희와 신애는 메뉴판에서 생선구이 선택을 했다.

식사를 끝낸 두 여자는 그녀들이 이틀 동안 지낼 삼층 방으로 올라갔다. 미리 불을 넣었는지 방안은 따뜻하고 정갈했다. 준미가 뒤따라 왔다.

"이 방이 전망이 제일 좋아. 문 열고 테라스에 나가면 바다 경치가 정말 멋지다."

"그래 고맙다. 좋은 방을 내주어서."

혜희도 준미에게 고맙다는 인사를 아끼지 않았다. 신애도 고맙다는 말로 거들었다. 준미는 필요한 것 있으면 벨을 누르라는 말을 남기고 다시 일층으로 내려갔다. 순간 혜희는 긴장이 확 풀렸다. 이곳에 머무는 동안 혼자서 밥해서 맛없게 혼자서 먹지 않고 다른 사람이 해주는 밥을 사먹을 수 있다는 것이 너무 좋았다. 먹고 싶은 것을 골라가면서 사먹을 수 있다는 것도 여행기간 동안의 묘미일 것이다. 신애도 무척 즐거운 표정이다.

"신애야, 생각만 해도 기분이 좋다. 우리가 손님이 되어서 서비스를 받는다는 것이."

"나도 그래. 오늘은 충분히 쉬고 내일은 통영 시내로 나가자. 맛집도 찾아가고. 분위기 좋은 카페에 가서 차도 마시고."

신애가 시를 외우듯 천천히 말을 했다. 혜희는 뒷말을 이었다.

"옷 가게에도 들리고, 재래시장도 구경하자. 물론 통영의 관광 명소도 가봐야겠지만."

두 여자는 나이도 등나무 찻집도 까맣게 잊어버리고 한껏 수다를 떨었다.

그녀들의 여행 첫날의 일기는 내일 둘러볼 장소들을 상상하면서 펜션에서의 자유로운 휴식이었다.

란주는 등나무 찻집 앞에 차를 세웠다. 퇴근을 하자 곧바로 운전을 하여 달려왔다. 마지막으로 정말 마지막으로 서혜희를 만나기 위해서였다. 전화는 일부러 하지 않았다.

란주는 우종출판사에 근무를 하게 되자 포기했던 고우슬의 그림자가 다시 고개를 들기 시작했다. 현 사장에게는 고우슬의 소설 이야기를 할 수가 없었다. 제발 쓸데없는 짓하지 말라고 호통을 칠 것임이 분명했다. 란주가 미래 출판사에 근무할 때와는 처지가 확실하게 달랐다. 지금의 현 사장은 란주가 일하고 있는 출판사의 오너인 것이다. 예전처럼 불쑥 찾아와서 이렇고 저렇고 할 수 있는 입장이 아니다. 란주에게 월급을 지급하는 사장님이다. 란주는 이제 최대한 예의를 갖추고 대해야 하는 관계가 되어버린 것이다. 현 사장이 그만 두라고 하면 그 뜻을 따를 수밖에 없다. 그럼에도 불구하고 란주는 고우슬의 소설을 포기하지 못했다. 어떤 일이 있어도 고우슬의 소설을 출간해야겠다는 생각이 더욱더 강하게 머릿속을 맴돌았다. 포기가 되지 않았다.

고우슬과 서혜희 사이에 무언가 은밀한 비밀이 내재해 있을 것 같은 예감을 떨쳐버릴 수가 없다. 한번만 더 서혜희를 만나자. 그리하여 서둘러 찾아온 것이다. 헌데 등나무 찻집은 문이 닫혀 있었다. 일요일만 영업을 안 하는 것으로 알고 있었는데 의외였다. 개인 사정으로 삼일 간 휴업을 한다는 매직펜으로 굵게 쓴 메모지가 출입문에 붙어있다. 란주는 온 몸의 힘이 쑥 빠졌다. 오늘은 아침부터 흐린 날씨가 얼음 같은 찬바람과 함께 온몸을 움츠러들게 했다. 남쪽의 이 도시에서는 좀처럼 만나기 힘든 추위였다. 설마 이렇게 추운 날 또다시 찾아온 사람을 문전박대 하지는 않겠지. 아무리 서혜희가 채란주를 귀찮게 생각해도 말이다. 란주는 머릿속에서 그런 식으로 계산을 했다. 그런데 불 꺼진 등나무 찻집의 출입문이 먼저 란주를 밀어냈다. 생각하지도 못한 일이었다. 서혜희에게 어떤 일이 발생 했기에, 평일에 그것도 삼일씩이나 찻집 문을 닫는단 말인가. 병이라도 난 것일까? 혜희가 찻집 문을 닫아걸고 여행을 떠났다고는 상상도 할 수 없는 란주로서는 공연히 불안한 마음이 들었다. 별수 없이 란주가 집으로 돌아가려고 출입문 앞에서 돌아섰을 때였다. 진회색 승용차 한 대가 란주 앞에 멈추어 섰다. 이어 운전석에 앉아있던 남자가 차 문을 열고 급히 내렸다. 뜻밖에도 남자는 우종 출판사의 현 사장이었다. 란주는 너무 놀란 나머지 발을 뗄 수가 없었다. 란주를 발견한 현 사장도 놀라서 두 눈을 크게 떴다.

"미스 채가 이 시간에 여길 어떻게?"

란주는 얼른 대답을 할 수가 없었다. 란주가 말하지 않아도 현 사장은 란주가 지금 왜 이곳에 왔는가를 충분히 짐작했을 것이다.

"사장님 찻집 문이 닫혀 있어요."

현 사장은 이미 불이 꺼져 있는 등나무 찻집 안을 막막한 눈으로 바라보고 있었다.

"사장님은 이 시간에 어떻게……?"

란주는 현 사장이 방금 했던 말을 따라 했다.

"서 여사의 휴대폰이 온종일 꺼져 있어서 무슨 좋지 못한 일이라도 생겼나 해서. 삼일동안 휴업이라니 대체 무슨 일이지?"

현 사장의 목소리가 걱정으로 가득차 있다. 란주는 새삼 두 사람의 관계가 궁금해졌다. 서혜희는 혼자 몸이지만 현 사장은 엄연히 부인이 있다. 그럼에도 서혜희의 휴대폰이 꺼져 있다고 걱정스러운 얼굴로 달려 왔다. 란주는 이런 두 사람의 관계에 대하여 설정을 할 수가 없었다.

"미스 채 저녁은?"

현 사장이 목소리를 예사롭게 했다.

"아직요."

"그럼 이 근처에 대구탕 잘하는 식당이 있는데 우리 나온 김에 저녁먹고 가자. 날씨도 추운데."

"기다리지 않나요? 사모님께서."

란주는 일부러 사모님이란 단어에 악센트를 주었다.

"저녁 먹고 들어간다고 얘기를 했어."

란주는 시장하기도 했지만, 궁금한 것을 물어보고 싶어서 저녁을 먹겠다고 했다.

"멀지 않으니까 차는 이곳에 두고 걸어서 가자. 식당 주차장이 협소해서 이 시간에는 주차하기가 힘드니까

란주가 현 사장을 따라 걸어가는 장미의 골목길에는 이미 어스름이 가득 내려앉아 있었다. 장미의 골목길을 벗어나 오른편

으로 이십 미터 정도 걸어가니, 현 사장이 말한 식당이 나타났다. 현 사장은 익숙하게 식당 문을 열고 들어갔다. 란주도 뒤따라 들어서자 오십대 후반쯤으로 보이는 여자가 반갑게 인사를 했다. 주인 여자 같았다. 식당 안은 저녁식사 시간이라 그런지 빈자리가 거의 없었다. 저 만큼 맨 구석자리가 한 군데 비어있을 뿐이었다. 별 수 없이 두 사람은 구석 자리에 가서 앉았다. 이 식당은 대구탕만 전문으로 하는 집이다. 그래서인지는 몰라도 맛이 아주 독특하다. 현 사장은 등나무 찻집에 들릴 적에는 꼭 이집에 와서 대구탕 한 그릇을 먹고 간다고 설명을 했다. 현 사장이 대구탕 이 인분을 주문했다.

"미스 채 아직도 고우슬의 소설에 대한 미련이 남아있나?"

란주의 짐작대로였다. 결국 현 사장은 고우슬의 말을 하려고 란주에게 저녁을 먹자고 한 모양이었다.

"미련이라기보다 서혜희 여사에 대한 의문이 생겨서요. 그래서 왔을 뿐이에요."

이왕 서혜희를 만나러 온 것을 들켰으니, 란주로서는 어떤 변명의 말이라도 해야 할 것 같았다.

"의문이라니 무슨?"

"꼭 무어라고 말은 할 수 없지만 아무튼 고우슬 씨와 서혜희 여사 사이에 비밀이 있을 것 같아요. 아주 은밀한."

"미스 채의 상상력이 너무 지나치구나. 상상력이 넘치면 그것도 일종의 병이다. 우종 출판사에 근무하는 동안에는 두 번 다시 죽은 고우슬의 소설에 대하여 거론하지 마. 시간 낭비야."

음식이 들어오자 현 사장은 말을 끊었다. 란주는 지금 이 시간부터는 고우슬은 잊어버리겠다고 일단 꼬리를 내렸다.

식사 후 두 사람은 차를 세워둔 장미의 골목길을 다시 걸어갔다.

"사장님, 서혜희 여사님과는 어떻게……?"

오리털 파카 후드를 머리에 쓰면서 란주는 조심스럽게 물었다.

"언제부터 아는 사이냐고 묻고 싶은 거지? 서여사와 나는 시골 고향의 초등학교 동기동창이야. 이웃에 살았고 말하자면 막역한 사이지. 서 여사 남편과도 잘 알고. 됐니?"

현 사장은 못을 박듯 말했다. 그렇구나. 두 사람, 그런 관계였구나. 란주는 더 이상 아무런 말도 할 수가 없었다. 그들이 함께 차를 세워둔 장소로 돌아 왔을 때, 등나무 찻집도 이층도 여전히 불이 꺼져 있었다.

택시에서 내린 혜희는 등나무 찻집 출입문에 부착되어 있는 메모지부터 떼어냈다. 불이 꺼져있는 찻집의 모습은 외관상 보기에도 을씨년스러웠다.

찻집 안으로 들어가서 불부터 밝혔다. 모든 것은 여행을 떠나기 전의 모습 그대로이다. 변한 것은 아무 것도 없었다. 찻집 안은 온기라곤 없이 차고 썰렁하기 이를 데 없다. 하기야 사람들이 드나들지 않았으니 차고 썰렁한 것은 당연한 것이다. 단지 삼일 찻집문을 닫았는데 마치 삼십일을 닫은 것 같은 느낌이다. 내일부터는 다시 바쁜 일상으로 돌아가야만 한다.

혜희는 불을 끄고 밖으로 나왔다. 정원에는 이미 어둠이 두텁게 쌓여있었다. 조금 전 시외버스 터미널에서 내려, 근처에 있는 식당을 찾아 신애와 같이 저녁까지 해결했으니, 밥걱정은 하지 않아도 된다.

혜희는 짐 가방을 들고 이층으로 올라갔다. 현관문을 열고 거실로 들어서니 역시 온기 없이 싸늘하다. 여행을 떠나면서 보일러를 꺼두었으니 싸늘할 수밖에 없다. 방금 둘러보고 온 찻집 안처럼 모든 물건은 제자리에 그대로 놓여있다. 그런데 참으로 이상했다. 삼일 만에 발을 들여놓은 집은 낯설기도 하고 반갑기도 했다.

먼저 편한 옷으로 갈아입고 거실 소파에 앉자 외로움이 확 밀려왔다. 동시에 여행 중에는 잊고 있었던 일들이 한가지 씩 혜희의 머릿속으로 비집고 들어왔다. 분명 힐링이 되어 돌아왔음에도.

일상을 탈출한 그녀들의 여행은 완벽하게 즐거웠다. 이름난 관광 명소도 몇 군데 가 보았다. 통영 시가지를 천천히 구경을 하면서, 자판기 커피도 마셔보았다. 옷가게에 들어가서는 마음에 드는 옷도 한 벌씩 샀다. 바다 옆에 있는 재래시장도 구경하고 한 달에 한 번 촛불을 밝힌다는 카페에 가서 차도 마셨다.

등나무 찻집의 모든 일들은 깡그리 잊어버리고 움직였던 기막힌 여행이었다. 부산으로 오는 버스 안에서 두 여자는 새로운 계획 하나를 세웠다. 우리 이제부터는 너무 장사에만 얽매이지 말자. 해외여행은 못가더라도 일 년에 한 번씩은 꼭 국내여행을 하자고 약속을 했다. 그런데 집으로 돌아오니 잊고 있었던 여러 문제들이 뒤따라왔다.

혜희가 따뜻한 야채 차 한 잔을 하려고 커피포트에 물을 부으려는데 휴대폰이 소리를 냈다. 여행 중에 꺼두었던 휴대폰을 터미널 근처 식당에서 식사를 하고 난 뒤에 켰다. 휴대폰에 뜨는 이름은 수웅이었다.

"도대체 어떻게 된 거니? 휴대폰도 안 되고. 무슨 일이 있었니?"
수웅의 목소리가 높았다.
"여행을 갔다 왔어. 이박삼일로."
"뭐, 여행이라고. 그럼 간다고 전화라도 해주고 가야지. 휴대폰은 불통이고 찻집불은 꺼져있고. 얼마나 걱정을 했는지. 혹시 무슨 큰일이라도 생긴 줄 알고."
"여행 간다고 현 사장한테 알릴 이유 나한테 없어. 내가 어린애도 아니고."

아무리 무관한 사이라 해도 지나친 관심은 때로 부담스러워질 때가 있다. 지금이 그런 순간인 것 같다.

"서혜희! 너 정말……."

기가 차는지 수웅은 그 다음 말을 잇지 못했다.

"현수웅 나 지금 너무 피곤하다. 그러니 전화 끊어. 아니 내가 먼저 끊을게."

혜희는 휴대폰을 먼저 끊어버렸다. 휴대폰이 다시 울렸지만 받지 않았다.

남편의 사후, 처음으로 남매를 집에 두고 여행을 한 신애는 지금 아이들과 어떤 대화를 나누고 있을까. 어쩌면 아직도 여행의 즐거움이 지속되어 행복한 대화를 나누고 있는지도 모르겠다.

집으로 들어갔을 때, 신애는 혼자가 아니고 말을 주고받을 남매라도 있으니 그나마 다행이었다. 신애는 아무도 말 할 사람이 없는 혜희와는 그 점이 달랐다. 이런 날은 세훈이라도 곁에 있었으면 훨씬 덜 외로울 것 같았다.

혜희는 다시 커피포트에 물을 부었다. 커피포트의 물은 금방 끓었다. 야채차가 들어있는 머그잔에 뜨거운 물을 부은 혜희는 식탁의자에 앉아서 조금씩 천천히 야채차를 마시기 시작했다. 휴대폰이 또 소리를 냈다. 분명 화가 단단히 난 수웅일 것이다. 혜희는 전화를 받지 않았다.

남편 사후, 어렵고 힘든 일이 있으면 수웅에게는 마음을 터놓고 이야기를 했다. 그럴 적마다 수웅은 위로와 격려를 아끼지 않았다. 혜희를 도우려고 애쓰는 모습이 역력하게 보였다.

혜희에게 수웅은 신애만큼은 아니지만, 신애 다음으로 마음을 터놓을 수 있는 무관한 사이라고 할 수 있다. 하지만 혜희는 이번 통영 여행을 계기로 그 무관함이 허물어지고 있음을 깨달았다. 아니다. 더 정확하게 말을 하자면 우헌과 재회를 하고 난 이후부터였을 것이다. 우헌과의 재회를 수웅에게는 지금까지도 말하지 않았다.

혜희는 여행 중에 잠시 잊고 있었던 우헌의 청혼이 생각나자 머리가 혼란스러워지기 시작했다. 우헌은 어떤 대답이든 그녀의 대답을 기다리고 있겠다고 했다. 대답을 할 수가 없어. 그 어떤 대답이든 지금으로서는. 혜희는 젖은 심정으로 침실문을 열었다.

다음 날 혜희는 평소보다 이르게 등나무 찻집으로 내려갔다. 삼일동안 찻집문을 닫았으니, 새로운 자세로 손님 맞을 준비를 하기 위해서였다. 문을 열고 들어서니 신애가 이미 청소를 끝내고 있었다.

"저 여자! 정말 못 말려. 누가 오신애 아니랄까봐."

혜희가 나무라는 투로 말을 했다.

"널 믿을 수가 있어야지."

"그래, 그렇기도 하겠지. 더구나 오늘부터 새로운 시작이니까."

창밖 정원에는 미명이 물러가고 투명한 아침이 밝아오고 있었다.

"그래 새로운 시작이지. 혜희야 우리 또 열심히 장사를 하자꾸

나. 최선을 다해서."

　그녀들은 여행 후의 새로운 하루를 시작하기 위하여 부지런히 몸을 움직였다.

재혼의 조건

　희망 교회서 오후 예배를 마친 우헌은 땅을 사 놓은 서촌리 마을로 갔다. 잔금 지불과 함께 서류상으로 등기 이전도 다 끝냈다.
　희망 교회와는 조금 떨어진 곳이지만 넓은 들녘과 산의 무성한 숲, 사시장철 맑은 물이 흐르는 시내, 산 밑의 깊고 푸른 저수지가 조화롭게 어울려 있어서 경치가 빼어난 곳이었다. 그리고 무엇보다도 공기가 신선했다.
　우헌은 이곳에 땅을 사려고 마음을 먹었을 적에 먼저 혜희를 떠올렸다.
　자신에 대한 혜희의 감정이 어떠한지는 정확하게 알 수가 없었다. 알 수도 없으면서 이 땅에 집을 지어 그녀와 새로운 보금자리를 꾸몄으면 좋겠다는 생각을 했다. 어딘가 보호를 해 주어야 할 것 같은 생각도 들었다. 그녀에게로 향하는 마음이 아니라 해도 만날 때마다 그 느낌은 확실해졌다.

지난 날 라엘에 대한 사랑의 감정이 풋풋하고 막무가내였다면, 지금 혜희에게로 달려가는 감정은 호수처럼 고요하고 깊이가 있었다. 서혜희라면 함께 일출과 일몰을 보면서 남은 인생을 공유해도 될 것 같았다. 그래서 결심을 했고 청혼을 했던 것이다. 그녀가 대답을 줄 때까지 기다리고 있겠다고 했다. 그런데 계절이 겨울의 끄트머리에 와 있는데도 혜희로부터는 아무런 연락이 없다. 우헌은 답답했다. 우헌은 지금 서 있는 이 장소가 풍광이 아름다운 곳이 아니라, 마치 황량한 벌판에 서 있는 느낌이 들었다. 그렇다. 이제는 물어보리라. 그녀의 마음이 어떠한지 만나서 직접 물어보자.

우헌은 등나무 찻집 앞에 차를 세웠다. 서촌리 마을에서 출발하여 지금까지 달려온 길이 멀게만 느껴졌다. 조급한 마음에 바로 집으로 가지 않고 차의 방향을 이곳으로 잡았다. 차를 운전해 오면서 혜희의 대답이 어떠할지 못내 궁금했다.

등나무 찻집은 불이 꺼져 있었다. 일요일은 영업을 하지 않으니까 당연하다. 지금쯤 혜희는 교회에서 집으로 돌아와 휴식을 취하고 있을 시간이다. 다행히 이층에는 불이 켜져 있었다. 우헌은 혜희의 휴대폰 번호를 눌렀다. 신호음이 제법 길었는데도 혜희는 전화를 받지 않았다. 그렇다고 무작정 대문의 초인종을 누를 수도 없었다. 그녀가 집에 있음에도 휴대폰을 받지 않는 것은 무엇 때문인지 알 수가 없다. 분명히 무슨 대답이든지 기다리고 있겠으니 해달라는 말을 했다. 어쩌면 혜희는 아직까지 결정을 하지 않았을지도 모른다. 그녀에게는 아들이 있으니까, 우헌과는 달리 재혼 문제를 혼자 쉽게 결정하지는 못할 것이다. 그래도 우헌은 혜희에게 명확한 답변을 듣고 싶었다.

차문을 열고 밖으로 나온 우헌은 휴대폰을 손에 들고 대문 앞에서 서성거렸다. 행여 그녀가 휴대폰을 할까봐 마음을 졸였지만 연락이 없었다. 우헌은 한참을 서 있다가 이층에 불이 꺼진 다음에야 차가워진 몸으로 집으로 돌아왔다. 현관문을 밀고 들어선 거실의 적막함과 함께, 혜희를 만나지 못하고 돌아온 마음이 너무 허허로웠다. 혜희에게 재차 전화를 하기에는 시간이 너무 늦었다.

우헌은 전화대신 문자를 보내기로 했다. 전화는 받지 않아도 문자는 읽을 것이다. 내일 아침에라도.

아침에 혜희는 우헌이 보낸 문자를 읽었다. 전화를 받지 않으니 그 대신 문자를 보낸다. 다음 일요일 오후 여섯 시에 카페 마당에서 만났으면 한다. 혜희씨가 나오실 때까지 기다리고 있겠다는 내용이었다. 마당 카페라면 장미의 골목 입구에서 길 건너편 이층에 있다. 식사와 차를 동시에 해결할 수 있는 카페이기도 했다. 우헌은 청혼에 대한 답변을 듣기 위해서 그녀를 만나자고 하는 것일 것이다. 혜희도 이제는 우헌의 청혼에 대답을 해 주는 것이 도리라는 생각이 들었다. 하염없이 기다리게 할 수는 없는 일이다. 하지만 혜희는 쉽사리 답이 나오지 않았다. 세훈이 때문이었다. 혜희가 재혼을 하겠다고 하면, 과연 세훈이가 가슴으로 받아줄 수 있을까. 유별나게 사이가 좋았던 부자지간이었다. 아직도 아버지에 대한 그리움에서 헤어나지 못하고 있는 세훈이다.

 단 한 번도 생각해 보지 않았던 재혼이었다. 그런데 김우헌이라는 남자의 청혼이 그녀에게 생각의 변화를 일으킨 것은 틀림없는 사실이었다. 혜희는 우헌을 향하여 가고 있는 그녀의 감정의 흐름이, 꽤 깊어 있음을 요 며칠 사이에 분명히 느끼고 있었다. 혜희는 거실을 서성이다가 불현듯 이 집사 생각이 났다. 이 집사도 한 때는 재혼을 하려고 했던 여자다. 이 집사는 등나무 찻집이 오픈한 날부터 지금까지 일주일에 한 번씩은 꼭 찾아와서 차를 마시고 가는 고객이기도 하다. 자주 찾아오는 손님이고 다니는 교회는 달라도 같은 크리스천이라 이 집사와는 빨리 친해진 관계였다. 이 집사는 신애가 만든 대추차를 특별히 좋아했다. 그래서인지 그녀는 등나무 찻집에 들리면 꼭 대추차를 주문했다. 시간이 흐르자 이 집사도 오래 전에 남편과 사별한 사실을 알게 되었다. 그녀도 대학에 다니는 아들과 둘이서만 살고 있었다. 처지가 같은 그녀들은 빨리 친밀해졌다.

어느 날 이 집사는 혜희에게 재혼을 하게 될지도 모른다는 말을 했다. 재혼이라니, 혜희는 놀란 눈으로 상대가 뭐하는 사람이냐고 차분하게 물었다.

이 집사는 지인으로부터 한 남자를 소개 받았다. 남자는 미국에 사는 한국 사람이었다. 그 남자도 아내와 사별한 사람이었다. 남자는 일 년에 한번은 황상 한국에 와서 머물다가 돌아간다고 했다. 이 년 동안의 교제 끝에 두 사람은 재혼을 하기로 결정을 했다고 말했다. 그런데 재혼을 한다는 말이 있은 지 일 년이 지나도 이 집사는 재혼 소식을 전해주지 않았다. 여전히 토요일 오후에는 등나무 찻집으로 와서 차를 주문해서 마실 뿐이었다. 혜희는 하도 궁금해서 어느 날 차를 마시고 있는 이 집사에게 다가가서 슬그머니 물었다. 재혼문제는 어떻게 되었느냐고? 이 집사는 서로의 조건이 맞지 않은 부분이 있어서 없던 것으로 하기로 했다는 것이었다. 혜희는 그 조건이란 것이 매우 궁금했다. 이 집사가 차를 다 마신 후 설명을 했다. 남자는 이 집사가 미국으로 가서 살기를 원했다. 반면 이 집사는 남자가 한국에 와서 살아 줄 것을 희망했다. 남자의 자식들이 있으니까 미국에는 왔다 갔다 하면서 한국에 살면 되지 않겠느냐고 말을 했다. 남자에게는 두 아들이 있었다. 둘 다 미국에서 태어나 자란 아들들이었다. 남자의 두 아들은 아버지의 재혼에는 찬성을 했지만 아버지가 한국에 가서 사는 것은 반대했다. 그런데 이 집사의 아들은 어머니의 재혼 자체를 반대했다. 어머니를 낯선 타국에 가서 살게 할 수는 없다. 그 쪽 아들들과 잘 지낼 자신도 없다. 나는 절대로 어머니를 따라 미국에는 안 간다. 나는 나의 조국에서 살다가 죽을 것이다. 아들은 정색한 얼굴로 아주 단호하게 말을 했다.

결국 이 집사는 고심 끝에 재혼을 포기했다는 것이었다. 사랑은 나 혼자서 할 수 있었지만, 재혼은 나 혼자서 할 수 없는 것이더라고 말하면서 그녀는 허전하게 웃었다.

그 때는 이 집사의 그 말이 혜희의 가슴에 별로 와 닿지 않았다. 재혼은 그녀에게는 결코 발생할 일이 아니라고 생각했기 때문이었을 것이다. 신애도 자식들 때문에 재혼을 접었다. 기댈 언덕이 필요하다던 이 집사도 결국은 자식이란 계곡을 뛰어넘지 못했던 것이다. 세월이 흐른 현재의 이 집사는, 그녀가 섬기는 교회에서 권사 직분을 맡아 신앙생활에만 충실하고 있다.

혜희는 거실 소파에 풀썩 주저앉았다. 아무리 생각에 생각을 한다 해도 우헌이 원하는 대답은 하지 못할 것 같았다.

카페 마당을 찾아가는 혜희의 마음은 한없이 무거웠다. 그녀의 답변에 우헌이 어떻게 반응을 할지 두렵기도 했다.

카페문을 열고 들어서자 우헌은 언제나처럼 미리 와서 기다리고 있었다. 애써 환하게 웃는 우헌을 보자 혜희는 가슴이 흔들렸다. 그동안 만나지 못한 사이에 우헌의 얼굴은 좀 야위어 있었다.

혜희는 우헌의 맞은편에 조용히 앉았다. 두 사람 다 선뜻 어떤 말을 끄집어내지 못 했다. 한동안의 침묵이 흐른 후 먼저 입을 연 사람은 우헌이었다.

"혜희씨의 얼굴이 마치 전쟁터로 가는 군인의 표정 같군요. 우리 편안한 마음으로 식사 주문부터 합시다. 난 점심을 놓쳤더니 많이 시장하네요."

그러면서 우헌은 웃는 얼굴로 종업원을 불렀다. 두 사람은 찬이 복잡하지 않은 생선가스를 똑같이 선택했다. 식사를 끝내자 그들 앞에 카페 마당의 로고가 새겨진 찻잔이 놓여졌다.

사장님께서 직접 담근 오미자차라고 차를 들고 온 종업원이 설명을 했다. 오늘은 차의 리필도 얼마든지 가능하다는 말도 곁들였다. 찻잔에 담겨 있는 붉은 액체의 색깔이 예뻤다. 하지만 혜희는 선뜻 찻잔을 집어들 수가 없었다. 창밖으로 눈을 주었다. 어둠이 내린 가로등 불빛 밑으로 사람들이 열심히 걸어가고 있었다. 그들의 목적지가 어딘지는 알 수 없으나 아무튼 열심히 움직이는 모습들이었다. 이번에도 우헌이 먼저 침묵을 깨트렸다.

"땅을 산 곳에 집을 지으려 합니다. 집이 완공되면 그곳으로 이사를 가서 살 작정입니다."

창밖을 주시하고 있던 혜희는 우헌에게로 눈길을 돌렸다. 우헌은 따뜻하게 게 웃었다.

"우헌씨의 청혼, 받아들일 수 없습니다. 미안합니다."

혜희는 조심스럽게 말했다.

"세훈이 때문인가요? 아니면 내가 아니라는 건가요."

우헌도 극히 조심스러운 목소리였다.

"세훈이 때문이기도 하지만, 지금까지 단 한 번도 재혼에 대하여 생각해 본 적 없습니다. 혼자됐으니 그냥 혼자 사는 것이 좋겠다는 생각이 들더군요. 이 나이에는. 그래서 결정을 내렸습니다."

우헌은 아무런 말도 하지 않았다. 대신 긴장되고 어색한 공기가 흐르기 시작했다. 우헌의 눈을 보지 않고 말했으니 그의 표정을 살필 수도 없었다. 순간 혜희는 이 어색하고 미묘한 분위기에서 빨리 벗어나고 싶었다. 혜희가 자리에서 일어나려고 할 즈음 우헌이 입을 열었다.

"우리 차 마시고 같이 나갑시다. 오늘 거절당한 선물로 혜희씨 집까지 배웅해 드리고 싶군요."

비로소 혜희는 우헌을 보았다. 우헌의 얼굴은 매우 담담했다.

"아녜요. 먼저 저 혼자 가겠습니다."

"오늘은 제 호의를 거절하지 마세요. 우리 서로 마지막 만남이 될지도 모르잖습니까?"

마지막 만남이라는 우헌의 말에 혜희는 혼자서 가겠다고 더 이상 우길 수가 없었다. 정말 마지막이 될지도 모르는 일이었다.

두 사람은 이미 식어있는 차를 맛없게 마시고는 밖으로 나왔다. 겨울의 끄트머리라고 하지만 밤바람은 얼음처럼 차가웠다.

혜희는 목에 느슨하게 두르고 온 머플러를 다시 단단하게 둘렀다. 곧 그들은 한 길을 건너서 장미의 골목으로 접어들었다. 장미의 골목길에도 역시 바람이 찼다. 언제나 이 도시에는 유난히 바람이 많이 불었다. 특히 봄이 시작되면 바람이 더 세게 불었다. 그런 탓에 봄에도 때로는 봄이 아닌 겨울로 되돌아간 느낌이 들 때가 많았다. 가로등의 노란 불빛이 내리는 골목길을 어깨를 나란히 걸어가면서도 그들은 한 마디의 말도 하지 않았다. 말은 하지 않았지만 혜희는 우헌의 몸속 온기가 조금씩 건너오는 것 같았다. 그녀의 거절이 우헌의 자존심을 상하게 했을지도 모른다고 생각하니 마음이 아렸다.

　잠시 후 그들은 등나무 찻집 앞에서 발걸음을 멈추었다. 그들을 따라 움직이던 그림자도 더 이상 움직이지 않았다.

　"난 혜희씨가 자신을 너무 자신 속에만 가두어 두고 살고 있다는 생각이 드는 군요."

　"그건 왜죠?"

　혜희는 우헌을 향하여 따지듯이 물었다.

　"왜냐하면 지금의 혜희 씨에겐 용기가 필요한 것 같아요. 엄밀히 말하자면 나이와 현재의 상황을 넘어설 수 있는 용기겠죠. 아무튼 지금의 난 조금은 슬퍼지려 해요. 자존심이 상하기도 하고. 그렇지만 혜희씨가 확실하게 의사표시를 해 주어서 고마워요. 이만 돌아가겠습니다."

우헌은 돌아섰다. 혜희는 가슴 한구석이 시려왔다. 시린 가슴에 한쪽 손을 얹었다. 우헌이 몇 발자국 걸어갔을 때 혜희는 흐느끼듯 말을 했다.
"친구는 되어 드릴 수 있어요. 우헌 씨가 원한다면."
"여자 친구는 이제 필요 없습니다. 난 내가 지은 보금자리에 함께 살면서 같은 식탁에서 밥을 먹을 수 있는 여자를 원합니다."
단호하게 말한 우헌은 다시 돌아서서 골목길을 걸어가기 시작했다.
혜희는 막연한 눈으로 우헌의 뒷모습이 보이지 않을 때까지 서 있었다.

손님 맞을 준비가 끝나자 신애가 아메리카노 두 잔을 내렸다.
"혜희야 우리 테이블로 가서 한 잔 마시자. 모닝으로."
아직 손님이 오기에는 이른 시간이다. 혜희는 신애가 건네주는 커피잔을 받아 들고 창가에 있는 자리로 가서 앉았다. 등나무 찻집에서 정원의 풍경이 가장 눈에 잘 들어오는 자리였다. 신애도 커피 잔을 들고 뒤따라왔다.
아침에, 혜희는 신애보다 조금 늦게 출근을 했다. 어제 저녁 우헌을 떠나보낸 마음이 내내 편하지가 않았다. 자신의 그림자를 무겁게 밟으며 골목길을 걸어가던 우헌의 쓸쓸한 뒷모습이 자꾸만 눈에 매달렸다. 깊은 수면을 취할 수가 없었다. 몇 번이나 침대에서 일어나 방안을 서성거렸다. 아무것도 모르고 있는 세훈에게 재혼이라는 단어를 들먹거려 세훈의 마음을 불편하게 하고 싶지 않았다. 엄마로서 허점도 보이기 싫었다. 그리하여 우헌에게로 향하여 흘러가는 마음의 줄을 붙들기 위해서 그의 청혼을 확실하게 거절했던 것이다. 헌데 이렇게 가슴 한구석이 시릴 줄은 몰랐다. 혜희는 새벽 무렵에야 겨우 잠이 들었다.

"어떻게 됐니? 우헌 씨와는."

신애한테는 우헌과 만난다는 것을 미리 말해주었다.

"우헌 씨의 청혼 받아들일 수 없다고 말했어."

"그럼 거절했다는 거니?"

신애는 마시던 커피잔을 도로 테이블 위에 내려놓았다.

"응, 확실하게 거절했어."

혜희는 분명하게 말했다.

"창백한 네 얼굴을 보고 짐작은 했어. 하지만 네 감정 어떻게 추스리려고? 혜희 너 마음속에 지금도 담겨 있잖아. 그 사람."

"이팔청춘도 아니고 나이가 오십인데 마음 하나 다스리지 못해서야 되겠니. 신애 너도 재혼 자신 없어서 접었잖아. 재혼은 그 무엇보다도 조건이 맞아야 한다고 네가 그랬어. 마음고생 안하려면 어차피 혼자된 여자는 혼자 살아가야 할 것 같다고. 이 말도 네가 했어. 나도 네 생각과 똑같아."

"혜희야 재혼의 조건이 넌 나하고는 좀 달라. 우선 우헌 씨는 자녀들이 없어. 그리고……."

바로 그 때 출입문이 열리면서 첫 손님이 들어왔다. 뜻밖에 이 집사였다. 이 집사는 항상 오후에 차를 마시러 왔다. 이렇게 이른 시간에 온 것은 처음이다.

"두 분이 정답게 모닝커피를 마시고 있는 모습이 참 보기 좋군요."

이 집사의 얼굴이 다른 날보다 밝아보였다.

"이 집사님 어쩐 일이세요? 이 시간에."

신애가 의아해 하면서 물었다. 혜희는 미소로 눈인사를 했다.

"오 집사님 나도 원두 한 잔 내려주세요. 합석해서 여기서 마시게."

"그러세요."

신애가 재빨리 일어섰다. 이 집사는 성큼 혜희의 옆자리에 앉았다. 신애가 아메리카노 한 잔을 내려서 이 집사에게로 왔다.

"두 분이 말씀 나누세요."

신애가 커피잔을 테이블에 내려놓고 가려고 하자 이 집사가 손짓으로 앉으라는 시늉을 했다.

"밀담 나눌 것도 아닌데 오 집사가 자리 안 비켜줘도 돼. 아직 손님도 없는데 앉으라구."

"무슨 할 말이라도?"

"나 작별 인사하러 왔어요."

"이 집사님 작별이라뇨? 다른 곳으로 이사라도 가세요?"

혜희와 신애는 거의 동시에 놀란 눈으로 물었다.

"아니 이사는 아니고, 한 달 정도 유럽 쪽으로 여행을 가게 됐어요. 그러니 당분간은 등나무 찻집에 못 온다고. 내가 안 보이면 두 사람 궁금해 할까봐 미리 알려주러 왔어요."

그러면서 이 집사는 유럽 여행을 가게 된 경위를 밝혔다. 얼마 전에 아들과 며느리가 어머니 회갑 기념으로, 여행을 보내 드리려고 만기된 적금을 찾았다면서 유럽 여행을 권유했다. 이 집사는 유럽은 너무 멀고 비용도 많이 드니까 그냥 국내 여행이나 하겠다고 말했다. 그러나 아들 내외는 어머니 더 연세 들면 기력 빠져서 먼 곳은 정말 못 가신다고 꼭 다녀오시라고 했다. 하도 간곡하게 권해서 이 집사는 못 이기는 척 승낙을 했다. 마침 함께 갈 친구도 생겨서 너무나 기분이 좋다는 것이다. 이 집사가 유럽 여행을 가기로 결정한 그날 밤, 아들이 이 집사의 방으로 찾아왔다. 아들은 무릎을 꿇고 지난날 어머니 재혼 반대한 것 죄송하다고. 그리고 제 곁에 건강하게 오래 계셔 주어서 정말 고맙다고 하면서 눈시울을 적셨다는 것이었다.

이 집사의 말에 혜희는 가슴 한구석이 찡해 왔다. 혜희는 이 집사 아들의 말이 어머니가 재혼을 안 해주어서 고맙다는 뜻으로 해석이 되었다.

"아드님 내외가 참 기특하네요. 어머니 유럽 여행 보내려고 적금까지 넣었으니."

신애가 웃음 띤 얼굴로 이 집사를 보면서 말했다.

"사실 아들 며느리와 한 집에 살다보면 내놓고 말은 못하고 나 혼자서 섭섭할 때가 더러 있지요. 그런데 이렇게 적금까지 넣어서 여행을 보내주니 좋긴 좋네요."

혜희로서는 이 집사의 말이 자랑인지 하소연인지 구별이 잘 되지 않았다. 그러나 유럽 여행의 꿈에 부풀어 한껏 고무되어 있는 이 집사를 보자 마음이 뿌듯해졌다.

"생각지도 못했는데 유럽 여행은."

이 집사는 원두커피를 다 마신 후, 내일 떠나니까 준비를 해야 한다면서 일어섰다. 커피 값을 계산하려는 이 집사를 신애가 사양을 했다. 오늘은 여행을 축하하는 의미에서 서비스 할게요. 이 집사가 땡큐 하면서 활짝 웃었다.

혜희는 찻집 앞까지 이 집사를 뒤따라갔다.

"여행 잘하시고 오세요. 건강도 챙기시면서요. 무사한 여행이 되도록 우리도 기도 할게요."

혜희는 빠르게 걸어가는 이 집사의 등을 보면서 큰소리로 말했다. 이 집사는 잘 갔다 오겠다면서 한 쪽 손을 높이 들고 흔들었다. 이 집사의 모습이 시야에서 사라지자, 갑자기 피곤이 몰려왔다. 어젯밤 잠을 제대로 자지 못한 탓이리라. 마침 알바 아가씨 한 명이 출근 시간에 맞추어 가까이 오고 있었다. 알바아가씨는 혜희에게 밝은 얼굴로 인사를 했다. 혜희는 너무 피곤해서 이층에 올라가 잠시 쉬었다 오겠다고 말했다.
"알겠습니다. 사장님."
알바 아가씨는 명랑하게 말하면서 등나무 찻집 안으로 들어갔다.
혜희는 잠시 뜰에 서서 찬바람을 쏘인 다음 이층으로 올라갔다. 며칠이나 청소를 제대로 못한 탓인지 주방과 거실이 어수선해 보였다. 혜희는 먼저 서재방으로 들어갔다. 원고지가 놓여 있는 책상 앞 의자에 천천히 앉았다. 원고지의 소설은 아직 끝맺음을 하지 못하고 있다. 시간 날 적마다 조금씩 써나가는 소설은 진도가 느린 편이었다. 혜희는 문득 써야 할 때 쓰지 않으면 쓰고 싶을 때 쓸 수 없다는 어느 시인의 언어가 생각났다. 당연히 맞는 말일 것이다. 혜희는 아무래도 이 집을 떠나기 전에 소설을 끝마쳐야 할 것 같은 생각이 들었다. 그러려면 좀 더 부지런해야만 할 것 같다. 먹고사는 문제만 아니어도 진짜 고우슬이 되고 싶기도 하다.
혜희는 거실로 나와 소파에 무너지듯 주저앉았다. 양 쪽 어깨가 내려앉을 것처럼 아파왔다. 우헌과 헤어졌기 때문에 다시는 만나지 못할 것이니까 이토록 아픈 것인지, 아니면 아파서 아픈 것인지 혜희로서는 도무지 모를 일이었다. 너무나 몸이 아파서 혜희는 소파에 길게 누워 버렸다. 그녀가 소파 앞에 떨어져 있는 작은 이불을 집어 들고 덮으려고 하는데, 휴대폰의 메시지 멜로디가 울렸다. 우헌이 보낸 문자가 눈에 잡혔다.

'비가 오면 난 혜희씨의 우산이 되어 드리고 싶었습니다. 그러나 그것은 나 혼자만의 희망사항일 뿐이었다는 것을 지금 새삼 깨달았어요.'

혜희의 눈에 핑글 눈물이 돌았다. 먼 훗날 그녀가 세훈에게 어떤 남자의 재혼 청혼을, 너 때문에 네가 상처 받을까봐 거절했다고 한다면, 과연 세훈은 어떤 말을 할까.

침대에서 눈을 뜨자 우헌은 온 전신이 아파왔다. 어쩌면 몸보다 마음이 훨씬 더 아리고 시리다는 것이 정확할 것이다. 어젯밤 우헌은 제대로 잠을 이룰 수가 없었다. 그 자리에서 내색은 하지 않았지만 혜희에게 청혼을 거절당한 마음이 한 없이 초라했다. 그녀가 그토록 냉정하게 거절할 줄은 미처 예견하지 못했었다. 왜 거절이냐고 물어보지도 물어볼 수도 없는 문제였다. 어제의 그 초라했던 마음이 온 전신을 이토록 아프게 하는 모양이다.

해가 이미 중천에 떠있는지 유리 창문이 햇살처럼 훤했다. 우헌은 일어나서 거실로 나왔다. 거실 밖 베란다의 유리문에 햇빛이 자잘하게 쏟아지고 있다. 외로움이 뼛속까지 스며든다. 주방으로 가서 온수 한 잔을 천천히 아주 천천히 마셨다.

나이 쉰여섯. 우헌은 이 도시의 모든 것을 접고 혜희와 함께 시골에 가서 전원생활을 하면서 살아 갈 것을 꿈꾸었다.

진심으로 우헌은 혜희에게 비가 내리면 비를 막아주는 우산이 되어주고 싶었다. 혜희의 아들 세훈에게도 근사한 새아버지가 될 자신이 있었다. 허나 그런 꿈은 어제 만난 그녀의 대답에서 한 순간에 무너지고 말았다. 꿈은 깨지고, 초라해진 우헌의 자존심만 허우적거렸다.

휴대폰을 집어든 우헌은 이제 정말 마지막이 될지도 모르는 문자를 찍어 보냈다. 물론 답이 오리라는 기대는 하지 않았다.

속이 거북한데도 시장기가 느껴졌다. 우헌은 어제 도우미 아줌마가 끓여놓고 간 우거지 국을 가스레인지에 데웠다. 도우미 아줌마는 이틀에 한 번씩 와서 밥과 반찬을 만들어 놓고 갔다. 챙겨먹는 것은 우헌의 몫이다.

뜨거운 우거지 국에 밥을 몇 숟갈 말아 먹은 우헌은 밖으로 나왔다. 햇살이 유리알처럼 투명하다. 우헌은 갈 방향을 해변 쪽으로 잡았다. 우헌이 살고 있는 이 아파트 단지에서 조금만 걸어가면 바닷가다.

우헌은 터널처럼 뻗어있는 아파트 단지 안의 벚나무 길 아래로 천천히 걸어갔다. 벚나무 가지들은 벌써 물이 올라 봄날을 앞장서고 있다. 그러나 아직 귀가 바람 끝에 시리다. 얼마 뒤에는 이 벚나무들과도 작별을 해야 된다고 생각하니 가슴 한 편이 허전해 왔다.

아파트 단지를 빠져나온 우헌은 오른 쪽에 있는 바닷가 모래사장으로 가지 않고 왼 편의 골목길로 접어들었다. 바다를 끼고 주택과 작은 빌라들이 섞여있는 사이에 제법 규모가 있는 큰 교회가 있었다. 신교마을에서 이곳 아파트에 돌아와 살면서 일요일이면 곧잘 찾던 교회다.

우헌은 낮은 계단을 밟고 이층으로 올라가 본당으로 들어갔다. 일요일 오전 열한시에 대 예배를 보는 이 교회의 본당문은 항상 열려있었다. 평일에는 성도들이 편리한 시간에 와서 기도를 하고 갈 수 있도록 한 이 교회 담임 목사님의 배려였다.

우헌은 맨 뒷 의자에 무릎을 꿇는 마음으로 가만히 앉았다. 하나님께 기도를 하고 싶었다. 요한은 기도제목을 두고 간절히 기도하여 응답을 받아 이루어진 것들이 많다고 했다.

우헌은 기도제목을 생각했다. 지금 해야할 기도의 제목을 말하라면, 서혜희가 심경의 변화를 일으켜 자신과 함께 움직여주는 것이었다.

우헌은 기도를 하기 위하여 눈을 굳게 감았다. 그러나 그 어떤 기도도 나오지 않았다. 그저 막막한 심정으로 오랫동안 그 자리에 묵묵하게 앉아 있었다.

찻집 일을 끝낸 신애가 밤에 다시 이층으로 올라왔다. 혜희는 오늘 등나무 찻집에 출근을 하지 못했다. 몸과 마음이 한꺼번에 너무 아파서였다. 아침에 야채죽을 사들고 온 신애는 알바 한 명 더 부르면 되니까, 찻집 일은 걱정하지 말고 푹 쉬어라고 말한 후 내려갔다. 언제나 그녀보다 찻집 일은 신애가 더 많이 했다. 혜희는 그런 신애가 늘 고맙고 미안했다.

"피곤할 텐데 집으로 바로 가지 않고 뭐 하러 왔어. 나 많이 좋아졌어. 이제 괜찮아. 신애야."

혜희는 침대에서 일어나 거실 소파로 가서 앉았다.

"안심이 안돼서 올라왔어. 야채 죽은 먹었니?"

"응, 따뜻하게 데워서 한 그릇 다 먹었어."

"잘했어. 혜희야 늦었지만 우리 속이 편한 야채 차 한 잔씩 마시자꾸나. 너한테 할 얘기도 있고."

"그래. 좋아."

신애는 주방으로 가서 포트에 물을 끓였다. 신애는 곧 머그잔에 따뜻한 야채차를 만들어서 들고 왔다.

"혜희 너 사실은 몸도 몸이지만 마음이 더 아프잖아. 우헌씨 때문에."

혜희가 고개를 세차게 저었다.

"혜희야, 이러지 말고 우헌씨 붙들어. 다시 생각해. 우리 나이에 그만한 재혼자리 잘 없다."

신애의 눈빛이 사뭇 진지했다.

"세훈이가 있어. 신애 너도 아이들 때문에 재혼 접었잖아."

혜희는 야채차가 담긴 머그잔을 들었다.

"넌 나하곤 조건이 달라. 나는 지인의 소개였고, 그쪽에도 자식이 세 명이나 있는 사람이었어. 우헌 씨와 넌 서로 같은 아픔을 겪으면서 자연스럽게 알아온 사이야. 우헌 씨는 자식도 없고 넌 세훈이 한 명 뿐이니까 복잡할 것도 없잖아. 너와나 우리가 언제까지 함께 찻집을 할 수 있겠니? 그리고 가장 중요한 것은 우헌씨가 네 마음 안에 이미 들어와 있다는 거야. 너 오늘 아픈 것 보고 이 말 꼭 해주고 싶었어. 그래서 올라온 거야. 우헌씨라면 세훈이도 반대하지는 못 할 거야."

신애는 또박또박 자르듯이 말을 했다. 혜희는 신애가 그것도 한꺼번에 이렇게 간절하게 길게 말하는 것은 처음 보았다.

"비가 내리면 우산이 되어주고 싶었다는 문자를 보내왔어. 우헌씨가."

"그럼 간단하네. 혜희 네가 그 우산 밑으로 들어가면 되잖아. 우헌 씨와는 신앙도 같고. 난 너라도 좋은 사람 만났을 때 재혼해서 행복하게 살았으면 좋겠어. 제발 혜희야."

혜희는 반 쯤 마신 머그잔을 테이블 위에 내려놓았다. 마음이 걷잡을 수 없이 내려앉았다. 그 누구보다도 혜희의 마음을 잘 읽고 있는 신애다.

"그만해. 신애야 나 지금 많이 슬퍼지려고 해. 그리고 세훈이한테 쓸데없는 말해서 상처주고 싶지 않아. 시일이 흐르면 차츰 내 마음도 정리가 될 것이고. 너와 나. 우리 둘 남편을 먼저 보내고도 이렇게 열심히 살아가고 있잖아."

신애가 더 이상 말을 하지 못하게 하려고 혜희는 정색을 했다.

"알았어. 네 생각이 그렇다면 할 수 없지. 하지만 이 말은 꼭 하고 싶어. 혜희 너한테 이렇게 좋은 조건을 가진 남자를 만나는 기회는 다시는 오지 않을 거야. 단언해."

목이 마른지 신애는 머그잔에 있는 야채차를 한꺼번에 다 마셔 버렸다. 혜희는 신애가 그녀를 생각해서 하는 말인 줄은 알지만, 신애가 원하는 답을 해줄 수가 없었다.

자정이 가까워서야 신애는 안타까운 얼굴로 돌아갔다.

현관문을 열고 밖으로 나가기 전에 신애는 다시 한 번 강하게 말을 했다.

"마음을 주는 것은 사랑을 주는 것이라고 나는 그렇게 생각해."

대문 옆에 서있는 백목련이 하얀 꽃망울을 터트렸다. 봄의 전령이 찾아왔지만 혜희의 마음은 여전히 스산하기만 했다.

어제는 세훈이한테서 전화가 왔다. 계절이 바뀌는데 어머니는 찻집 일로 많이 힘드실 텐데 건강은 괜찮으시냐고. 혜희는 장사도 잘되고 엄마는 늘 무탈하다고 말했다. 그러자 세훈은 그럴 줄 알았어요. 계속 무탈하셔야 해요. 아주 밝은 목소리로 말을 하고는 전화를 끊었다.

세훈에게 우헌의 청혼에 대한 이야기를 하지 않았던 것은 정말 잘한 일 같았다. 만약 말을 했다면 세훈의 음성이 그토록 밝지는 앉았을 것이다.

오후 세시쯤이었다. 혜희가 신애와 카운터 교대를 하고 나가려는데 뜻밖에 수웅이 찻집 안으로 불쑥 들어섰다. 얼굴이 좀 굳어 있었다. 통영 여행 이후 처음하는 대면이었다. 혜희보다 신애가 더 반갑게 인사를 건넸다. 혜희는 지난 번에 전화로 목소리를 높였던 것과 수웅의 굳은 얼굴이 마음에 걸렸다. 손님이 많은 시간이라 수웅과 대화를 나누다가 행여 목소리가 커질 일이 생길까봐 겁이 났다. 자리에 앉으려는 수웅에게 혜희는 정원으로 나가서 이야기를 하자고 했다. 알겠다면서 수웅은 순순히 혜희를 따라 정원으로 나왔다. 두 사람은 누가 먼저랄 것도 없이 등나무 벤치 있는 데로 갔다. 아직 풀리지 않은 날씨 탓인지 벤치가 얼음처럼 차가왔다. 혜희는 수웅을 잠시 기다리게 하고, 이층으로 올라가서 작은 무릎담요 두 장을 들고 내려왔다. 혜희는 들고 온 무릎 담요를 사각으로 접어서 벤치위에 각각 놓았다.

"앉아."

수웅이 먼저 앉은 다음 혜희도 앉았다. 수웅이 앉았던 자리는 전에 란주가 앉았던 자리였다. 수웅의 얼굴은 계속 굳어 있었다.

"이 시간 출판사 바쁠 텐데 어떻게?"

혜희가 먼저 입을 열었다.

"이 동네 재개발 한다면서?"

"그래, 해."

혜희는 짧게 대답했다.

"어제 신문 보고 알았다. 그동안 왜 나한테 말하지 않았어?"

"사적인 나의 일 낱낱이 너한테 아뢰어야 하니? 이 나이에."

혜희의 음성이 조금 날카로워졌다.

수웅은 혜희가 많이 변했다는 느낌을 떨쳐버릴 수가 없었다. 이전 같았으면 동네가 재개발이 된다는 소식을 제일 먼저 알려 왔을 것이다. 헌데 혜희는 단 한마디의 언급도 없었다. 혜희 남편의 사후부터 그녀의 보호자를 자청하고 있던 수웅은 혜희의 침묵이 마냥 섭섭했다. 하여 오늘은 급한 일만 마무리를 하고 부리나케 달려 온 것이었다.

"재개발 들어가면 찻집은 어디서 하려고? 남의 건물에서 이 정도 규모로 찻집 하려면 임대료가 꽤 비쌀 텐데."

수웅이 진심으로 걱정이 돼서 하는 말임을 혜희가 모를 리가 없었다. 혜희의 목소리가 다시 부드러워졌다.

"어느 곳에 가서 찻집을 해야 할지는 아직 생각해 보지 않았어. 신애도 나도 수입이 있어야하니까 찻집은 해야 되겠지. 하지만 신애가 있으니까 별로 걱정은 안 돼. 신애가 잘하니까. 집을 비워 줄 날도 이년 가까이 남았고."

"이년이라는 시간은 금방이야. 우리가 살아온 세월을 돌이켜 봐. 눈 깜짝할 사이야."

그렇게 말을 한 수웅은 이어서 자신의 의견을 내놓았다. 재개발하는 아파트 분양받지 말고, 차라리 이 집 팔아 적당한 주택을 사서 지금 여기처럼 찻집을 하는 것이 어떻겠느냐. 권리금이나 비싼 월세 지출 안 해도 되고.

혜희는 관심을 가지고 염려해 주는 수웅이 고맙긴 하지만, 이제 더 이상 수웅이에게 작은 수고라도 끼치고 싶지 않았다. 때마침 알바 아가씨가 생강차 두 잔을 들고 왔다.

"밖에 오래 앉아 계시면 추우시다고 가져다 드리라고 하셨습니다."

매사에 꼼꼼한 신애의 배려였다. 알바아가씨는 혜희와 수웅의 사이에 들고 온 생강차를 놓고 갔다.

"마셔, 속이 따뜻해질 테니까."

혜희가 차 마시기를 권했다. 수웅은 말없이 찻잔을 들고, 뜨거운 생강차를 한 모금도 남기지 않고 천천히 다 마셨다.

"수웅아 앞으로는 내 일에 신경 끊어 주었으면 해. 나이 먹어가면서 너한테 자꾸 폐를 끼치고 싶지 않아. 부탁해."

수웅은 다 마신 찻잔을 쟁반 위에 내려놓고 벌떡 일어섰다.

"알았어. 혜희 네가 원한다면 그렇게 하도록 하지. 그 대신 상담의 문은 항상 열어놓고 있을게."

수웅은 다시 우종 출판사로 운전을 해 가면서 혜희가 변한 것이 확실함을 알게 되었다. 마음이 허무해졌다. 일편단심 민들레까지는 아니라 할지라도, 혜희에 대한 감정은 유년시절부터 지금까지 한결 같았다. 우정이라고 못을 박았다. 우정이라는 담을 넘지 않기로 결심도 했었다. 그럼에도 불구하고 혜희에 대한 감정은 우정 그 이상의 것이었음을 부인할 수가 없었다.

총각시절, 혜희의 결혼 청첩장을 받았을 적에 느꼈던 그 미묘한 심리의 현상은 지금도 잊을 수가 없다.

생각하면 수웅은 혜희에 대한 우정 이상의 감정, 그 감정의 꼬리를 자르려고 무던히 노력을 했다. 그런데 노력을 하면 할수록 꼬리는 오히려 더 단단해졌다. 폐를 끼치고 싶지 않다는 혜희의 그 말이 왜 이토록 섭섭한지 정말 모르고도 모를 일이었다.

우종 출판사 주차장에 차를 세운 수웅은 잠시 주차장 근처를 서성거리다가, 천천히 아주 천천히 사무실로 올라갔다.

여행을 떠난 이 집사로부터 엽서가 날라 왔다. 수웅이 등나무 찻집을 다녀간 삼일 뒤였다. 엽서는 혜희와 신애 앞으로 보내온 것이었다.

두 분께 스위스에서 엽서로 안부를 전합니다. 같이 온 친구와 함께 여행은 즐겁게 잘하고 있어요. 모든 것이 스마트 휴대폰으로 이루어지는 시대라 엽서를 쓰는 것이 새삼스럽게 느껴지는군요. 찻집은 여전히 성업중이겠죠. 내가 돌아갈 때까지 두 분 다 몸 건강하시기를.

같이 엽서를 읽은 혜희와 신애는 서로 마주보면서 활짝 웃었다. 안 그래도 수웅을 그렇게 보낸 마음이 내내 편하지가 않았다. 헌데 뜻밖에 이 집사의 엽서가 혜희의 기분을 조금이나마 녹여주었다.

"이 집사님 글씨 이쁘게 참 잘 썼네."

신애가 혼자서 다시 한 번 엽서를 읽으면서 감탄하듯 말했다.

"그러게. 정말 예쁘네."

신애의 칭찬에 혜희도 인정을 했다.

"근데 혜희야 우리 아이들도 회갑 여행 유럽으로 보내줄까? 서유럽, 동유럽, 북유럽까지 난 다 가보고 싶은데."

"보내 달라고 말해야지. 안 보내주면 우리 돈으로 가면 돼. 신애야 우리 이 달부터 당장 여행갈 적금 들자."

"그래, 그렇게 하자꾸나. 그런데 혜희야. 우리가 적금 넣어서 간다고 생각하니 공연히 서러워지려고 하네."

"뭐가 서러워. 오히려 당당하지. 눈치 볼 것도 없고."

아직 찻집에 손님이 없는 시간이라 혜희와 신애는 오랜만에 마음껏 수다를 떨었다.

이 집사의 짧은 엽서 한 장이 그녀들을 한껏 고무시켰다.

사랑의 시작

　일요일의 늦은 오후, 카페 마당에서 신애와 우헌은 마주 앉았다. 두 사람의 만남은 신애의 요청에 의하여 이루어졌다. 한 번 만났으면 좋겠다는 신애의 전화에 우헌은 좀 당황스러워 했다.
　"무슨 일로 절…?"
　"만나 뵙고 말씀 드리겠습니다."
　정중한 신애의 부탁에 우헌은 쾌히 승낙을 했다.
　한샘 교회에서 오후 예배를 본 신애는 혜희에게 오늘은 볼 일이 생겨서 먼저 가야겠다고 했다. 혜희는 추호도 의심하지 않았다. 하긴 신애가 따로 우헌을 만난다는 것을 혜희로서는 상상조차 못할 것이다.
　카페 마당까지 걸어 가면서 신애는 우헌에게 해야할 말을 머릿속에서 정리를 했다. 이미 혜희와는 끝난 사인데 우헌이 어떻게 받아들일지 불안했지만, 일단 우헌을 만나서 속에 품고 있는 말이라도 해보고 싶었던 것이다.

"차는 무엇으로 하시겠습니까?"

우헌이 정중하게 물었다.

"녹차로 하겠습니다."

우헌은 녹차 두 잔을 주문했다. 우헌의 얼굴이 좀 곤혹스러워 보였다.

"저한테 하실 말씀이 무엇인지요?"

어색하게 흐르고 있는 침묵이 부담스러웠는지 우헌이 먼저 입을 열었다. 신애는 우선 마음을 차분하게 가라 앉혔다.

"혜희가 우헌 씨의 청혼을 거절하고 온 그날 이후부터 마음을 많이 앓고 있어요. 아무리 숨겨도 저는 그 마음을 알 수 있으니까요."

우헌이 의아스러운 눈빛을 했다. 신애의 말이 계속 되었다.

"혜희에 대한 우헌 씨의 감정이 아직도 다 말라 버리지 않았다면 다시 좋은 관계로 돌아갔으면 하는 바람이 있어서 우헌 씨를 뵙자고 한 겁니다. 주제넘은 일인지는 모르지만."

또박또박 차분하게 말을 하면서도 신애는 등허리에 진땀이 흐르는 것 같았다. 우헌은 묵묵했다. 말은 하지 않지만 뜻박의 신애의 제의가 황당한 모양이었다. 우헌의 입장에서는 황당할 수밖에 없을 것이다. 이미 혜희와는 끝났다고 생각하고 있을 테니까.

아무튼 신애는 그랬다. 혜희가 우헌을 놓쳐서는 안 된다는 생각에는 처음부터 지금까지 변함이 없었다. 왜냐하면 앞으로 혜희에게 우헌같은 조건을 가진 남자를 만날 기회는 거의 없을 것이기 때문이었다. 기회는 놓치면 되돌아오기는 어려운 법이다. 돌이켜보면 일 년이란 시간은 금세 지나갔다. 혜희나 신애나 몇 살 나이를 더 먹는 것은 순식간의 일이었다. 신애는 혜희만이라도 우헌의 우산 아래로 들어가 남은 삶을 행복하게 보냈으면 싶었다. 먹고 사는 문제로 바둥거리지 않고. 더욱이 두 사람은 신앙도 같고 서로 사랑하고 있지 않은가. 사랑하는 사람과 함께 살 수 있다는 것은 하나님의 축복일 것이다. 제발 혜희도 우헌도 이 사실을 알았으면 좋겠다. 우헌의 침묵에 신애는 애가 탔다.

"혜희씨는 제 청혼을 거절했습니다."

한참 침묵을 지키던 우헌이 무겁게 입을 열었다.

"홀로된 여자들은 그래요. 자식이 있는 경우에는 재혼을 망설이게 되고. 생각에 생각을 거듭한 후에도 대개의 경우 자식의 입장에 서게 됩니다. 복잡 해 지는 관계 설정에 상처를 주지 않으려고요. 혜희도 그런 겁니다."

"구식 사고를 지녔군요. 그렇다고 나쁘다는 뜻은 아닙니다."

"사람에 따라서 다르겠죠. 혜희도 저도 어떤 부분은 구식이에요. 그러니까 혜희가 구식에서 탈피할 수 있도록 우헌 씨가 도와주셨으면 합니다. 아직도 가슴 속에서 사랑이 숨을 쉬고 있다면요."

신애는 진심을 다하여 말했다. 우헌의 눈빛이 막연해졌다. 신애는 숨을 죽였다.

신애는 늘 그랬다. 같은 처지이면서도 혜희를 보면 그녀보다 여리다는 생각이 들었다. 등나무 찻집 일도 혜희보다는 그녀가 많이 움직였다. 타고난 건강 때문인지는 몰라도 시간의 분배가 불공평하다고 생각한 적은 단 한 번도 없었다. 무어라고 꼭 꼬집어 표현할 수는 없지만 친언니 같은 마음에서 우헌을 만나자고 했는지도 모른다. 할 말을 다 했다고 생각한 신애는 조용히 일어섰다. 우헌의 눈빛은 여전히 막연했다.

"먼저 일어서서 죄송합니다만 제가 하려고 했던 말 다 했기 때문에 이만 가보겠습니다."

우헌은 여전히 말을 하지 않는다. 신애는 녹차는 한 모금도 마시지 않고 카페 마당 밖으로 나왔다. 노을이 스러진 지 얼마 되지 않았는데 가게들의 네온 사인이 휘황하다. 혜희 몰래 우헌을 만난 것이 잘한 일인지 못한 일인지 가늠을 할 수가 없었다. 신애는 지나가는 택시를 타려다가 그냥 골목길을 천천히 걷기로 했다. 신애는 이 동네의 지리에 밝았다. 지금 가고 있는 골목과 다음 골목길을 지나면 버스가 다니는 넓은 도로가 나온다. 횡단보도를 건너면 초등학교, 초등학교를 지나면 그녀가 살고 있는 아파트 단지가 있다. 택시를 타면 금방 도착할 수 있는 기본요금만 나오는 거리다. 택시는 일부러 타지 않았다.

신애는 다음 골목길로 접어들었다. 조금 전 보다는 한산한 골목이다. 초저녁 바람이 제법 싸늘하다.

혜희와 우헌이 다시 만남을 시작하고 더불어 결실을 맺게 되면 신애로서도 보람을 느낄 것이다. 하지만 그렇지 않다면 우헌에게 이 무슨 망신인가 싶다. 건강하게 백년해로를 하는 커플들을 생각하자 신애는 왠지 서글퍼졌다. 신앙을 의지하고 살아가지만 가끔 한 번씩 솟아오르는 슬픔을 막을 수가 없었다. 골목길이 끝나가자 신애는 불현듯 아이들이 보고 싶었다. 교회에서 신애보다 앞서 나간 남매는 훨씬 일찍 집에 도착했을 것이다. 어쩌면 둘은 신애와 같이 저녁밥을 먹으려고 기다리고 있는 지도 모른다. 지금은 신애가 남매의 울타리가 되어 주고 있지만 먼 후일에는 그들이 신애의 울타리가 되어줄 것이다. 신애는 걸음을 빨리 했다.

그토록 탐스럽게 피어있던 대문옆 담장 안의 백목련이 지기 시작했다. 피어있을 때와는 달리, 땅에 떨어져 있는 백목련 꽃송이들은 초라하기 이를 데 없었다.
남편과 함께 집을 사기 위하여 이 집을 보러 왔을 때, 제일 먼저 눈에 들어온 것이 막 피어난 백목련이었다. 지금처럼 뻗은 가지들이 담장을 넘을 만큼 키가 크지는 않았지만, 가지들에게 달려 있는 흰 꽃송이들은 눈이 부실만큼 아름답고 기품이 있어보였다. 그런 백목련을 품고 있는 정원이 너무나 마음에 들어 혜희 부부는 이층 주택인 이 집을 샀다 해도 과언이 아니었다.

혜희의 남편은 유독 백목련이 피는 것을 좋아했다. 꽃이 참으로 기품이 있다면서. 같이 바라보면서 꽃이 피면 예뻐하고 질 때는 아쉬워 했는데, 한 사람은 먼저 떠나갔고 남은 또 한 사람은 지고 있는 백목련을 보면서 늙어가고 있다. 이런 것을 두고 유수같이 흐르는 세월의 무상함이라고 하는 것인지.

혜희는 땅에 떨어져 있는 백목련 꽃송이들을 하나씩 하나씩 깨끗이 쓸어냈다.

"백목련이 다 져버렸군요."

귀에 익은 것 같은 목소리에 돌아보니 채란주가 미소를 머금고 서있었다. 혜희는 가슴이 철렁했다. 불쑥 채란주가 나타난 것은 분명 고우슬 때문일 것이다. 혜희는 채란주가 고우슬을 포기한 줄로 알고 안심을 하고 있었다.

"대문이 열려 있기에……."

혜희는 백목련을 쓸어내기 전에 잠시 열어두었던 대문을 다시 닫는 것을 깜빡 잊고 있었다.

"오랜만이에요. 란주씨."

"네. 안녕하세요. 백목련을 쓸고 있는 모습이 참 아름다웠어요."

"그랬나요. 난 백목련이 질 때마다 내 인생도 져버리는 것 같은 느낌이 들곤 하는데요."

"그것은 자아를 잠시 잊어버린 탓이겠죠."

채란주는 전에 왔을 때와는 완전히 달랐다. 정중한 말투도 아니고 아주 당당한 모습이었다. 혜희는 이렇게 당당한 태도야말로 채란주 본래의 모습이 아닐까 싶었다. 그런 채란주에게 혜희는 오히려 친근감이 느껴졌다.

"글쎄요. 근데 오늘도 고우슬 때문에 오셨나요."

"그렇습니다. 고우슬 씨에 대한 제 감을 확인하고 싶기도 해서요."

"감을 확인하고 싶다니, 어떤 감이죠?"

"고우슬 씨는 죽지 않고 살아 있다는 감, 고우슬 씨는 이 세상에 분명히 존재하고 있습니다. 죽지 않았어요."

너무나 또렷한 채란주의 목소리다. 혜희는 채란주의 그 목소리가 저 멀리서 들려오는 어느 죽은 종소리의 울음처럼 들렸다. 참으로 끈질긴 아가씨다. 분명 앞으로도 찾아오고 또 찾아와서는 고우슬을 끄집어내어 나를 괴롭힐 것이다. 혜희는 이제 더 이상 채란주와 고우슬의 문제로 논쟁을 하고 싶지 않았다. 요즘들어 이상하리만큼 심신이 고단했다. 절대로 물러나지 않을 것 같은 채란주를 보자, 혜희는 이제 마음 밑바닥에 감추어 두었던 고우슬에 대한 고통을 놓아버리고 싶었다. 언제까지 감을 내세우는 이 젊은 여자와 시비를 하면서 그녀 자신을 감추어야 한단 말인가. 그랬었다. 채란주가 찾아와서 고우슬의 연락처를 묻고 돌아갔을 때마다 마음이 찜찜했다. 언젠가 눈치를 챌 것 같아 불안하기도 했다. 란주가 찾아왔을 때는 태연하려고 애를 썼다. 완벽하게 연기를 했다고 생각했는데 아무래도 어딘가 미흡했던 모양이다. 란주가 그녀의 감을 내세워 이렇게 물고 늘어지는 것을 보면. 또한 고우슬이 확실하게 살아 있음을 주장하는 저 자신만만한 채란주의 태도에 혜희는 전율이 느껴졌다.

"전 오늘 등나무 찻집 영업시간이 끝날 때까지 찻집 안에서 차를 마시면서 있을 거예요. 오늘의 마지막 손님이 되어볼 작정이랍니다."

혜희의 귀에는 고우슬의 정체가 밝혀질 때까지 절대로 물러서지 않겠다는 뜻으로 들렸다. 순간 혜희는 할말을 잃어버리고 못에 박힌 듯 그 자리에 그대로 서 버렸다.

저 편 동네에서 불어온 바람이 담장을 넘어와 정원의 나무 가지들을 뒤흔들었다. 순간 말간 햇살로 몸을 녹이면서 가지에 남아 있던 백목련 꽃 한 송이가 땅으로 곤두박질을 했다. 가지에 마지막으로 매달려 있던 백목련이었다. 남편이 죽은 그 이듬해 부터였다. 백목련이 활짝 피어나면 떠난 남편이 어김없이 혜희의 꿈속으로 찾아왔다. 남편은 우아하게 피어있는 백목련 나무 앞에서 무심한 눈길로 서 있다가 순식간에 사라지곤 했다. 해마다 그랬다. 그러나 올 해는 백목련 나무가 더 풍성한 꽃송이를 뽐내었는데도 남편은 나타나지 않았다. 마지막 떨어진 백목련 꽃송이를 손으로 집어 들면서 혜희는 망설여졌다. 과연 내가 어떻게 해야 할까.

잠시 후 혜희는 바로 눈앞에 트렌치코트의 깃을 세운 채 곧게 서있는 채란주를 보면서 마음을 단단하게 가다듬었다. 채란주 때문이 아니어도 이제는 그녀 스스로 쳐 놓은 이 피곤한 거미줄을 걷어내야겠다고 결심을 했다.

"란주씨. 우리 이층으로 올라가서 차 한 잔 해요."

혜희는 부드럽게 말했다. 놀란 채란주의 동공이 크게 벌어졌다.

혜희는 앞장 서 이층으로 가는 계단을 천천히 밟았다. 란주도 차분하게 혜희를 따라 이층으로 올라갔다.

거실로 들어선 혜희는 채란주에게 소파에 앉기를 권했다. 채란주는 단정한 자세로 소파에 앉았다. 어딘지 고요가 깃들어있는 것 같은 소박한 거실의 인테리어가 정갈하다. 란주는 자신도 모르게 긴장이 되었다.

"오신애 말고 외부사람 란주씨가 처음이에요."

혜희의 표정이 잔잔했다. 고우슬의 이름만 나와도 얼굴이 굳어지던 서혜희의 표정이 아니었다.

"오신애 씨라면?"

"지금 등나무 찻집에서 카운터를 보고 있는 사람이죠."

등나무 찻집에 들어섰을 때 따뜻한 미소로 손님을 반겨주던 그 여자 이름이 오신애구나.

혜희는 채란주를 잠시 기다리게 하고는 주방으로 갔다.

곧 혜희는 야채차 두 잔을 만들어서 채란주 앞에 찻잔을 놓았다.

"이 층은 찻집이 아니어서 차 종류가 여러 가지 없어요. 이건 제가 좋아하는 차에요. 드세요."

　채란주에게 차를 권하면서 혜희는 고우슬의 얘기를 어떻게 시작해야 할지 참으로 난감했다. 분명 자신이 쳐 놓은 거미줄을 걷어내겠다고 굳게 마음을 먹었음에도 쉽게 입이 열리지가 않았다.

　채란주가 찻잔을 들었다. 아무튼 혜희는 말을 하기로 했다.

　"란주씨의 예감처럼 만일 고우슬이 살아있다면……."

　혜희는 뒷말을 이을 수가 없었다.

　"살아있다면 당연히 찾아가서 만날 겁니다."

　"만나게 되면……?"

　"소설 이야기를 하게 되겠죠. 제가 고우슬 씨를 만나는 목적이 그분의 소설 때문이니까요."

　채란주의 눈동자가 빛나기 시작했다.

　"란주씨의 감처럼 고우슬 씨는 살아있습니다. 현재."

　고우슬의 생존을 밝히는 서혜희의 목소리는 의외로 담담했다.

　란주는 심장이 떨리기 시작했다. 자신의 감이 맞았다는 그 사실이 너무나도 충격 스러웠다. 고우슬은 분명 이 세상에 존재하는 사람이다. 고우슬이 살아있다고 방금 서혜희도 말했다. 그렇다면 고우슬은 현재 어디에 몸을 숨기고 있단 말인가. 도대체 어느 곳에, 무슨 이유로.

　"고우슬 씨를 만나게 해 주세요. 내일이라도 당장 만나겠어요."

란주는 흥분된 목소리로 서혜희에게 말을 했다.
"란주씨는 고우슬을 이미 만났었고, 또 지금 만나고 있습니다."
서혜희의 목소리는 깊은 호수의 물결처럼 잔잔했다. 란주는 번쩍 정신이 들었다. 대체 이것이 무슨 소리인가.
"그렇다면 서 여사님 당신이 바로……."
"고우슬입니다."

서혜희의 집에서 뛰쳐나와 장미의 골목길을 걸어가면서, 란주는 격한 감정을 주체할 수가 없었다. 서혜희가 고우슬이라는 사실에 온몸에 소름이 돋았다. 처음부터 고우슬이 죽었다는 말은 믿기지가 않았다. 란주의 감이 그랬다. 감을 믿고 불청객 취급을 받으면서도 서혜희를 찾아갔다.
그리고 그 감은 정확하게 맞았다. 하지만 서혜희가 고우슬이라는 사실은 청천벽력과 같은 충격이었다. 란주로서는 꿈에서도 상상하지 못했던 일이었다.
서혜희는 대학 의상과 출신으로 이름 있는 의상 브랜드에 몇 년 동안 근무를 했다. 그러나 인정받는 유명 디자이너가 된다는 것은 무척 어려운 길이어서 회사를 그만두고 결혼을 선택했다. 결혼을 한 뒤에는 집에서 살림만 했다고, 현 사장한테 들은 적이 있었다. 현재는 오신애라는 여자와 함께 등나무 찻집을 하고 있지 않은가. 그런데 고우슬이라는 필명으로 소설을 썼다니 참으로 놀라웠다. 더욱이 란주가 대박을 터트리겠다고 한 그 소설을 쓴 장본인이다.

장미의 골목을 빠져나와 근처의 주차장에서 차를 빼낸 란주는 앞으로 어떻게 처신을 해야 할지 눈앞이 캄캄했다. 서혜희는 분명히 말했다. 고우슬이 누구인지 이제 알았으니까 앞으로 절대로 찾아오지 말라고.

찾아가지 않겠다고 약속을 하지는 않았다. 약속을 했다 해도 란주로서는 그 약속을 지킬 생각은 추호도 없었다. 고우슬의 정체를 이렇게 빨리 알게 될 줄은 몰랐다. 서혜희가 고우슬이었다니! 그러고 보니 이상했다. 며칠 전부터 자꾸만 서혜희를 찾아가고 싶었다. 물론 그녀가 미련을 버리지 못하고 있는 고우슬의 연락처 때문이었다. 월차를 쓰겠다고 하자 현 사장은 두말없이 승낙을 해 주었다.

서혜희를 만나면 등나무 찻집 안에서 영업시간이 끝날 때까지 작정하고 버티려고 했다. 늦은 오후에 원룸을 나섰다. 이번에도 거절 당하면 다음에 찾아가고 또 다음에 찾아가고 고우슬의 거처를 알려줄 때까지 찾아가리라고 굳게 다짐을 하면서 등나무 찻집 앞까지 갔다.

찻집 입구의 문을 열려다가 란주는 정원으로 들어가는 대문의 한 쪽이 열려있는 것을 발견했다. 란주는 자신도 모르게 대문 안에 발을 들여놓았다. 그 때 대문 옆의 담장 앞에서 서혜희가 땅에

사랑의 시작 **209**

떨어져 있는 백목련 꽃송이들을 쓸고 있었다. 무심한 얼굴로 백목련 꽃송이들을 열심히 쓸고 있는 서혜희의 모습이 의외로 아름답게 란주의 눈에 들어왔다. 죽은 꽃송이들을 깨끗하게 쓸어서 종량제 봉투에 담는 여자. 란주의 가슴에 작은 감동이 일었다. 그래서 란주는 오늘만큼은 서혜희에게 주눅들지 않고 당당하리라고 마음을 먹었다. 그런데 서혜희가 바로 고우슬이라는 사실을 알게 되다니. 란주는 아직도 심장이 벌렁거렸다. 내일 출근을 하면 현 사장에게 이 사실을 알려야 할까. 모른척 해야 할까. 생각을 하다가 란주는 일단 현 사장한테는 입을 닫기로 했다. 서혜희 스스로 현 사장에게 고백을 할지도 모르니까. 란주는 원룸으로 돌아가서 가슴을 진정시킨 후, 고우슬 아니 서혜희의 소설에 대해서 고민하기로 했다.

거실 소파에서 일어선 혜희는 베란다로 나갔다. 고우슬의 정체를 밝히고 나니 마음이 한없이 홀가분해 졌다.
솔직한 말로 누군가를 속이고 있다는 마음이 늘 편하지를 못했다. 채란주가 다녀간 날은 더욱 그랬다.
혜희는 채란주를 처음 만났을 적부터 여간 내기가 아닐 것이라는 인상은 받았다. 허나 이렇게까지 끈질기게 고우슬에 대하여 집착할 줄은 몰랐다. 이 세상 사람이 아니라면 믿을 줄 알았다. 그런데 아니었다. 잊을 만하면 불쑥 나타나는 채란주를 감당

하려니까 신경이 너무 피로했다. 그래서 혜희는 자신이 쳐놓은 거미줄을 걷어낸 것이었다. 서혜희가 고우슬이라는 사실에 대하여 채란주가 어떻게 생각하든 지금 그것은 중요한 문제가 아니었다. 가장 중요한 것은 이제는 터무니없는 거짓말을 하지 않아도 된다는 사실이었다.

이제 고우슬의 정체를 알았으니까 다시는 찾아오지 말라는 혜희의 말에, 채란주는 대답을 하지 않았다. 벌떡 말 한마디 없이 소파에서 일어난 채란주는 더할 수 없이 황당한 얼굴로 현관문을 밀었다. 그녀의 두 어깨가 심히 떨리고 있었다.

일상의 생활을 거의 같이 하면서 유일하게 이 층 집으로 올 수 있는 신애조차도 혜희가 고우슬이라는 이름으로 소설을 쓰고 있는 사실은 알지 못하고 있다.

신애는 이층에 올라와도 혜희의 서재 문을 열어본 적이 없었다.

혜희는 안방은 잠그지 않아도 서재방문은 늘 잠가 두었기 때문이었다.

채란주가 등나무 찻집을 왜 찾아 왔는지에 대해서도 신애에게 상세하게 설명을 해주지 않았다. 그냥 수웅과 아는 출판사 직원이라고만 말했다. 신애는 그렇게 알고 있었다. 신애는 혜희가 설명하지 않으면 굳이 알려고 하지 않았다.

정원에 석양이 깔리고 있다. 베란다의 유리문에도 석양빛이 스며들기 시작한다. 마지막 꽃 한 송이조차 사라진 백목련 나무

사랑의 시작 **211**

밑에는 석양빛이 더 붉게 내려 앉는 것 같다.
 혜희는 수웅이 생각났다. 수웅은 혜희가 『사랑의 순례자들』을 고우슬이라는 이름으로 책을 내려고 할 때, 저자에 대해서는 조금도 의심하지 않고 출판을 해 주었다. 전적으로 혜희를 믿었기 때문이었다. 그런 수웅에게는 어떻게 말을 해야 할지 참으로 난감했다.
 같은 출판업에 종사하는 수웅과 채란주는 잘 아는 사이다. 대학 선후배 관계라고 했다. 그렇다면 수웅에게 알려지는 것은 시간문제일 것이다. 만약 수웅이 이 사실을 알게 되면 서혜희, 너 어쩜 나까지 그렇게 감쪽같이 속일 수 있느냐. 우리가 그런 사이냐. 라면서 섭섭하다고 그녀를 심하게 몰아세울지도 모른다. 어떻게 하지? 혜희는 베란다 유리문의 석양빛이 스러질 때까지 결론을 내지 못하고 다시 거실로 들어왔다.

 집을 짓는다는 것은 마음을 짓는 것이다. 집 설계를 할 적마다 우헌은 그렇게 생각을 했다.
 집의 공간은 사람이 자유롭게 움직이면서 숨을 쉬는 공간이기도 하다. 그러니까 손과 함께 마음으로 지어야만 하는 것이다.
 우헌은 대학에서 건축을 전공했고, 건축사 자격증도 취득했다.
 대학 졸업 후에는 아버지가 경영하는 건설회사에 입사를 했다. 작은 중소기업이었으나 속은 알찬 회사였다.

우헌은 아버지를 따라 다니면서 주택이나 빌라, 아파트가 어떻게 지어지는지 눈여겨보면서 눈썰미를 키웠다. 이왕이면 장사꾼이 아닌 제대로 된 건축가가 되고 싶었다. 초창기에 설계한 것 중에는 잘된 것도 있었고, 별로인 것도 있었다. 어쨌든 열심히 했다. 회사가 커지고 이 도시에서 인정을 받을 때쯤 아버지가 돌아가셨다. 지나친 과로가 원인인 것 같다고 의사는 말했다.

우헌은 회사를 물려받아 나름대로 열심히 했다. 아버지의 생존 때와는 좀 달랐지만 그런대로 회사를 잘 꾸려나갔다.

라엘이 죽자, 우헌은 심한 충격과 삶에 대한 의욕상실로 바로 회사를 정리해 버렸다. 남겨진 재산으로 우헌이 남은 평생 먹고 사는 데는 지장이 없을 것 같았다. 검소하고 알뜰했던 아버지의 덕이라고 할 수 있었다.

집 설계가 끝나자 우헌은 집을 짓는 공사에 들어갔다.

우헌은 이번에야말로 마음으로 짓는 집을 짓고 싶었다. 건축주도 설계사도 우헌 자신이니까 가능한 일이었다.

집의 방향은 정남향, 일층에는 세 개의 방과 거실, 주방, 욕실을 배치했다. 이층에는 큰 방 두 개와 방과 방의 중간에는 거실, 샤워실로 베란다를 배치했다. 하나의 방은 다목적 용도로, 다른 하나의 방은 지인들이 찾아오면 편하게 하루나 이틀정도 묵어갈 수 있도록 설계를 했다. 다행히 건설 회사를 경영할 적에 같이 일을 했던 인맥 덕분에, 전원주택을 짓는데 실력을 갖춘 목수팀을 만날 수 있었다.

집을 짓는 공사는 일사분란하게 진행이 되었다. 우헌은 거의 매일이다시피 공사 현장을 드나들면서 집이 지어지는 과정을 점검했다. 헌데 우헌은 공사 현장에 올 때마다 가슴 한 구석이 허전했다. 집을 짓게 되면 혜희와 같이 와서 집이 지어지는 모습을 즐기리라고 생각 했었다. 하지만 그것은 우헌의 희망사항으로 끝나 버렸다.

그럼에도 불구하고 아직도 우헌은 그녀에게로 향하는 마음을 차단하지 못하고 있었다. 그렇다고 다시 혜희에게 연락을 할 수도 없었다. 우헌에게는 청혼을 거절당한 자존감의 상처가 슬픔처럼 남아있었다.

하루 일을 마친 공사 팀들이 돌아갔다.

우헌은 집으로 돌아가기 전에 희망교회의 사택에 들렀다. 식탁에서 저녁 식사를 하려고 하던 요한은 우헌에게 마침 잘 오셨다면서 식사를 권했다. 우헌은 사양하지 않고 저녁밥을 해결했다.

디저트로 녹차를 마신 우헌과 요한은 사택 마당으로 나왔다. 마당에는 아직도 황혼의 꼬리가 조금 남아 있었다.

"집 공사가 잘 진행이 되고 있더군요. 새벽 기도회를 마치면 언제나 한 바퀴씩 돌아보고 옵니다. 아주 예쁘고 튼튼한 집이 태어날 것 같아요."

요한이 집에 관심을 보였다.

"좋은 기술자들을 만난 덕택이죠."

우헌은 요한의 관심이 고마웠다.

"정원의 면적이 꽤 넓게 나올 것 같던데 울타리는 어떻게 하실 건가요?"

우헌은 울타리라는 요한의 표현이 낯설었다.

"글쎄요. 아직은 고려중입니다만 담장은 나무로 낮게 할 생각입니다."

우헌은 등나무 찻집의 정원을 떠올렸다.

담장에는 빨간 꽃이 아름다운 넝쿨장미를 올릴 것이다. 정원의 한 쪽에는 등나무를, 대문 옆 담장 앞에는 튼실한 백목련 한 그루도 심을 것이다. 그리고 햇살을 듬뿍 받은 여러 종류의 꽃들이 철을 따라 얼굴을 내밀게 할 것이다.

등나무 찻집의 정원을 상상하니 혜희 생각이 났다. 아니, 어쩌면 지금까지도 그녀의 생각에 얽매어 있었는지도 모른다.

카페 마당에서 만난 신애는 혜희도 마음을 앓고 있다고 알려주었다. 아직도 늦지 않으니 혜희의 우산이 되어주라고 신신당부를 했다.

라엘과의 결혼 생활이 우헌의 일방적인 사랑으로 끝이 났다면, 혜희와는 서로 사랑을 나누며 살아가고 싶었다.

우헌은 이제부터라도 혜희와는 남은 인생의 반려자가 되어,

서로 웃고, 성내고, 간섭하고, 챙기고, 쓸데없는 잔소리도 하면서 늙어가고 싶었다.

서촌리 집이 모양새를 갖추어 갈 때마다 그 생각은 우헌의 가슴속으로 끝없이 파고들었다.

우헌은 지금이라도 혜희가 원한다면 당장 달려가서 만나고 싶었다. 허나 그녀로부터는 메아리가 없다. 같은 하늘을 이고 같은 도시에 살고 있음에도 지척이 천리가 되어버렸다.

아파트에 도착하여 차를 세운 우헌은 어둠 사이로 아파트 층층마다 밝혀진 불빛을 보았다. 불빛이 없는 집도 더러 있었다. 우헌이 사는 둥지에는 불빛 대신 어둠만이 스멀거렸다.

우헌은 다시 자동차의 시동을 걸었다. 아파트를 빠져나와 큰 도로로 나왔다. 도로변 가게들의 네온이 휘황하다. 우헌은 등나무 찻집 방향으로 핸들을 돌렸다.

카페 마당에서 신애를 만나고 난 이후부터 결심한 것이 있었다. 보고 싶어도 참으리라. 하지만 못 견딜 만큼 정말 견딜 수 없을 만큼 그녀가 보고 싶으면 달라가서 만나리라. 지금 이 순간이 그렇다.

우헌은 등나무 찻집 앞에 차를 세웠다. 찻집 안에는 불이 켜져 있다. 입구의 문을 열고 재빨리 찻집 안으로 들어갔다. 차를 마시는 손님들이 한 사람도 없다. 혜희도 보이지 않는다. 카운터 쪽에 있던 신애가 놀란 눈으로 급히 우헌이 서 있는 곳으로 걸어왔다.

"혜희씨는요, 신애씨 혜희씨는 어디에 있습니까?"

"방금 이층으로 올라갔어요. 지금 마칠 시간이에요. 그런데 우헌씨가 이 시간에 어떻게……?"

우헌의 가슴에 찬바람이 불어왔다.

"저녁 아홉시에는 찻집 문을 닫는데 몰랐었나 보죠?"

"네, 전혀 몰랐습니다."

"혜희가 말을 안 했군요.

신애는 잠시 앉으라면서 우헌에게 자리를 권했다. 우헌은 신애가 권한 자리에 앉으면서 맥이 탁 풀렸다. 그리움을 안고 달려온 마음이 일시에 무너져 내렸다.

"제가 이층으로 가서 혜희를 데리고 올까요?"

"아니에요. 신애씨. 그만두세요. 내려오지 않을지도 모르니까요. 오늘 집 짓는 현장에 갔을 때, 혜희씨 생각이 너무 많이 나더군요. 그래서 찾아 온 겁니다. 시간도 생각지 않고."

"드디어 집을 짓나보죠."

신애가 감탄하듯 말했다.

"네, 마음을 다하여 짓고 있으니 아주 예쁜 마음이 묻어있는 집이 태어날 것 같아요."

"미리 축하드리고 싶군요. 그런 의미에서 제가 따뜻한 차 한 잔 대접하고 싶어요."

"아뇨. 차는 됐습니다. 신애씨도 하루 종일 피곤하실 텐데 이만 일어설게요."

 자리에서 일어난 우헌은 마칠 시간에 들이닥쳐 죄송하다고 말한 후 밖으로 나왔다. 혜희를 만나지 못한 마음이 황량했다. 이층에는 불이 꺼져 있다. 우헌은 신애를 기다리기로 했다. 말이 없어 보이면서도 하고 싶은 말은 다하는 여자. 총명하면서도 마음이 넉넉한 여자. 우헌은 신애를 볼 적마다 그런 느낌이 들었다.

 등나무 찻집의 불이 꺼지고 곧 신애가 나왔다. 기다리고 있던 우헌은 차문을 열었다.

 "타시죠. 오늘은 신애씨 댁까지 모셔다 드릴 테니 사양하지 마세요."

 신애는 잠시 머뭇거리다가 말없이 차에 올랐다. 차문을 닫은 우헌은 운전석으로 가서 앉았다.

 "방향은 어디로?"

 우헌이 차에 시동을 걸은 후에 물었다.

 "여기서 그다지 멀지 않아요. 걸어서 출퇴근하기 딱 알맞은 거리에요. 골목 끝에서 우회전입니다."

 차는 출발하자 금세 신애가 살고 있는 아파트의 입구에 도착했다.

 "그동안은 왜 한 번도 혜희를 찾지 않으셨나요. 제가 그토록 당부를 했는데."

 신애는 차에서 내리지 않고 앉은 자세로 말했다.

"또 거절 당할까봐 두려웠습니다. 다시 상처 받으면 아무리 못난 남자의 자존심이라 해도 견디기 힘들 것 같았어요."

우헌의 말은 진심이었다.

"그랬었나요. 표현은 안하지만 혜희도 마음이 많이 아파있는 것 같아요. 혜희는 나이답지 않게 여리고 맑은 여자예요. 그래서 우헌씨도 좋아한 것 같은데요."

우헌은 대답대신 고개를 끄덕였다. 신애가 다시 말을 이어갔다.

"사랑의 기회는 한번 지나가버리면 다시 돌아오기는 어려워요. 세월 따라 사람의 감정도 변해요. 서로 만나지 않으면 망각하게 되어 있어요. 거절이 두려워서 망설인다면 진실 된 사랑이라고 할 수 없겠지요. 인생이란 눈 깜짝할 사이에 순간이 영원으로 변해 버리더군요."

친밀한 그 누군가에게 속마음을 쏟아 놓듯 또렷하게 말을 마친 신애는 그제서야 차문을 열었다.

"태워주어서 고맙습니다. 안녕히 가세요."

신애는 아파트 입구를 지나 가로등 불빛 아래로 또박또박 걸어갔다.

우헌이 등나무 찻집을 다녀간 다음날이었다. 찻집 일을 끝낸 신애가 곧장 집으로 가지 않고 혜희를 뒤따라 이층으로 올라왔다.

"신애야, 나한테 무슨 할 말이라도……?"

조금은 심각해 보이는 신애의 얼굴이다. 최근에 고우슬의 사건도 있었고 해서 혜희는 공연히 불안했다.

"아침에 너한테 말하려 했는데 오늘은 첫 손님들이 너무 일찍 와서 말 못했어."

"무슨 말?"

"실은 어제 우헌씨가 찻집에 다녀갔어. 너 이층 올라가고 딱 가게문 닫으려고 할 즈음에 왔었어."

우헌이 다녀갔다는 말에 혜희는 가슴에 온기가 채워지는 것 같았다.

"그랬었니."

혜희는 마음과는 달리 무심한 표정을 했다.

"널 만나러 왔다고 했어. 고민 끝에 마음 단단히 먹고 찾아왔다고. 무척 곤혹스러운 얼굴이었어. 혜희야 우헌씨 놓치지 마. 정말 좋은 사람이야."

신애는 카페 마당에서 따로 우헌을 만난 일은 혜희에게 지금까지 말하지 않았다. 우헌도 그렇게 해 주기를 원할 것 같고, 신애도 말하고 싶지 않았다.

"나도 알고 있어. 우헌씨 좋은 사람인 줄."

"세훈이가 걸리면 내가 세훈이한테 얘기해 볼게. 요즘 젊은 애들 쿨해. 세훈이도 마찬가지야. 너도 지금 우헌씨 때문에 마음 힘들어 하는 것 내가 알아."

신애 말처럼 혜희가 힘든 것은 사실이었다. 청혼을 거절하면 우헌에게로 향하는 마음도 끝이 날줄 알았다. 그런데 아니었다. 생각처럼 쉽지 않았다. 이 세상 떠나고 없는 사람을 막연하게 그리워하면서도, 살아있는 사람에게 마음이 끌리는 것은 무엇 때문인지 혜희로서는 설명을 할 수가 없었다. 삶은 현실이라서 그런 것일까. 하루에 몇 번씩 우헌에게 전화를 하고 싶었다. 목소리라도 듣고 싶어서였다. 하지만 굳게 결심을 하고 끝낸 일에 다시 전화를 할 수는 없는 일이었다.

"집을 짓고 있다고 했어."

"집이라니?"

"전원주택, 서촌리에."

혜희는 땅을 사서 집을 지을 것이라는 언젠가 우헌이 했던 말을 기억했다.

"성경 말씀에도 배우자가 사망하면 재혼을 허락하고 있어. 모처럼 봄이 찾아왔는데 난 네가 겨울로 되돌아가지 않았으면 해."

정색을 하고 하는 신애의 말에 혜희는 그 어떤 대답도 할 수가 없었다.

"하고 싶은 말 다 했으니까 나 이만 갈래."

신애는 가방을 들고 소파에서 일어섰다.

"널 걱정하게 해서 정말 미안해."

"미안하긴, 우리 둘 서로 걱정하고 챙겨 주는 건 당연해."

신애는 고즈넉하게 웃으면서 현관문을 열고 나갔다.

우헌이 등나무 찻집을 다녀간 며칠 뒤에 혜희는 우헌의 메시지를 받았다.

고심 끝에 문자를 보냅니다. 이번 일요일 오후 여섯 시 카페 마당에서 기다리고 있겠습니다. 행여 못 오시면 문자 주시기를.

우헌의 문자를 읽은 혜희는 요 며칠 동안 계속 마음의 끈이 흐트러지고 있음을 느꼈다. 삶은 현실이라는 신애의 간곡한 충고 때문만도 아니었다. 아무리 애쓰고 노력해도 우헌에 대한 마음이 접어지지가 않은 탓이었다. 감정을 뛰어 넘을 수가 없었다. 더욱 강력한 절제가 필요했지만, 결국 혜희는 우헌에게 답을 보내고 말았다. 만나러 가겠다는.

우헌을 만나기로 한 날 신애는 카페 마당 입구까지 혜희를 따라와 주었다. 신애는 혜희가 카페 문을 열고 들어가는 모습을 보고서야 왔던 길을 다시 되돌아 걸어갔다.

혜희가 카페 마당에 들어서자, 우헌은 창가옆 자리에 앉아 있었다. 문을 열고 들어선 혜희와 눈이 마주치자 우헌은 밝은 미소를 보였다.

우헌과 마주앉자 혜희의 가슴이 풀잎처럼 흔들렸다.

"오랜만입니다. 혜희씨."

웃음을 거둔 우헌의 얼굴이 조금은 어두워 보였다.

"네, 오랜만이에요. 우헌씨."

두 사람은 똑같이 지난번에 먹었던 생선가스를 주문했다. 식사를 끝낼 때까지 그들은 말없이 먹기만 했다. 잠시 후 우헌이 먼저 식사를 끝냈다. 혜희는 반 밖에 먹지 못했다. 식욕이 없고 입 안이 텁텁했다.

"대체적으로 음식을 가리지 않고 골고루 잘 먹는 사람들이 건강한 것 같더군요, 혜희씬 신경을 좀 써야할 것 같아요."

우헌이 혜희의 쟁반에 남겨진 음식을 보고 걱정스러운 얼굴을 했다. 언젠가 우헌에게 들었던 말인 것 같다.

"집에서는 잘 챙겨 먹는 편입니다."

"그래요. 그렇다면 다행입니다."

테이블 위의 그릇들이 치워지고 허브차가 담긴 찻잔이 놓여졌다. 찻잔에는 카페 마당의 로고가 산뜻하게 새겨져 있었다. 찻잔을 들고 허브차를 한 모금 마신 우헌이 신중한 자세로 먼저 입을 열었다.

"혜희씨를 다시 만나자고 한 것은 신애씨의 말에 용기를 얻었기 때문입니다. 혜희씨도 마음을 앓고 있다기에 다시 결심을 했습니다."

"결심이라면, 어떤?"

"재 청혼을 합니다. 제가 혜희씨에게."

재 청혼이라니! 이번에는 혜희의 가슴이 파도를 탔다.

"마음을 주는 것이 사랑이라면, 혜희씨가 마음을 앓고 있는 것도 사랑을 앓고 있는 것이라고 난 생각해요. 아니라고 혜희씨는 말할 수 있을까요."

말할 수 없을 것 같았다. 혜희는 우헌의 말을 부인할 수가 없었다. 백번을 물어도 맞는 말이라고 할 수 있겠다. 혜희는 우헌을 보낸 탓으로 더 이상 몸과 마음이 피폐해지고 싶지 않았다. 이미 우헌에게 닿아있는 사랑의 감정을 이제는 속이고 싶지 않았다. 혜희는 잠시 숨을 죽였다가 진지하게 말했다.

"우헌씨의 재 청혼을 받아 드리겠습니다."

순간 우헌의 눈이 안도와 기쁨으로 빛나기 시작했다.

"다만 세훈이가 어떻게 받아들일지 그것이 걱정이에요."

자신도 모르게 혜희의 목소리가 가라앉았다.

"우리 두 사람 세훈이한테 찬성표를 얻도록 함께 노력합시다. 나는 아들이 생긴다고 생각하니 참으로 기분이 좋아지는군요. 세훈에게 친아버지만큼 좋은 새아버지가 되고 싶어요."

우헌의 음성에는 진심이 담겨 있었다. 그들은 카페 마당을 나와 땅거미가 내리는 거리로 나왔다. 우헌의 얼굴이 무척 상기되어 있었다.

"혜희씨 다음 일요일에는 나와 같이 희망교회로 가서 예배를 드립시다. 예배 후에 혜희씨와 꼭 함께 가보고 싶은 곳이 있어요."

"집을 짓고 있다고 신애한테 들었어요."

"맞아요. 그 현장에 같이 가봅시다. 우리."

혜희는 다음 일요일에는 우헌과 함께 희망 교회로 가기로 약속을 했다. 우헌은 자동차를 카페 마당 주차장에 그대로 세워두고 걸어서 등나무 찻집 앞까지 혜희를 따라왔다. 천천히 골목길을 걸어가면서 혜희와 좀 더 대화를 나누기 위해서였다.

"혜희씨 우리 이제부터 나이는 잊어버립시다. 다만 세월이 흐른 것 뿐이라고 그렇게 생각을 합시다."

"나이에 얽매이지 말자는 뜻인가요. 우헌씨 말은."

"그렇습니다. 우리 재혼 편안한 마음으로 합시다."

"그래야겠죠. 당연히."

"그럼 혜희씨는 지금 이 순간부터 아주 편안한 밤 보내세요."

우헌은 대문 안으로 들어선 혜희가 이층으로 올라간 것을 확인한 다음 돌아갔다.

혜희는 거실에 들어서자 먼저 신애에게 전화부터 했다.

"어떻게 되었니?"

신애의 목소리가 조급했다.

"우헌씨의 재 청혼 받아들였어."

"그래 잘했다. 정말 잘했어. 결혼 날짜는 언제쯤?"

"그 문제까지는 상의 못했어. 차차 의논할래. 근데 세훈이가 걸려."

혜희는 갑자기 힘이 빠졌다.

"너무 걱정하지 마. 세훈이도 충분히 이해할 거야. 혜희야 일단 전화로 네 의사를 말해봐."

"알았어. 그럴게."

신애와 통화를 끝낸 혜희는 세훈에게 전화를 했다. 세훈은 바로 전화를 받았다.

"세훈아 어디니?"

"원룸이에요. 어머니. 오늘은 즐거운 일요일. 알바 노는 날이에요. 책도 읽으면서 하루 종일 쉬고 있어요."

밖이 아니고 세훈이 혼자 원룸에 있어서 말을 하기가 좋았다.

"그래 별일은 없고?"

"별일 있을게 뭐 있어요. 전 건강하게 잘 있어요. 어머니는요."

"나도 괜찮아. 찻집도 잘 되고 있고. 근데 세훈아 너한테 물어보고 싶은 게 있구나."

"무엇인데요? 어머니."

혜희는 마른 침을 삼켰다. 어차피 알려야할 일이지만 세훈이 어떤 반응을 할지 두렵기도 했다.

"엄마가 재혼을 한다면 넌 어떻게 할래. 찬성할 수 있겠니?"

"어머니 갑자기 왜 그런 농담을 하세요."

"아들아 농담이 아니다. 진심으로 하는 말이다. 그러니 이번 주말에 집으로 왔으면 한다. 전화로 다 말을 할 수는 없구나. 만나서 얘기 하자."

혜희의 이마에 진땀이 맺혔다. 세훈은 대답을 하지 않았다. 혜희는 숨을 죽였다. 한참 후에야 세훈은 말을 했다.

"알았습니다. 주말에 갈게요."

목소리가 음울했다. 세훈이 먼저 전화를 끊었다. 아무래도 세훈에게 찬성표를 받아내기는 쉽지 않을 것 같다는 느낌이 들었다. 힘이 탁 풀렸다.

세훈은 토요일 늦은 오후에 집으로 왔다. 때마침 혜희가 신애와 카운터 교대를 하고 이층에서 쉬고 있는 중이었다.

"재혼을 하시겠다니 대체 어떻게 된 일이에요? 어머니."

현관문을 열고 들어선 세훈은 거실 소파에 앉자마자 황당한 얼굴로 물어왔다. 어지간히 놀란 모양이었다.

"우리 차분하게 얘기하자. 흥분하지 말고. 점심은?"

"먹고 출발했어요."

혜희는 우헌과의 처음 만남과, 그 이후 우헌과의 사이에서 일어났던 일들을 차근차근 진솔하게 설명을 했다.

"그 분은 내게 두 번이나 정식으로 청혼을 했어. 그래서 난 그 분의 청혼을 받아들이기로 했다. 마음이 따뜻한 좋은 분이시다."

세훈의 얼굴이 굳어졌다.

"그럼 아버지는요. 아버지는 어떻게 되며 저는 또 어떻게 되는 건가요?"

세훈의 음성이 상당히 도전적이다.

"네 아버지는 이미 돌아가신 분이다. 더 이상의 설명이 필요하니?"

"하지만 어머니, 너무 갑작스러워 황당합니다. 다음 학기에는 휴학을 하고 군대도 가야하는데, 제가 군 복무를 마칠 때까지 만이라도 이대로 그냥 계셔 주었으면 해요."

세훈이 군에 입대를 해야 한다는 말에 혜희는 더 이상 말을 할 수가 없었다. 하기야 세훈의 입장에서 보면 황당하기 이를 데 없을 것이다. 엄마의 재혼을 단 한번이라도 생각해 보지 못했을 것이다. 그런 문제는 다른 사람들의 가정에서나 일어나는 일이라고 생각하고 있었을 테니까. 세훈은 결사반대를 하고 싶어도 억지로 참는 눈치였다.

결국 두 모자는 그날 늦은 밤이 되어서도 아무런 결론을 내지 못했다. 혜희도 세훈이도 마치 언어를 잃어버린 사람처럼 서로를 향하여 말을 아꼈다.

다음날 이른 아침, 혜희가 눈을 떴을 때, 세훈이 보이지를 않았다. 밤새도록 심란하여 몸을 뒤척이다가 새벽녘에야 잠깐 눈을 붙이고 일어난 시간이었다. 거실에도 주방에도 세훈이가 잠을 잔 방에도 없었다. 가슴이 덜컥 내려앉았다. 세훈이 상처를 받았음에 틀림없다. 혜희는 세훈에게 전화를 하려고 휴대폰을 집어 들었다. 순간 메시지 음이 소리를 냈다. 세훈이었다.

'어머니 인생을 제가 붙들 수는 없다고 생각합니다. 어머니 뜻

대로 하십시오. 하지만 저는 새아버지가 필요하지 않습니다. 지금 서울로 가고 있는 중입니다.'

혜희는 가슴이 따가워 왔다.

어머니 인생이니 어머니 뜻대로 해라. 하지만 나는 새 아버지가 필요하지 않다는 이 상반된 말의 의미는 명확한 반대의사였다.

자식이 있는 중년의 미망인들이 재혼을 할 기회가 있어도 대부분 재혼을 포기하는 이유를 알 것 같았다. 신애도 이집사도 충분히 이해가 되었다.

만일 우헌에게도 아들이 있다면 우헌의 아들은 재혼을 하겠다는 아버지에게 어떤 말을 했을까.

오늘은 우헌과 희망교회로 가서 예배를 드리기로 약속을 했다.

혜희는 보온밥통에 남아 있는 밥을 물에 삶아서 억지로 한 공기를 먹었다. 주말에 세훈이가 온다고 말 했으니까 우헌은 세훈의 답을 궁금해 할 것이다.

우헌이 혜희를 픽업하러 오는 시간은 아침 아홉시다. 우헌의 차가 도착하면 곧바로 출발을 해야만 희망 교회의 대예배 시간에 참석을 할 수 있다. 정신을 차리고 기운을 내야겠다.

대충 주방을 정리한 혜희는 트렌치코트를 찾아 입었다. 유럽여행을 마치고 돌아온 이집사가 그녀와 신애에게 하나씩 선물한 스카프도 목에 둘렀다. 얇은 실크 천에 꽃무늬가 화려하다. 이 집사는 나이가 들수록 스카프는 화려한 것이 좋다면서 잘 사용을 하라고 했다. 유럽 여행은 좋았지만 나라가 바뀔 적마다 떠난 남편이 생각나서 눈물이 나더라는 말도 했다. 나이든 부부가 함께 여행을 하는 사람들이 무척 부러웠다고.

우헌은 약속시간에 정확하게 도착을 했다. 혜희는 태연하려고 애쓰면서 우헌의 승용차에 올랐다.

"혜희씨의 얼굴이 창백한 걸 보니까 아드님과의 대화가 잘 되지 않았던 모양이죠."

핸들을 돌리면서 우헌이 염려스러운 목소리로 물었다.

"세훈이는 엄마의 인생이니까 엄마의 뜻대로 하라고 하는 군요. 그런데 세훈이는 새아버지는 필요 없다고."

혜희는 이른 아침에 눈을 떴는데 세훈이가 보이지 않았다는 얘기도 했다.

"각오하고 있었던 일 아닙니까. 나름대로 세훈인 충격을 받았을 터인데 처음부터 찬성을 바란다는 것은 아무래도 어렵겠지요. 기다려 봅시다. 집 준공까지는 아직 시일이 많이 남았으니까요."

우헌은 잠시 곤혹스러운 표정을 했으나 곧 편한 얼굴로 돌아갔다.

큰 도로에 나온 우헌은 조금 가다가 뜻밖에도 유턴을 했다. 우헌은 다시 등나무 찻집 앞으로 돌아왔다. 혜희가 놀란 눈으로 우헌을 보았다.

"오늘 혜희씬 희망 교회에 가지 않는 게 좋을 것 같군요. 아무래도 혜희씨가 힘들 것 같아요. 어젯밤 제대로 못 주무시고 몸과 마음이 매우 피곤할 터인데 오늘은 대예배만 참석을 하고 댁에서 쉬셨으면 합니다."

혜희는 우헌과의 약속 때문에 나서긴 했어도, 심신이 탈진이 된 것처럼 피로한 것이 사실이었다. 혜희는 우헌의 자상한 배려가 고마웠다.

혜희가 차에서 내리자 오늘은 아무것도 생각하지 말고 푹 쉬어라면서 우헌은 방금 온 장미의 골목길을 되돌아갔다.

"세훈이가 아무런 의사 표현도 없이 새벽에 달아나 버렸단 말이지. 서울로."

혜희는 세훈이가 보내온 문자를 열어 신애에게 보여주었다.

"하긴 세훈이라고 쉽게 찬성을 할 수 있었겠니. 제 입장이 있으니까."

"세훈이가 이러니까 내가 어떻게 해야 할지 갈등이 생기기도 하고. 마음이 많이 고단해. 신애야."

"그렇다고 다시 접을 생각은 하지마. 우헌씨한테 죄짓는 일이야. 시일이 지나면 결국 세훈이도 이해를 하게 될 거야. 우헌씨도 알고 있니?"

"말했어. 우헌씨는 좀 기다리자고 했어. 그리고 찬성표를 받을 수 있도록 같이 노력을 하자고."

"고맙구나. 역시 우헌씨다워."

신애는 너무 걱정하지 말라면서 영업을 할 준비를 서둘렀다.

아침에는 날씨가 화창했는데 정오가 지나자 흐려지기 시작했다. 봄비가 오려나보다. 혜희는 곧장 이층으로 올라가려다가 뜰의 한가운데 서서 하늘을 보았다. 진회색 구름들이 사방에서 모여들고 있었다.

며칠 전부터였다. 도로의 가로수로 심겨진 벚나무들이 활짝 꽃망울을 터뜨렸다. 혜희는 어제 한샘 교회로 오전대예배를 보러가면서 꽃들이 만개해 있는 가수로 밑을 걸어갔다. 줄지어 서 있는 하얀 벚꽃들이 눈부시게 아름다웠다. 혼자서 희망교회로 간 우헌은 해질 무렵에 전화를 걸어왔다. 서촌리에 만개한 벚꽃들이 참으로 아름답다고. 그런데 거의 해마다 벚꽃들이 만개한 이맘 때 쯤 이면, 어김없이 비가 내리면서 바람이 거칠게 불었다. 그러면 벚꽃들은 줄줄이 낙하를 했다. 올해도 그럴 모양이다. 하늘은 완전히 진회색으로 덮혀 버렸다. 결국 바람이 불어오면서 빗방울이 떨어지기 시작했다.

혜희는 이층으로 올라갔다. 현관문을 열고 들어서자마자 휴대폰이 메시지를 알렸다. 신애가 보낸 문자가 떴다.

'우종의 현 사장님 오셨다.'

혜희는 고우슬의 일을 생각하자 가슴이 뜨끔했다. 드디어 채란주가 수웅에게 고우슬에 대한 이야기를 했구나. 혜희는 급히 이층에서 내려와 등나무 찻집 안으로 다시 들어갔다. 수웅은 제일 구석진 자리에 심각한 얼굴로 앉아 있었다.

"오랜만이야."

혜희가 먼저 인사말을 건넸다. 지난번 등나무 아래서 만나고는 두 사람 다 처음으로 얼굴을 대했다. 전화도 서로 하지 않았다.

"그래 오랜만이다. 서혜희."

못 본 사이에 수웅은 좀 지쳐 보였다. 알바 아가씨가 두 사람 앞에 찻잔을 놓고 갔는데도 수웅은 선뜻 입을 열지 않았다. 창밖에는 바람을 탄 비가 내리고 있었다. 비만 오지 않으면 두 사람은 누가 먼저랄 것도 없이 등나무 아래로 갔을 것이다. 수웅의 침묵에 혜희는 혹시 수웅이 고우슬의 일을 모르고 있을 것이라는 생각이 들기도 했다. 알았다면 진즉 따지고 물어왔을 것이다. 정녕 모르고 있단 말인가. 알고 왔단 말인가. 혜희는 수웅의 긴 침묵에 한껏 긴장이 되었다.

"내가 고우슬의 이야기를 채란주를 통해서 들어야할 만큼 우리가 멀고먼 친구 사이였더냐? 어쩌면 그렇게 감쪽같이, 다른 사람도 아닌 서혜희 너가 말이다."

긴 침묵 끝에 수웅이 약간은 흥분된 어조로 입을 열었다.

"그 때는 상황이 어쩔 수가 없었어. 나로서는 이해해 달라고 하는 말밖에는 못하겠구나. 속여서 미안해."

일부러 계획을 하고 수웅을 속인 것이 아니었다. 언젠가는 고우슬에 대해서 털어놓으리라. 수웅에게는. 그렇게 생각을 하고 있었다. 언젠가는 말을 해야지 하면서도 차일피일 미루다보니 고우슬에 대한 그림자도 차츰 엷어져갔다. 더욱이 수웅은 고우슬의 책에 대한 이야기는 단 한 번도 끄집어내지를 않았다. 애시당초부터 고우슬은 모르는 사람이니까. 수웅은 잊어버렸구나. 그렇게 생각을 하면서 혜희 자신도 잊기로 했다. 그런데 생각지도 못한 채란주의 등장으로 일이 묘한 방향으로 흐르기 시작했다. 고우슬의 연락처를 알아내려는 채란주의 끈질김은 지독했다. 지구 끝까지라도 따라와서 물고 늘어질 것 같은 채란주의 집요함에 견딜 수 없어서 혜희는 항복을 하고 말았던 것이다. 이유야 어쨌든, 결과는 수웅에게 속이려고 계획하고 속인 것처럼 되어 버렸다. 혜희는 다시 한 번 수웅에게 진심으로 사과를 했다.

"진심으로 미안해."

"미안한 것 아니까 됐어. 사실 나 오늘 이렇게 달려온 건 널 질책하러 온 것이 아니야. 기뻐서 왔어."

수웅은 얼굴 표정을 온화하게 풀었다. 친구한테 속임을 당했는데 기뻐서 달려왔다니, 수웅의 말을 혜희로서는 이해를 할 수가 없었다.

"기쁘다니, 어째서?"

"네가 소설을 썼다는 사실이 너무나 대견하고 기뻐. 서혜희가 소설을 쓸 것이라고는 상상도 하지 못했거든."

"언젠가 갑자기 소설을 쓰고 싶다는 생각이 들어서 써 보았을 뿐이야."

속였다고 섭섭하다고 엄청 질책을 받을 줄로 생각했던 혜희는 수웅의 뜻밖의 태도 변화에 어리둥절해 졌다.

"서혜희한테 글을 쓰는 재능이 있었다니, 새로운 발견이야. 놀라운."

거의 다 식어버린 찻잔을 드는 수웅은 더 없이 기분이 좋은 모양이다.

"소설 현재도 진행 중이니?"

허브차를 한 모금 마신 수웅의 음성이 진지해졌다.

"틈날 적마다 조금씩, 바쁘고 피곤해도 무엇인가 쓰고 싶을 때 쓰지 않으면 영원히 못 쓸 것 같아서."

혜희는 밝히고 나니까 오히려 속이 후련해 졌다. 어차피 고우슬이 누구라는 것을 수웅이 알게 된 이상 감출 필요는 없을 것 같았다.

"멋진 생각이야. 헌데 채란주가 널 다시 찾아 올 거야. 나한테 찾아가겠다고 말했으니까. 책의 저자로서 너무 박대하지 않았으면 한다."

"알았어. 그렇게 할게."

혜희는 순순히 대답을 했다. 소설 문제로 더 이상 수웅의 마음을 어지럽게 하고 싶지 않았다.

"고마워. 좋은 작품을 기대할게."

찻잔에 남아 있는 차를 다 마신 수웅은 일어섰다.

등나무 찻집을 나와 비 내리는 골목길을 운전하면서 수웅은 마음이 참으로 뿌듯했다. 혜희에게 한 가닥의 희망을 보았기 때문이었다. 생계 때문에 어쩔 수 없이 적성에 맞지도 않는 찻집을 운영하는 것을 보면서 늘 가슴 한 구석이 아렸다. 난 장사 체질은 아닌 것 같아. 신애가 있으니까 하는 거지. 나 혼자 하라면 못하겠어. 언젠가 혜희는 푸념하듯 말했다. 그러나 아무리 장사가 하기 싫어도 세훈이 대학을 졸업하고 취업을 할 때까지는 어쩔 수 없이 찻집을 해야 한다고 했다.

며칠 전 서혜희가 놀랍게도 고우슬이라는 사실을 란주로부터 들었을 때 수웅은 도무지 믿기지가 않았다. 정색을 한 란주의 상세한 설명을 듣고 나서야 비로소 인정을 했다. 처음에는 철두철미하게 속인 혜희가 섭섭하고 괘씸한 생각이 들었다. 기막히고 어이가 없기도 했다. 허나 곰곰이 생각을 해보니 혜희에 대한 새로운 재능의 발견에 오히려 격려의 박수를 보내야 할 사람은 수웅 자신이라는 생각이 들었다. 만약 앞으로 혜희가 책을 출판하게 된다면 이 번에는 그야말로 자연스럽게 도움을 줄 수 있을지도 모른다.

수웅은 혜희가 신애와 동업으로 찻집을 할 것이라고 했던 그

당시의 일을 생각하면 지금도 등골이 오싹해 진다. 혜희에게 찻집 리모델링 비용 일부를 당당하게 내밀었을 때, 혜희는 불같이 화를 냈다.

"우정을 이런 식으로 매도하지 마. 너의 이런 행동 지나치다고 생각해. 내가 이 돈 받으면 자존감 잃고 죽을 때까지 너한테 빚진 여자가 될 거야. 너 집사람, 이 사실 아니? 차라리 우리 인연 끊자."

날카롭게 말한 그 때의 혜희의 얼굴은 분노를 넘어서 처절 했다는 표현이 옳을 것이다.

제 아무리 순수한 마음으로 한 행동이라도, 상대방의 입장에 따라서는 상처가 될 수도 있다는 것을 그날 집으로 돌아가면서 수웅은 깊이 깨달았다.

수웅이 우종 출판사에 도착했을 때는, 바람이 잦아들면서 비가 그쳤다. 하늘의 구름도 도망가듯 이리저리 흩어지고 있었다.

사무실로 들어선 수웅은 고우슬의 『사랑의 순례자들』을 끄집어내 다시 읽기 시작했다.

날씨가 더없이 화창한 토요일 오후, 란주는 장미의 골목 입구에서 택시를 세웠다. 오늘은 장미의 골목길을 걸어가기 위해서 일부러 차를 몰고 오지 않았다.

택시에서 내린 란주는 장미의 골목길을 가벼운 걸음으로 걷기 시작했다. 주택 담장 위의 넝쿨장미꽃들은 작년 이맘 때 쯤, 그러니까 란주가 이 골목길에서 처음으로 눈에 넣었을 때보다 더 화려하고 아름다워 보인다. 코에 닿는 꽃들의 향기도 훨씬 향긋해진 것 같다. 골목길에 맑게 내려앉은 햇살은 여전히 눈이 부시다. 처음 장미의 골목에 왔을 때처럼 란주의 가슴이 잔잔한 물결로 일렁였다. 진한 감동이었다.

 란주는 서혜희를 만나러 가는 마음이 이토록 다를 수가 있나 싶어서 새삼스러웠다. 그 때는 호기심과 더불어 불안과 초조함이었다면 오늘은 너무나 당당하게 서혜희를 만나러가고 있는 것이다. 서혜희는 어제 란주의 전화를 친절하게 받았고, 오늘의 방문도 기꺼이 허락했다. 현 사장에게도 서혜희와 고우슬의 관계를 밝혔다.

 그러니까 이틀 전이었다. 찾아온 방문객이 없는 틈을 이용하여 현 사장의 사무실로 들어갔다. 서혜희가 스스로 현 사장한테 사실을 밝히기를 기다렸지만 아무런 소식이 없었다. 현 사장이 알았다면 란주가 이미 알고 있는 사실을 침묵할 이유가 없는 것이다. 고우슬의 소설 문제로 다시 서혜희를 만나야한다고 생각하자 란주로서는 더 이상 시간을 끌 수가 없었다. 란주가 서혜희와 고우슬이 동일 인물임을 밝히자 현 사장은 도무지 믿을 수 없다는 얼굴이었다. 란주는 그동안 고우슬의 연락처를 알기 위하여 몇 번이나 서혜희를 찾아 갔던 일과 또 견디지 못한 서혜희가 그녀가 고우슬임을 고백한 사실을 상세하게 설명을 했다. 그 제서야 현 사장은 란주의 말을 믿었다. 그리고 믿음과 동시에 당장 현 사장의 태도가 돌변했다.

"서혜희가 소설을 쓰는 숨은 재능이 있었다니 놀라운 일이야. 난 정말 몰랐거든. 그렇다면 미스 채, 앞으로 서혜희의 책 출간에 대해서 우리 생각을 좀 해보자."

현 사장은 흥분된 표정으로 진지하게 말을 했다. 란주는 고우슬의 소설을 재출간하겠다고 했을 당시에 헛일하지 말라면서 어이가 없어하던 현 사장의 모습이 떠올랐다. 그런데 이번에는 너무나 달랐다. 란주가 고우슬의 책 문제로 다시 서혜희를 만나겠다고 하자, 그렇게 하라고 했다.

란주는 맑은 햇살을 기분 좋게 밟으면서 등나무 찻집 문을 열었다. 카운터의 신애가 란주를 발견하고 미소를 지으면서 창밖 쪽으로 손짓을 했다. 서혜희는 보이지 않았다. 손목시계를 보니 약속시간 오 분 전이었다. 란주가 나타나면 등나무 아래라고 서혜희가 부탁을 해 놓은 모양이었다.

란주는 정원의 등나무 아래로 갔다. 늦은 봄의 꽃들을 품고 있는 정원의 수목들이 더없이 싱싱했다. 문득 대문 옆 담장 앞에서 땅에 떨어져 있는 백목련 꽃을 깨끗이 쓸어내던 서혜희의 모습이 생각났다. 지금 백목련 나무는 진초록 잎 새만 풍성해 있다.

란주가 등나무 밑 벤치에 앉으려고 할 때 이층 계단을 밟고 서혜희가 내려왔다. 연보라색 원피스를 입은 서혜희가 곧바로 란주가 있는 곳으로 걸어왔다.

"그동안 안녕하셨어요."

란주가 깍듯한 자세로 먼저 인사를 했다. 란주씨도 잘 지냈느냐고 말하면서 서혜희는 담백한 미소를 지었다.

곧 그녀들은 나무벤치에 나란히 앉았다. 전과는 달리 따스한 공기가 그녀들을 감쌌다.

"란주씨, 오늘은 무슨 일로……?"

서혜희가 먼저 말을 건넸다. 대답을 하기 전에 란주는 잠시 생각을 가다듬었다. 지금 당장 책 출간 얘기를 하는 것은 어색할 것이다. 그렇다고 달리 다른 대화꺼리를 찾을 수도 없었다. 단도직입적으로 말을 하는 수밖에. 란주가 찾아온 목적을 서혜희도 이미 짐작은 하고 있을 것이다.

"바로 말씀 드리겠습니다. 전 오늘 고우슬 아니 서혜희 여사님의 소설 때문에 왔습니다."

"역시 책 발간 문제를 말하시는 군요."

"네, 사랑의 순례자들을 재출판 하고 싶습니다."

"글쎄요. 책 이야기라면 즉답을 드릴 수가 없겠는데요. 나 개인적인 사정도 있고 해서. 아무튼 책 문제는 차후에 천천히 이야기를 했으면 해요."

서혜희의 목소리는 극히 낮고 차분했다. 책에 대해서 아예 이야기를 안 하겠다는 것이 아니라 천천히 하자는 데는 란주로서도 고집을 피울 수가 없었다. 어쩐지 무척 복잡해 보이는 서혜희의 표정 때문에 란주는 일단 한 발 물러서기로 했다. 고우슬의 말만 하면 그렇게 완강하던 서혜희가 이만큼 부드럽게 대해주는 것도 어딘가 싶었다.

"기대하고 있겠습니다. 그리고 가급적 빠른 시일 안에 좋은 답을 주시면 감사하겠습니다."

란주는 정중하게 말을 한 후 벤치에서 일어섰다.

"이제 그만 돌아가겠습니다."

서혜희가 대문 앞까지 란주를 따라 나왔다. 란주를 냉대하던 지난날의 모습과는 확실히 달랐다.

장미의 골목길을 걸어 나와 택시를 탄 란주는 원룸 건물 앞에서 내렸다. 원룸 입구문의 비밀번호를 누르려는데 귀에 익은 것 같은 음성이 란주를 불렀다. 지욱이었다. 두 발자국 쯤 뒤에 지욱은 기둥처럼 서 있었다.

"여기까지 어쩐 일이니?"

"나 오늘 쉬는 날이라 너 만나려고 일부러 왔어."

지욱은 반가운 표정이었다.

"전화도 없이 나 없으면 어쩌려고?"

란주는 따지듯이 물었다.

"너 없으면 그냥 돌아가려고 했지. 나도 방금 여기 도착했는데 운 좋게도 널 여기에서 만났네."

지욱은 아무런 일도 없었던 것처럼 밝은 웃음을 보였다. 시간의 흐름이란 참으로 묘한 것인 모양이다. 란주의 지욱에 대한 분노도 시일이 지남에 따라 희미해지고 있었던 것이다.

"어디 가서 같이 차라도 한잔 마시자."

여유 있는 태도로 말을 하는 지욱은 더 세련되고 어른스러워 보였다. 하기야 지욱과는 어제 오늘 만난 새로운 사이가 아니다. 세월이 오래 묵은 사이다. 어쨌든 언젠가 한 번은 만나서 상반된 서로의 감정 정리를 다시 한 번 명확하게 해야 되겠다는 생각을 란주도 하고 있었다. 지욱도 자존심 죽이고 찾아왔을 텐데 너무 속 좁게 굴 수도 없는 일이었다. 그래 차 마시러 가자면서 란주는 순순히 지욱의 차를 탔다.

"어디로 갈까?"

지욱이 차에 시동을 걸었다.

"너 가고 싶은 찻집으로."

지욱은 오늘 하루쯤은 바다와 떨어져 있고 싶다면서, 도심을 벗어나 산을 끼고 있는 길로 차를 몰았다. 잠시 후에 지욱은 낮은 언덕에 있는 카페 옆에 차를 세웠다. 이층으로 된 카페 건물이 하얀색이어서 멀리서도 눈에 잘 들어올 것 같았다. 지욱은 쉬는 날에는 꼭 이곳에 와서 차를 마시고 간다면서 익숙하게 카페의 입구 문을 열었다. 카페 안의 분위기는 별다른 장식 없이 깔끔했다. 군데군데 차를 마시고 있는 사람들이 제법 있었다. 한 결 같이 느긋한 자세로 차를 마시고 있다. 두 사람은 비어 있는 자리를 찾아가서 앉았다.

"이런 외진 곳에도 차를 마시러 오는 사람들이 제법 많네."

란주는 신기한 생각이 들었다.

"바깥 풍경이 좋으니까. 도심과 너무 멀지도 않고 나도 들과 산을 보려고 이곳에 와. 바다하고는 또 다른 매력이 있으니까."

지욱이 말처럼 넓은 유리창 밖으로 식물들이 쑥쑥 자라고 있는 초록 들판과 산의 무성한 숲들이 더없이 평화롭고 아름다웠다. 일에 매달려 얼마나 바쁘게 도심 안에서만 맴을 돌았으면, 이 도시의 언저리에 이런 한가한 아름다움을 지닌 카페가 있는 것도 몰랐을까. 란주는 쓴웃음이 나왔다. 지욱은 나름대로 시간 활용을 잘하고 있구나 싶었다. 란주는 앞으로 쉬는 날에는 한 번씩 와서 예쁜 자연 경치를 보는 눈 호강도 누려야겠다는 생각이 들었다.

"여기 원두커피 맛이 참 좋아. 우리 카페 원두 맛하고 좀 달라."

지욱이 커피 잔을 들면서 칭찬에 가까운 말을 했다. 차를 파는 장사를 하니까 다른 카페의 차 맛에도 관심을 가지는 것은 당연한 일일 것이다. 그러나 란주는 지욱과는 다르게 조금씩 바깥 풍경을 마시기 시작했다. 그러면서 오늘은 지욱과 감정의 선을 명확하게 그어야 되겠다고 마음을 굳게 다졌다.

"지욱아 우리 오늘 만난 김에 너와 나 사이에 분명히 해두고 싶은 게 있어."

다 마신 커피잔을 내려놓으면서 란주가 정색한 얼굴을 했다. 지욱도 커피 잔을 내려놓았다. 지욱의 눈빛이 무척 진지해 졌다.

"알아. 네가 뭘 말하려는지. 내가 먼저 말할게. 나도 확실하게 말해주고 싶어. 너한테 대한 나의 사랑의 감정은 지금 이 순간도 변함이 없어. 하지만 네가 그 누군가와 결혼을 하게 되면 그 때부터 너에 대한 나의 마음을 깨끗이 접을게. 실은 오늘 널 찾아온 이유도 이 말을 꼭 해주고 싶어서였어."

지욱의 목소리는 아주 강력하면서도 차분했다. 그런데 참으로 이상했다. 란주는 막상 지욱으로부터 그 말을 듣고 나니 안심이 되면서도 어딘가 모르게 섭섭한 기분이 들었다. 인간의 심리란 것이 참으로 묘한 것 같았다.

지욱의 차를 타고 원룸으로 돌아오는 동안, 란주는 단한마디의 말도 하지 않았다. 단호하게 자신의 결심을 전하는 지욱의 말에 그 어떤 꼬리표도 달수가 없었기 때문이었다. 말없이 운전을 하는 지욱의 표정은 극히 담담했다.

원룸 건물 앞에 란주를 내려준 지욱은 또 전화할게 하면서 원룸 건물들이 늘어서 있는 골목길을 천천히 빠져 나갔다.

지욱의 차가 눈앞에서 사라지자 란주는 마치 무언가를 잃어버린 것 같은 허전함이 몰려왔다. 동시에 얼마 전 집으로 갔을 때 만났던 엄마의 얼굴이 떠올랐다. 서로 보지 못한 사이에 엄마의 얼굴은 많이 야위고 늙어 보였다. 염색을 하지 못한 흰 머리칼 때문도 아닌 것 같았다. 엄마가 열흘 정도 몸살처럼 시름시름 아팠다고 친정에 와 있던 언니가 설명을 했다. 란주의 언니는 같은 아파트 단지 안에 살고 있어서 거의 매일이다시피 친정에 들리는 편이었다.

"엄마 왜 이렇게 힘이 없어요?"

걱정스러운 란주의 물음에 엄마는 한숨을 크게 내쉬었다.

"나도 모르겠다. 갑자기 만사가 귀찮아진다. 그나저나 넌 앞으로 계속 혼자 살 거냐. 젊었을 때야 다 저 잘난 맛에 살지. 허나 나이가 들면 기댈 언덕이 있어야 한다. 이것아. 너 시집이나 보내놓고 내가 어찌돼도 되어야 할 텐데. 너 때문에 걱정이 태산이다."

엄마는 전에처럼 소리를 지르지도 않고 낮은 목소리로 차분하게 말을 했다.

이제 원룸 생활을 정리하고 집으로 들어오는 것이 어떻겠느냐고 언니도 한마디 거들었다.

그날 원룸으로 돌아왔을 때 엄마의 쇠약해진 모습이 자꾸만 눈에 걸렸다.

그렇다면 이젠 엄마의 소원대로 그 어색하기 짝이 없는 맞선을 보고 결혼을 해야 할까. 란주는 엘리베이터를 타고 거처로 올라가면서 새삼 결혼에 대한 진솔한 생각을 잠시나마 해 보았다.

낮은 자세로

　일요일 오후, 혜희는 모처럼 옷장의 옷들을 정리하기 시작했다. 계절이 바뀔 적마다 옷장 정리는 연중행사 중의 하나이기도 했다. 오늘은 옷을 정리하는 마음이 시간적으로 여유로웠다. 교회서 오전 예배만 드리고 바로 집으로 왔기 때문이었다. 오후 예배 대신 성전 안팎으로 대청소를 한다고 했다. 대청소는 젊은 청년들과 남자 집사들의 담당 이었다.
　혜희와 신애는 점심을 먹은 다음 곧장 각자의 집으로 향했다. 집에 들어서자 혜희는 참으로 오랜만에 오후가 길어진 느낌이 들었다. 문득 오늘 같이 여유로운 오후의 시간에 옷장 정리를 해야겠다는 생각이 들었다. 잠시 휴식을 취한다음, 혜희는 옷장 문들을 열었다. 세월의 흔적이 남아 있는 구식 옷들이 제법 눈에 띄었다. 모두가 유행이 지나도 한참 지난 옷들이었다. 혜희는 그런 옷들은 모두 가져가서 옷 수거함에 넣기로 했다. 의상 디자이너로 직장 생활을 하던 처녀시절처럼 이제는 좀 산뜻해지고 싶어 졌다. 마음의 울적함 탓인지도 몰랐다. 세훈이와는 지금까지도 혜희의 재혼 문제에 대한 대화가 순조롭게 진행되지 못하고 있다. 세훈은 혜희의 재혼 이야기가 있은 후부터는 전화도 문자도 거의 하지 않았다. 혜희가 마음먹고 전화를 하면 저 지금 굉장히 바빠요. 라면서 먼저 전화를 끊어 버리곤 했다. 잘 있는지 궁금하다는 문자를 보내면, 제 걱정은 마시고 재혼 문제는 어머니 뜻대로 하세요. 저는 새아버지가 필요 없습니다가 전부였다. 세훈의 뜻이 어디에 있는지 아리송하여 감을 잡을 수가 없었다. 좋다는 것인지 싫다는 것인지 알 수가 없어서 혜희는 속이 탔다. 그렇다고 이제 와서 우헌과의 재혼 언약을 깨트릴 수도 없고, 깨트리고 싶지도 않았다. 자식과의 관계가 이렇게 힘들어 질 줄은, 지금까지 살아오면서 상상도 해보지 못한 혜희였다.

  우헌은 일주일에 한 번은 꼭 혜희를 만나러 왔다. 대개가 목요일 일몰 무렵이었다. 혜희를 밖으로 데리고 나가는데 대해서 우헌은 신애에게 공손한 자세로 양해를 구했다. 신애는 미소로 기꺼이 승낙을 했다. 그러면 혜희와 우헌은 장미의 골목길을 천천히 걸어서 카페 마당으로 갔다. 카페 마당에서 함께 저녁 식사를 하고 잠시 이야기를 나눈 뒤 등나무 찻집으로 다시 돌아왔다. 우헌은 장사를 해야 하는 혜희와 신애를 생각해서 결코 혜희를 오래 붙들어 두지 않았다. 애매모호한 세훈의 태도에 대해서도 조급해 하지 말자. 넉넉한 마음으로 조금 더 기다려보자고 했다. 그리고 서촌리 마을에 짓고 있는 집도 완공이 되면 그 때 같이 가보자고 태도를 바꾸었다. 세훈이 때문에 마음이 편하지 못한 혜희를 생각해서였다.

우헌은 거의 매일이다시피 집 짓는 현장에도 가본다. 그리고 일요일에는 서둘러 희망 교회로 가서 요한이 인도하는 오전대예배에 빠짐없이 참석을 한다고 했다.

오늘 아침에도 우헌은 희망교회로 출발 한다는 문자를 보내왔다. 혜희는 언제나 그랬던 것처럼 운전 조심해서 잘 다녀오라는 답을 보냈다.

옷 정리를 끝낸 혜희는 가벼운 캐주얼 차림으로 집 밖으로 나왔다. 늦은 오후의 여린 햇살이 어깨 위로 부드럽게 내려앉았다. 단지 옷 정리를 했을 뿐인데도 기분이 훨씬 상큼해졌다.

혜희는 신애가 살고 있는 아파트 단지 쪽으로 걸어갔다. 신애에게 그동안 가슴 속에만 묻어두었던 일을 고백할 작정이었다. 말하자면 고우슬의 일을. 채란주와 수웅이가 알고 있는 이상 언젠가는 신애도 알게 될 것이다. 혜희가 말하지 않고 다른 사람의 입을 통해서 알게 된다면 신애도 수웅 못지않게 섭섭한 마음일 것이다. 그러니까 오늘같이 오후의 시간이 여유로울 때, 딱 말하기 좋다는 생각이 옷장 정리를 하는 순간부터 들었었다. 또 다른 한 가지도 필히 신애의 양해를 구하고 싶었다.

혜희는 신애가 살고 있는 아파트 정문 앞에서 휴대폰을 했다. 신애는 반갑게 전화를 받았다.

"지금 아파트 정문 앞에 서 있다. 내가 저녁 살게. 나올 수 있겠니?"

혜희의 물음에 신애는 물론 나갈 수 있다면서 잠깐만 기다리라고 했다.

잠시 후에 신애가 나타났다. 연하늘색 면바지에 품이 조금 헐렁한 청자켓이 천연스러울 정도로 잘 어울렸다. 등나무 찻집에서 단정한 옷차림으로 장사를 할 때와는 또 다른 분위기를 풍겼다. 혜희는 한껏 멋을 부리던 의상 디자이너 시절의 신애를 잠시 떠올리면서 반가운 미소를 지었다.

신애도 활짝 웃으면서 혜희곁으로 다가왔다.

"무슨 바람이 불었니? 이 시간에."

"시간이 여유로워서 무작정 나왔어. 너한테 할 얘기도 있고."

오전에 교회서 만났는데도 그녀들은 오랜만에 만난 사람들처럼 가슴이 부풀었다. 두 여자는 일요일에도 가게 문을 여는 근처의 식당으로 가서 간단하게 조금 이른 저녁을 먹고 밖으로 나왔다. 혜희가 마을 공원으로 가자고 했다. 혜희가 말하는 마을 공원은 신애도 잘 알고 있었다. 지는 해를 머리에 이고 그녀들은 동네의 작은 마을 공원으로 천천히 걸어갔다. 마을 공원은 생각보다 한산했다. 두 여자는 늦은 봄의 여린 햇살로 데워진 공원의 벤치에 나란히 앉았다.

"모처럼 공원에 나오니까 정말 좋구나. 꽃들도 피어있고."

신애가 소녀 같은 표정으로 말을 했다.

"근데 신애야 우리 집 정원에 피는 꽃들 이외는 계절 따라 피어나는 꽃들을 너와 나는 잘 볼 수가 없구나. 찻집만 안하면 이 공원에 매일 와도 될 텐데."

혜희의 목소리가 조금은 서글퍼졌다. 신애가 고개를 흔들었다.

"혜희야 서글프게 생각하지 마. 우리가 건강해서 직업을 가지고 일을 할 수 있다는 것은 큰 축복이다. 난 언제나 그런 마음으로 일을 해."

신애의 말에 혜희는 금세 기분이 가벼워졌다.

"그래 신애 너 말이 맞아. 나도 동의 해. 꽃들은 올해 못 보면 내년 또 후 내년에 보면 되니까."

은은한 꽃들의 향기가 건너와 그녀들에게도 여유롭게 스며들었다.

황혼이 꼬리를 내린 공원에는 서서히 어스름이 퍼지기 시작했다. 혜희는 신애에게 고우슬의 일을 말하려니까 사뭇 긴장이 되었다. 섭섭해 할 신애의 표정이 눈에 확연히 그려졌다.

"나한테 얘기 하고 싶은 것이 있다면서?"

신애가 먼저 궁금해 했다.

"그래, 너한테 고백할 게 있어."

"고백이라니?"

신애의 눈이 둥그레졌다.

"네가 들으면 많이 섭섭해 할 수도 있어."

혜희는 채란주가 끈질기게 찾아온 이유와, 그녀가 고우슬이라는 이름으로 책을 출간했으며, 책을 회수하여 소각한 일들을 미안함을 품은 목소리로 상세하게 이야기를 했다. 신애는 의외로 매우 담담했다. 전혀 섭섭한 표정이 아니었다.

"항상 서재 문이 잠겨있어서 네가 무언가 쓰고 있다는 짐작은 했지만 소설을 썼다는 것은 상상하지도 못했어. 아무튼 놀랍고 너한테의 새로운 발견이야."

신애는 차분하게 말했다.

"고우슬의 연락처를 알려 달라고 자꾸만 찾아온 채란주 때문에 나도 내 자신을 새롭게 발견했어. 고무도 되었고. 그리고 난 앞으로도 계속 소설을 쓰고 싶어."

간절한 듯한 혜희의 말에 신애는 천천히 고개를 끄덕였다. 내친 김에 혜희는 현재 쓰고 있는 소설을 탈고할 때까지 한 시간 정도 찻집 일을 일찍 끝내고 싶다는 뜻을 밝혔다.

"네 의사가 그렇다면 넌 일곱 시에 끝내고 난 지금처럼 아홉 시에 퇴근할게. 알바들이 있으니까 괜찮아."

등나무 찻집은 멀리서도 찾아오는 손님들이 있으니까 시간을 단축하는 것은 아닌 것 같다고 신애는 강조를 했다. 결국 신애의 배려 때문에 혜희는 쉽게 합의를 볼 수 있었다. 그 대신 정말 좋은 소설을 탄생 시켜야 한다고 신애는 다짐을 했다.

혜희는 신애와 헤어져 훨씬 가벼워진 마음으로 집으로 돌아왔다. 아무튼 한 가지 문제는 해결이 되었다. 그런데 세훈이와는 왜 이토록 문제 해결이 안 되는지 알 수가 없었다. 혜희는 세훈에게 전화를 넣었다. 신호음이 제법 오래 갔는데도 세훈은 전화를 받지 않았다. 혜희가 잠자리에 들 때까지도 세훈에게는 아무런 소식이 없었다. 재혼 이야기가 있기 전에는 답 전화를 하지 않은 적이 단 한 번도 없던 세훈이었다. 혜희는 아무런 반응이 없는 세훈의 태도가 섭섭하기도 하고 동시에 화가 치밀어 오르기도 했다.

다음날 아침이었다. 혜희와 신애가 함께 장사를 할 준비를 끝냈을 때쯤, 뜻밖에도 우헌이 불쑥 나타났다. 우헌은 신애에게 먼저 인사를 했다. 이렇게 일찍 어쩐 일이냐는 혜희의 물음에, 우헌은 밖에 나가서 이야기를 하자고 했다.

"신애씨 잠깐이면 됩니다."

신애가 혜희에게 밖으로 나가라는 눈짓을 했다. 혜희와 우헌은 정원의 등나무 밑으로 갔다. 정원에는 투명한 아침 햇살이 정갈하게 내려 앉아 있었다.

"이 시간에 어쩐 일이세요?"

혜희가 재차 물었다. 그녀는 우헌이 매주 목요일마다 일몰 때쯤 찾아오는 것을 생각하면서 월요일 아침에 느닷없이 찾아온 우헌이 너무 궁금했다.

"나 지금 희망교회로 가는 길입니다. 그곳에 석 달 쯤 머물 예정이에요. 밭일도 거들고 매일 성전에서 기도도 하려고 해요. 그동안은 우리 서로 못 만날 거예요. 그래서 오늘 혜희씨 얼굴 보고 가려고 지금 달려온 거예요."

 우헌의 눈빛이 절실했다. 그동안 보고 싶어도 참고 잘 견디자고 말하는 우헌의 얼굴도 많이 수척해 보였다.

 "하나님께 우리의 문제를 도와 달라고 간절히 기도를 할 작정입니다."

 우헌은 벤치에서 일어났다. 혜희는 가슴이 젖어왔다. 세훈이가 마음을 돌릴 때까지 인내하면서 기다리자고 말한 우헌이었다. 그런 우헌이 얼마나 답답하면 이럴까 싶었다.

 "혜희씨. 내가 올 때까지 절대로 아프면 안돼오."

 세워둔 승용차에 오르기 전에 우헌은 간절한 눈빛으로 다짐을 했다. 우헌의 승용차가 사라지자 혜희의 눈에 눈물이 돌았다. 고작 석 달 동안의 헤어짐인데 무척 길고 긴 세월의 이별을 하는 것 같은 느낌이 들었다.

 찻집 안으로 들어서자 신애는 아메리카노 한 잔을 마시고 있었다. 혜희는 신애 곁으로 천천히 다가갔다.

 "우헌씨는?"

 "갔어. 오늘부터 희망교회로 가서 석 달 동안 지내겠다고 했어. 그곳에 머물면서 밭일도 거들고 작정해서 기도도 하겠다고. 당분간 이 도시에는 못 온다고."

"우헌씨 심경에 어떤 변화가 일어난 것은 아니고."

혜희는 고개를 저었다.

"나를 보면 힘든 가봐. 세훈이가 거리를 두니까."

"지켜보는 나도 답답해. 이런 문제는 오래 끌어서 좋을 것 없어. 시간이 지나면 심경에 변화가 생길 수도 있어. 서로가. 난 우헌씨가 갑자기 희망교회로 가서 널 만나지 않고 석 달이나 있겠다는 것이 마음에 걸려."

신애는 심히 우려스러운 목소리로 중얼거리듯 말했다. 신애의 말에 혜희도 순간적으로 불안한 생각이 들었다. 우헌이 그 곳에 있는 동안 그 어떤 변화가 일어날지는 그 누구도 알 수 없는 일이었다. 하지만 혜희는 우헌에게 아무런 일도 없을 것이라고 마음을 다졌다. 신애가 계속해서 말을 이으려는데 입구 문이 열리면서 오십대의 여자 세 명이 활기찬 모습으로 들어왔다. 모두가 등나무 찻집을 비교적 자주 찾아오는 낯익은 얼굴들이었다. 신애는 금세 표정을 바꾸면서 반가운 웃음으로 그녀들에게 눈인사를 건넸다. 혜희도 밝은 미소로 그녀들이 앉아있는 자리로 걸어갔다. 중앙의 자리에 느긋하게 앉은 그녀들을 보자 오늘은 찻집 안이 손님들로 꽤 붐빌 것 같은 예감이 들었다.

가안면으로 가는 왕복 일차선 국도에 들어서니, 길 양 쪽에 가로수로 서 있는 플라타너스 잎 새들이 바람에 보기 좋게 나붓거리고 있었다.

우헌은 조금 전 혜희를 만난 후 부산을 빠져나왔다. 넓은 고속도로를 달려오면서 내내 가슴이 저려왔다. 어찌된 셈인지 요즈음은 혜희를 만날 때마다 그녀가 너무 안쓰러웠다. 아들로부터 백프로 재혼에 대한 찬성을 받아내지 못하고 있는 그녀의 얼굴은 늘 그늘이 져 있었다. 젖은 눈동자는 더 젖어보였다. 혜희는 우헌에게 미안해했다. 우헌은 세훈이가 마음을 열어 줄 때까지 기다리자고 말했지만, 답답한 심정은 혜희 못지 않았다. 도대체 자식이란 존재는 부모에게 무엇일까? 자식을 낳아 길러보지 못했으니 우헌은 부모의 깊은 속마음 까지는 알 수가 없었다. 오직 짐작만 할 뿐이었다. 핏줄의 흐름을 생각하니 그 어떤 무엇과도 바꿀 수 없는 귀하고 귀한 관계인 것만은 틀림없다. 세훈은 새아버지가 필요 없다고 한다지만 우헌은 아니었다. 아들이 생긴다고 생각하니 기분이 참으로 좋았다. 비록 피는 흐르지 않지만 서로의 위치를 인정하면서 얼마든지 잘 지낼 자신이 있었다. 보통의 아버지들처럼 무조건 아들을 사랑하면서 살아가고 싶었다. 그렇지만 세훈은 전혀 그럴 마음이 없는 모양이었다. 우헌은 자식 한 명 없이 살아온 자신의 삶이 새삼 허무하게 느껴졌다. 만약 라엘이 아들이라도 한 명 낳아주었다면 우헌이 걸어온 삶의 발자취는 분명히 달랐을 것이다. 젊은 날의 부도덕했던 행위의 결과가 이런 혹독한 자식이 없는 아픔을 안겨줄 줄은 상상도 하지 못했었다.

정작 우헌이 희망교회에 머무르면서 삼 개월 동안 작정 기도를 하기로 결심한 것은 요한의 간곡한 권유 때문이었다.

며칠 전이었다. 집 짓는 현장에 갔다가 부산으로 돌아오기 전 희망교회의 사택에 들렀다. 마침 식사 전이라 우헌은 곁붙어서 저녁밥을 얻어먹었다. 자주 있는 일이라 요한의 아내는 늘 저녁밥을 넉넉하게 준비하는 편이었다. 저녁 식사를 마치고 마당으로 나오자 노을이 들판에 붉게 물들어 있었다. 자연과 공존하는 시골의 노을은 도시의 노을과는 확연히 다른 아름다움이었다. 노을이 스러질 때쯤 요한이 물었다. 서혜희 성도님과는 언제 식을 올릴 것이냐고. 우헌은 선뜻 대답을 할 수가 없었다. 집이 정원의 모습까지 완벽하게 완성이 되면, 동생 부부와 지인 몇 사람만 초대하여 소박하게 결혼식을 할 생각이다. 하지만 꼭 그렇게 진행이 순조롭게 될지는 우헌으로서도 모를 일이었다. 우헌은 대답을 망설이다가 요한에게 현재 혜희가 겪고 있는 상황을 솔직하게 털어 놓았다.

"아들 때문에 혜희씨가 무척 힘들어 하는 것 같아요."
"그럴 거예요. 하나밖에 없는 아들이니까."

분명 혜희씨와 나는 서로 사랑하고 있는데, 함께 한다는 것이 왜 이렇게 어려운지 모르겠다고 우헌은 한숨을 섞었다. 그러자 요한은 그 문제를 가지고 기간을 정하여 작정 기도를 해보는 것이 어떻겠느냐고 했다. 요한은 힘든 일이 생길 때는 언제나 기도로 해결을 했다. 그것은 지금도 마찬가지라고. 우헌은 요한이 말하는 기도의 힘이 어떤 것인지는 알지 못하지만, 요한의 권유니까 한 번 해 보는 것도 의미가 있을 것 같았다. 어쩌면 요한이 우헌을 용서할 수 있었던 것도 기도의 힘 때문이었는지도 모른다. 혜희의 젖은 눈을 생각하자 우헌은 갑자기 마음이 조급해지기 시작했다. 그리하여 우헌이 생각지도 못한 석 달 동안의 작정 기도가 정해진 것이었다.

 우헌은 정오의 햇살이 하얗게 쏟아져 있는 희망교회의 마당으로 들어섰다. 차 소리를 들은 요한이 바로 나타났다. 우헌은 요한의 안내로 석 달 동안 거처할 방에 짐을 풀었다.

기도의 힘

우헌이 희망교회로 간지 한 달이 지났다. 그동안 혜희는 신애의 배려 덕택으로 두 시간 일찍 이층으로 올라와 소설에 매달렸다. 머릿속에 저장해 두었던 스토리를 열심히 엮어 나갔다. 일요일 이외는 쉬지 않았으니 스토리의 맥도 끊어지지 않았다. 혜희는 일요일만큼은 교회 예배에 참석한 후 집으로 돌아오면 편안한 마음으로 휴식을 취했다.

우헌은 매일 하루의 일과를 간략하게 담은 문자를 보내왔다. 희망교회의 텃밭을 가꾸고 때로는 요한과 함께 성도들의 농사일도 돕는다고 했다. 집 짓는 현장에도 가고 틈이 나면 가안면의 곳곳을 다녀본다고 했다. 산과 들녘과 작은 저수지와 시냇물이 절묘하게 조화를 이루고 있는 가안면은 참으로 아름다운 풍광을 가진 고장인 것 같다고 칭찬을 아끼지 않았다. 저녁식사 후에는 성전으로 가서 작정한 기도를 진심을 다하여 한다. 전화를 하지 않은 것은 혜희씨 목소리를 들으면 행여 인내하지 못하고 부산으로 달려가는 일이 발생할까봐 일부러 안한다고 했다. 혜희는 우헌의 심정을 충분히 이해할 수 있었다. 혜희도 우헌의 음성을 들으면 너무 보고 싶으니까 한 번 다녀가라고 말할 것 같았다. 서로의 심경을 생각한 혜희도 전화를 하지 않았다. 문자로 답만 보냈다.

거실 소파에 앉은 혜희는 세훈에게 전화를 걸려다가 그만 두었다. 요즘에는 세훈이 혜희의 전화를 잘 받지 않았다. 혜희가 전화를 하는 날에는 잘 있으니 걱정하시지 말라는 문자만 보내왔다. 더구나 먼저 전화를 하는 일은 전혀 없었다. 세훈이도 결혼을 하면 어차피 독립을 할 것이 아닌가. 세훈의 눈에는 늙어가고 있는 혜희의 모습이 보이지 않는 모양이었다. 한 번 쯤은 엄마의 외로운 미래를 생각해 주면 좋을 텐데. 혜희는 계속 이어지는 세훈과의 신경전 탓에 그녀의 의지가 서서히 지쳐가고 있음을 느낄 수 있었다. 우헌이 돌아오면 이제 세훈이와 확실한 매듭을 지어야 할 것 같다. 혜희는 마음을 단단히 먹고 이층에서 내려왔다. 한여름의 늦은 오후답게 정원에는 싱그러운 나뭇잎 냄새가 그득했다. 혜희는 나뭇잎 냄새를 깊게 들이 마신 후, 수웅이 도착할 시간에 맞추어 대문 밖으로 나왔다.

어제 찻집 일을 마치고 이층으로 올라오자마자 수웅의 전화가 걸려왔다. 내일 일요일인데 그 쪽 동네에 볼 일이 생겼다. 볼일 끝나면 얼굴 좀 보자. 할 말도 있으니까. 사실 혜희도 가까운 시일 안에 수웅을 한 번 만나야겠다고 생각을 하고 있던 중이었다. 만나서 우헌과의 재혼 문제를 진솔하게 말할 작정이었다. 수웅이라면 충분히 이해를 할 것이다.

수웅은 이미 도착해 있었다. 문이 닫혀있는 등나무 찻집 앞에 서서 하늘을 쳐다보고 있었다.

"빨리 왔구나."

반가움을 담고 말하는 혜희를 향하여 수웅이 돌아섰다.

"마침 볼 일이 빨리 끝나서 이 동네를 걸어서 한 바퀴 돌아보았어. 차는 골목 입구 주차장에 넣어두었고."

혜희는 수웅의 차가 보이지 않아 택시를 타고 왔나 보다.라고 생각했다.

"내가 사는 동네는 아니지만 이토록 예쁜 동네가 사라진다고 생각하니 안타깝군."

수웅은 정말 안타까운 생각이 드는 모양이었다.

"주택에 살면 손가는 데가 많으니까 다들 편리한 아파트에 살고 싶은가봐."

이 동네와 등나무 찻집이 사라질 것을 생각하면 아마 혜희의 섭섭함이 제일 클 것이다. 그래도 혜희는 수웅 앞에서 태연한 척했다. 곧 두 사람은 동네를 빠져나와 마을 공원으로 갔다.

마을 공원의 벤치에는 몇 명의 할머니들이 앉아서 담소를 나누고 있었다. 모두들 평화로운 얼굴들이었다. 머리 위의 나뭇잎 사이로 스며든 햇살 줄기가 그녀들의 어깨 위에 푸근하게 내려앉아 있었다. 두 사람은 비어있는 벤치를 찾아 같이 앉았다. 지난 날 우헌과도 신애와도 지금의 이 자리 이 벤치에 앉아서 긴요한 이야기를 나누었다. 혜희는 수웅과도 그럴 생각이다.

"공원이 아담하고 참 예쁘구나."

수웅이 경이롭다는 듯한 목소리로 말을 했다.

"마을 바로 옆에 있는 작은 공원이라 이 동네 사람들이 잠깐의 휴식처로 다들 좋아해."

"그렇기도 하겠네."

잠시 두 사람의 대화가 끊겼다. 미풍에 공원의 풀잎들이 가늘게 흔들리고 있었다. 수웅이 먼저 입을 열었다.

"혜희야."

"말해. 하고 싶은 말이 있다면서?"

"좋아. 말할게."

수웅은 네 생활에 간섭하는 것은 결코 아니라면서 한 가지 의견을 제시했다. 앞으로도 찻집을 계속할 작정이라면 지금 주택을 매각하고 다른 곳에 적당한 주택을 사서 찻집을 하면 어떻겠느냐고. 수웅의 말에 혜희는 긴장이 되었다. 그렇잖아도 얼마 전이었다. 근처에 있는 부동산에 종사하는 사람이 혜희를 찾아왔다. 등나무 찻집 안에서 혜희를 만난 그는 혹시 집을 팔 생각이 없느냐고 물었다. 혜희는 선뜻 대답을 하지 못했다. 그는 혹시라도 집을 팔 생각이 있으면 전화를 해 달라고 하면서 명함을 한 장 내밀었다. 사려고 하는 사람들이 있으니까 가격 문제는 전혀 염려하지 않아도 된다면서. 혜희도 신애도 같이 이곳을 떠나 어디로 가서 찻집을 시작해야 할지를 내심 걱정을 하고 있었다.

혜희는 우헌과 합친다 해도 세훈에게 들어가는 비용은 우헌에게 떠맡기고 싶지 않았다. 그러려면 어디선가 안정적인 수입이 있어야하는 것이다. 가까운 시일 내에 신애하고 머리를 맞대고 보다 구체적으로 의논을 하려고 마음을 먹고 있는 중이었다. 혜희는 분명 간섭이 아닌 수웅의 의견 제시를 신중하게 받아들여야겠다는 생각을 했다. 대부분의 동네 사람들과는 달리 혜희에게는 동네의 재개발이 오히려 그녀의 머리만 복잡하게 만들었다.

"그런 생각, 나도 하고 있었어. 곧 신애와 구체적으로 의논을 할 생각이야."

"그렇다면 다행이고. 나 이제 안심해도 되겠군."

수웅의 표정이 밝아졌다.

"나도 할 말이 있어."

혜희는 마음을 도사렸다. 수웅이 궁금한 눈으로 혜희를 보았다.

"나 재혼하기로 했어. 수웅아."

"뭘 한다고? 네가."

놀란 수웅의 목소리가 대뜸 높아졌다.

"재혼을 하게 돼. 곧."

혜희는 숨을 한 번 크게 몰아 쉰 다음, 우헌과의 처음 만남과 그동안의 과정을 차근차근 간추려서 이야기를 했다. 그러자 수웅의 얼굴이 창백하게 굳어지는 듯 했다. 너무 의외였다.

"세훈이도 찬성했니?"

"세훈인 엄마 인생이니까 엄마가 알아서 하라고 하지만 아직까지 태도가 애매해. 허나 세훈이도 생각이 있으면 엄마의 미래니까 백프로 찬성을 할 거야. 하게 만들어야지."

혜희는 입 속에서 무언가를 뱉어내듯 강한 어조로 말을 했다. 수웅은 아무 말도 하지 않았다. 혜희는 어색하게 굳어진 수웅의 얼굴을 보기가 민망해서 할머니들 쪽으로 눈길을 주었다.

노을빛이 마을 공원에 서서히 내리기 시작하자 담소를 나누던 할머니들이 일어나서 느린 걸음으로 모두들 공원을 빠져 나갔다. 혜희도 수웅도 벤치에서 일어섰다. 골목길을 빠져나가면서도 수웅은 여전히 말이 없었다. 혜희는 숨이 막히는 듯 했다. 혜희의 집 대문 앞에 왔을 때야 수웅은 겨우 한 마디 던졌다. 들어가. 난 갈게.

골목 입구의 주차장에서 차를 빼낸 수웅은 마음의 허전함을 막을 수가 없었다. 혜희가 늦게나마 좋은 인품과 조건을 가진 남자를 만나 새로운 인연을 맺는다면, 분명 축하를 해 주어야 할 일이다. 하지만 수웅은 축하한다는 말이 선뜻 입에서 나오지 않았다. 축하보다는 오히려 서운한 마음이 찾아들었다. 혜희가 재혼의 길을 선택하리라고는 상상도 못해본 수웅이었다. 아들이 있으니까 그리고 밥을 못 먹는 처지도 아니니까 성격도 깔끔하니까, 죽는 순간까지 혼자서의 삶을 유지하리라고 믿어 의심치 않았다. 그런데 재혼이라니! 처음에는 혜희의 그 말이 믿기지가 않았다. 설마 농담이겠지. 그러나 농담으로 여기기에는 혜희의 표정이 너무나 진지했다. 하긴 재혼한다는 말을 어느 누가 농담으로 한단 말인가.

집으로 가는 방향의 좌회전 신호를 기다리면서 수웅은 실소를 금할 수가 없었다. 자신의 요상한 심리 때문이었다. 결국 나는 혜희가 목숨을 다하는 그 순간까지 혼자 살아 주기를 원하고 있었단 말인가. 외로움과 더불어. 자신은 아내와 같이 살고 있으면서 혜희는 혼자 살아 주기를 바라는 것은 삶의 형평성에도 어긋나는 일이다. 말이 되지 않는다. 수웅은 고개를 저었다.

아파트 주차장에 차를 세운 수웅은 바로 집으로 들어가지 않았다. 아파트 단지 안을 천천히 아주 천천히 걸어서 한 바퀴 돌았다. 그 남자를 한 번도 본 적은 없지만, 혜희가 선택한 남자라면 충분히 믿어도 될 것이다. 그래, 혜희의 재혼을 진심으로 축하해 주자. 집으로 올라가는 엘리베이터 앞에서 수웅은 잠시나마 요동했던 자신의 마음을 추스르기 시작했다.

시간은 속절없이 흘러갔다. 혜희는 드디어 쓰고 있던 장편 소설을 탈고 했다. 생각보다 빠른 탈고였다. 심혈을 기울여 엮어나간 하나의 스토리가 마무리 되었다는 사실은 혜희에게 기쁨과 시원함을 동시에 가져다주었다. 신애의 우정 어린 배려가 없었다면 이렇게 빨리 소설을 끝내지는 못했을 것이다.

혜희의 찻집 퇴근 시간은 다시 예전으로 돌아갔다. 신애는 일주일 정도 더 휴식을 취하는 것이 좋겠다고 했지만 혜희로서는 그럴 수가 없었다. 신애만 일을 너무 많이 하게 하는 것은 그녀의 양심이 허락하지 않았다. 아무리 건강한 신애지만 얼마나 고단했을까 싶었다. 그리고 혜희는 집 문제가 해결되기 전까지는 당분간 소설은 휴식을 하기로 했다. 찻집 일을 하면서 소설을 쓴다는 것은 혜희의 체력으로는 아무래도 무리인 것 같았다.

등나무 찻집의 마지막 손님들이 돌아간 늦은 저녁, 혜희는 신애와 같이 이층으로 올라왔다. 신애의 이층 방문은 오랜만이기도 했다. 신애는 혜희가 작심을 하고 소설을 쓰는 동안, 행여 방해가 될까봐 아예 밤에는 이층에 출입을 하지 않았다.

삼일 후에는 우헌도 이 도시로 돌아올 것이다. 우헌에게 신애가 걱정한 혜희에 대한 심경의 변화는 일어나지 않은 것 같았다. 그것은 하루도 빠지지 않고 혜희에게 보내온 우헌의 문자 내용에서도 잘 알 수 있었다.

거실 소파에 앉은 두 여자는 앞으로 등나무 찻집을 어디서 어떻게 해야 할 것인가에 대해서 또다시 머리를 모았다. 어영부영 하다가는 시간만 죽일 것이다. 동네의 재개발이 확정되고부터는 하루하루가 꿈속처럼 빠르게 지나가는 느낌이었다. 혜희와 신애는 보다 구체적으로 의논을 했다. 그리고 결론은 일단 혜희의 집을 팔기로 결정을 했다. 찻집을 어디로 가서 해야 할 것인가는 집이 매매가 되면 그 때가서 다시 상의를 하기로 했다.

혜희의 집 대문 앞에 선 우헌은 가슴이 뜨거워 왔다. 그녀를 보기 위하여 지금까지 달려온 길이 한순간으로 느껴졌다. 희망 교회의 주일 예배가 끝나자마자 곧장 달려 온 것이다.

신교 마을에서 기도하면서 지낸 삼개월동안 우헌이 얻은 것이 있다면 마음의 평강이었다. 신교 마을에서의 석 달은 생각보다 빠르게 흘렀다. 왜 이렇게 날짜가 더디게 갈까라고 생각한 적은 거의 없었다. 요한과 함께 움직인 시간이 많았기 때문인지도 몰랐다. 혜희에 대한 그리움을 빼고 나면 그곳에서의 생활은 충분히 견딜 만 했다.

우헌의 하루 일과는 새벽기도로부터 시작되었다. 새벽기도 예배가 끝나면, 교회의 텃밭과 신교 마을 그리고 집이 지어지고 있는 서촌리 마을을 둘러보았다. 그 때마다 우헌의 온몸을 감싸고 도는 시골의 아침 공기는 너무나 신선했다. 어쩌면 아침의 고요

함과 더할 수 없이 신선한 아침 공기 때문에 혜희에 대한 절절한 그리움도 참을 수 있었는지 모른다. 때로는 요한을 따라가서 성도들 집의 농사 일을 도와 주었다. 일이 없는 날에는 가안면 구석구석을 돌아다녔다. 숲이 우거진 산과 넓은 들, 산밑에 깊고 푸른 저수지가 있고, 사시장철 맑은 시냇물이 흐르는 가안면은 그 어디를 가도 경치가 아름다웠다.

 삼 개월 동안 밤마다 한 기도에 대한 신의 응답이 무엇인지는 알 수가 없었다. 요한은 세훈의 마음이 변화되고 혜희와의 결합이 순조롭게 이루어지도록 기도를 열심히 하라고 했다. 요한이 그렇게 하라니까 그렇게 했던 것이다.

 요한의 부탁을 우헌은 거절할 수가 없었다. 목숨을 다하는 그 순간까지 요한에게 진 빚을 갚을 생각이었다. 그런데 참으로 이상했다. 기도를 하는 동안 세훈이 때문에 불안했던 마음이 사라지고 평강이 찾아 들었다. 조용히 흐르는 강물처럼 그렇게 찾아왔다. 또한 잊었다고 하지만, 아직도 가슴 한켠에 숨듯이 남아있던 라엘과의 어두웠던 결혼 생활의 잔해가 기억 밖으로 말끔히 사라진 사실이었다. 요한이 들었다는 신의 음성도, 환상이 보이는 일도 우헌에게는 없었다.

 마지막 날의 기도를 마친 우헌이 요한에게 하나님의 음성도 듣지 못했고 환상도 보이지 않았다. 단지 마음의 평강만 찾아 왔다는 우헌의 말에 요한은 그저 빙긋이 미소만 지었다.

부산으로 돌아오려고 차에 시동을 걸려는데 그 제서야 요한이 아주 느긋한 얼굴로 딱 한 말씀을 하였다. 때가 되면 기도한 모든 것이 이루어 질 것 입니다.라고.

발자국 소리가 나는가 싶더니 곧 대문이 활짝 열렸다. 연초록 바탕에 흰 물방울무늬의 원피스를 입은 혜희가 반가운 얼굴로 서 있었다.

"들어오세요."

석 달 동안의 짧은 기억을 간추리던 우헌은, 열려진 대문 안으로 발을 들여 놓자마자 와락 혜희를 끌어안았다. 늦여름의 더운 햇살이 그들의 어깨 위로 사정없이 쏟아졌다.

"보고 싶었어요. 혜희씨, 너무나 많이."

갑작스러운 우헌의 포옹이었다. 삼 개월 동안 서로의 음성을 듣지 못했던 그리움이 두 사람의 온몸을 파고들었다. 혜희의 눈에 물기가 어렸다. 탄탄하고 따뜻한 가슴. 나를 사랑하고 있는 김우헌. 이 남자를 반려자로 남은 그녀의 인생을 가꾸어 나간다는 것은 분명 행운일 것이다. 혜희는 이제 누가 무어라고 하든, 절대로 이 행운을 놓치고 싶지 않았다.

포옹에서 벗어난 혜희는 이층으로 우헌을 안내했다. 우헌이 혜희의 집 이층에 초대를 받은 것은 처음이었다.

곧 출발할 것이라는 우헌의 문자를 받은 혜희는 저녁식사를 정성을 들여서 준비를 했다. 냉장고에 있는 식재료들을 찾아 음식을 만들고 식탁을 차렸다. 화려하지도 그렇다고 초라하지도 않은 사랑의 식탁이었다. 혜희가 누군가를 위하여 음식을 만들어 식탁을 차린 일은 남편의 사후, 세훈이를 빼고는 처음이었다.

혜희와 마주 보고 식탁 의자에 앉은 우헌은 더없이 행복한 마음으로 식사를 했다. 도우미가 해주는 밥, 식당에서 사먹는 밥, 눈치를 살피면서 남의 식탁에 곁붙어서 얻어먹는 밥과는 너무나 달랐다. 지금의 이 식탁에는 정성과 애정이 듬뿍 깃들어 있었다.

거실로 나와 차를 마시면서 우헌은 혜희에게 한 가지 동의를 구하고 싶다고 했다. 그게 무엇이냐는 혜희의 물음에 우헌은 다 마신 찻잔을 탁자 위에 내려놓았다. 일주일 쯤 후에 서울에 잠깐 다녀올 예정이다. 서울에서 세훈을 한 번 만났으면 한다. 만나서 허심탄회하게 자신의 속마음을 털어놓고 대화를 하고 싶다. 세훈을 만나 보아야 하겠다는 생각이 얼마 전부터 내내 머릿속에서 맴을 돌았다는 것이다. 머리가 아닌 가슴으로 세훈을 만날 것이다. 그러니까 허락을 해 주었으면 한다.

혜희는 세훈이가 어떻게 나올지 몰라 좀 망설여졌지만 결국은 허락을 하고 말았다. 어쩌면 남자끼리니까 소통이 더 잘 될 수도 있을 런지도 모르는 일이었다. 혜희의 허락을 받은 우헌은 한결 가벼운 마음을 안고 자신의 아파트로 돌아왔다.

세훈을 만나기 위하여 드디어 우헌은 서울로 갔다.

혜희의 집도 매매가 성립되었다. 몇 명의 희망자들 중에서 제일 좋은 조건을 제시하는 사람과 계약을 했다. 주택을 허물 때까지 월세를 내지 않고 계속해서 장사를 해도 된다는 조건이 제일 마음에 들었다. 집의 가격도 만족할 정도였다. 그런데 막상 계약을 하고보니 혜희는 두려운 마음이 들었다. 또 어디로 가서 자리를 잡고 찻집을 해야 할까라는 두려움이었다. 장사를 오랜 세월 동안 한 사람들은 움직이는 것도 요령 있게 잘 하는 것 같은데 혜희는 통 자신이 없었다.

손님 맞을 준비를 끝낸 아침 시간에 혜희와 신애는 마주 앉았다. 신애가 방금 내려서 들고 온 커피향이 은은하게 퍼져나갔다. 커피를 천천히 마시면서 그녀들은 미래의 찻집에 대해서 의논을 하기 시작했다. 어느 곳으로 가야 좋을는지 쉽게 방향이 잡히지 않았다. 잠시 후에 신애가 의견을 제시했다. 잔금을 받은 뒤에 알아보는 것이 어떻겠느냐고. 계약 기간 동안에는 어떤 변화가 일어날 수도 있으니까. 신애의 말에 일리가 있는 것 같아 혜희는 신애의 의견에 찬성을 했다.

그녀들이 커피를 다 마셔 갈 때쯤 첫 손님으로 이 집사가 불쑥 들어섰다. 한동안 발걸음이 뜸한 이집사여서 그녀들은 반갑게 인사를 건넸다. 그녀들이 앉아있는 자리로 끼어든 이집사의 얼굴이 좀 어두워 보였다. 왜 이렇게 오랜만에 오셨냐는 혜희의 물음에 이 집사는 나름대로 많이 바빴기 때문에 등나무 찻집에 올 수 없었다고 했다. 신애가 말없이 일어나 아메리카노 한 잔을 내려서 이집사 앞에 놓았다.

"사실은 두 분께 작별 인사를 하려고 왔어요."

"작별이라뇨. 또 어디 먼 곳으로 여행이라도 가시는 거예요?"

신애가 호기심어린 눈으로 물었다. 여행을 가는 일이라면 얼마나 좋겠느냐면서 이 집사는 한숨을 내쉬었다. 여행이 아니고 창원에 혼자 살고 있는 언니의 병간호를 하러간다. 이 집사에게는 한 명밖에 없는 친 언니인데, 아들부부는 서울에, 딸 부부는 미국에 살고 있다 그러니 병간호를 할 사람이 없다. 언니는 서울 아들집이나 요양병원에는 죽어도 안가겠다고 고집을 부렸다. 그래서 몇달전부터 이집사가 언니 집에 드나들면서 언니를 돌보았다. 왔다 갔다 하는 것이 너무 불편하여 이 집사가 아예 언니 집으로 거처를 옮기기로 했다는 것이다. 이 집사는 앞으로 오랫동안 등나무 찻집에는 못 올 것 같다고 하면서 그제 서야 찻잔을 들었다.

"참, 두 분께서도 찻집을 옮겨야 하니 마음이 어수선하겠네요."

"그런 것 같아요."

혜희가 낮은 목소리로 대답을 했다.

"너무 걱정은 하지 마세요. 두 분께서 성실하시니 이곳보다 더 좋은 장소가 생길 거예요. 아무튼 다음 만날 때 까지 서사장님도 오집사님도 건강하셔야 해요."

이집사는 곧 창원으로 출발을 해야 한다면서 일어났다. 혜희는 찻집 밖까지 이집사를 따라갔다.

"혼자 사는 사람들 특히 나이 먹은 사람들이 제일 무서운 건 아플 때인 것 같아요. 언니를 보니까 그래요."

"언니 병간호 잘 하시고 우리 또 만나요. 이 집사님."

걸어가는 이집사의 뒷모습이 매우 허허로워 보였다. 혜희는 다시는 만날 수 없는 사람을 보내는 것처럼 가슴이 시려왔다.

"혜희야 우리도 우헌씨처럼 기도하자. 잠자리에 들기 전에 이사 문제를 기도 제목으로 정하고."

찻집 안으로 들어오자 신애가 결심을 한 듯 매우 강한 톤으로 말했다. 혜희가 듣고 하라는 말인 것 같다. 신애는 이미 기도를 하고 있었을 것이다. 아직은 기도 생활에 익숙하지 못한 혜희다. 깊은 기도의 경험이 없는 혜희지만 안 하는 것보다는 하는 것이 좋을 것이라는 생각이 들었다. 그것은 희망교회서 작정기도를 마치고 돌아온 우헌의 얼굴에서도 느낄 수 있었다. 우헌은 맑고 평강이 가득 찬 얼굴이었다.

"그래 신애 네 말대로 할게."

혜희는 순순히 동의를 했다.

첫 손님들이 찻집 안으로 들어 왔다. 알바 아가씨도 출근을 했다.

혜희는 잠시 정원으로 나왔다. 계절은 가을의 초입에 들어섰지만, 정원에는 아직도 여름의 끝자락이 아쉬운 듯 맴을 돌고 있었다.

　세훈을 만나지 못했는지 우헌으로 부터는 아무런 소식이 없다. 우헌은 서울로 떠나는 날, 세훈을 만나서 대화를 나눈 다음 연락을 주겠다고 했다. 우헌이 다행이 세훈을 만난다해도 소통이 잘 되려는지 걱정스러웠다. 그렇잖아도 혜희의 재혼에 대해서 마음 문이 닫혀있는 세훈이다. 우헌 앞에서 어떤 태도를 취할지 알 수가 없었다. 혜희는 세훈을 만나보고 오겠다는 우헌을 말리지 못한 것이 새삼 후회가 되었다.

　란주는 한샘 교회의 주차장에 차를 세웠다. 서혜희를 만나기 위하여 일부러 한샘 교회로 온 것이었다. 교회의 예배에 참석을 해주면서 보다 친밀도를 높이고 싶었다. 서혜희와 인간적으로 친해지면 책을 출판할 때도 도움이 될 것 같았다. 란주는 올해가 끝나기 전에 서혜희의 책 출간을 추진하고 싶었다. 이왕 마음먹은 이 일을 더 이상 질질 끌고 싶지 않았다. 서혜희의 책이 출판된 후에는 원룸 생활을 정리하고 집으로 들어갈 작정이었다. 무엇 때문인지는 알 수 없으나 엄마의 몸이 자꾸만 쇠약해져 가고 있음을 느낄 수 있었다. 주말에 란주가 들릴 적마다 언니가 항상 친정에 와 있었다.

　지난 주말에 갔을 때는 언니가 정색을 한 얼굴로 강경하게 말을 했다. 이제 원룸 생활을 정리하고 집으로 들어오는 것이 어떻겠느냐고. 그만큼 자유롭게 살았으면 충분하지 않느냐. 엄마도 건강 상태가 예전 같지 않으니 네가 옆에 있으면 위로가 되지 않겠느냐면서. 전과는 달리 아무런 말이 없는 힘이 빠진 엄마를 보니 란주도 마음이 흔들리기 시작했다. 하지만 집으로 들어가기 전에 서혜희의 책을 출간하는 일 만큼은 꼭 해결하고 싶었다. 이제 뜬구름 같은 대박을 내겠다는 생각은 사라졌다. 다만 서혜희와 신경전을 벌였던 지난날의 마음고생을 생각하니 도저히 포기가 되지 않았다.

며칠 전에는 현 사장에게 말을 했다. 금년 안에 서혜희의 책 출간을 추진해 보는 것이 어떻겠느냐고. 현 사장은 한참동안을 망설이다가 승낙을 했다. 이 일은 처음부터 미스 채가 시작을 했으니까 마무리도 미스 채가 알아서 하라는 말을 했다.

란주는 서혜희의 마음을 빨리 움직이게 하는 첫걸음으로 서혜희가 다니고 있는 교회를 생각했다. 교회의 위치는 현 사장이 정확하게 알려 주었다.

교회당 출입문 앞마당에는 한복을 정갈하게 차려 입은 두 여자가 서 있었다. 두 여자는 성전으로 들어가는 사람들에게 주보를 나누어 주면서 안내를 하고 있었다. 한샘 교회로 온 사람들은 한결같이 주보를 받아들고 성전 안으로 들어갔다. 사람들이 뜸한 틈을 타서 란주는 여자들에게 다가갔다. 두 여자 중 키가 큰 여자가 주보를 내밀면서 미소를 보였다.

"처음 오신 분 같은데요."

란주는 서혜희씨를 만나러 왔다고 조심스럽게 말했다.

"오신애 집사님과 같이 등나무 찻집을 하시는 서혜희 성도님을 말씀하시는 건가요?"

"네, 그렇습니다."

키가 큰 여자는 잠깐만 기다리고 계시라면서 급히 성전 안으로 들어갔다.

잠시 후에 서혜희가 키가 큰 여자를 따라 나왔다. 서혜희는 단아한 정장 차림이었다. 란주를 본 서혜희는 많이 놀라워했다.

"란주씨가 여길 어떻게?"

서혜희는 여전히 놀란 얼굴이다.

"갑자기 뵙고 싶어서 찾아 왔어요."

란주는 현 사장님이 이 곳 교회를 가르쳐 주었다고 밝은 목소리로 설명을 했다. 서혜희의 표정이 온화해지면서 안으로 들어가자고 했다. 란주는 서혜희를 따라 성전 안으로 들어갔다.

성전 안에는 성도들이 경건한 자세로 의자에 앉아 예배를 준비하고 있었다. 란주는 비어있는 뒷자리에 서혜희와 나란히 앉았다.

잠시 후 일요일 오전의 대예배가 시작 되었다.

란주는 난생 처음으로 참석하는 교회의 예배지만, 예배의 의식이나 목사의 설교에서 별다른 거부감이 들지 않았다. 온몸을 불사르는 것 같은 열정으로 토해내는 목사의 설교와 경건한 자세로 경청을 하는 성도들의 자세가 오히려 잔잔한 감동으로 다가왔다. 성전 안, 성도들이 앉아있는 자리에는 따뜻한 사랑의 공기가 흐르는 것 같았다.

예배가 끝난 다음, 란주는 서혜희와 함께 교회 식당으로 가서 점심 식사를 했다. 성도들은 화기애애 즐거운 표정으로 대화를 나누면서 식사를 하고 있었다. 란주를 발견한 오신애가 반가운 얼굴로 다가왔다. 란주가 먼저 인사를 했다. 교회서 만나니 너무 반갑다. 점심 맛있게 드시라는 말을 건넨 후 그녀는 주방 안으로 들어갔다. 오신애 집사가 우리와 같이 밥을 못 먹는 것은 오늘 식사 당번이기 때문이라고 서혜희가 설명을 했다.

란주가 오후 예배에도 참석을 하고 교회당 문밖으로 나왔을 때 서혜희가 뜻밖의 제안을 했다. 우리 집으로 가서 차 한 잔 하겠느냐고. 휴식을 취해야 할 일요일에 크리스천도 아니면서 일부러 날 찾아와서 예배에 참석을 한 것은 나한테 하고 싶은 말이 있어서 온 것 아닌가요. 라면서. 전과는 너무나 다른 서혜희의 태도 변화에 란주는 다시 한 번 놀랐다. 예배에 참석을 하고 함께 식사를 한 것이 이렇게 빨리 서혜희의 마음을 변화시킬 줄이야. 역시 오늘 서혜희를 만나기 위하여 한샘 교회로 온 것은 백번 잘한 일 같았다.

유쾌한 기분으로 한샘 교회 주차장에서 차를 빼낸 란주는 서

혜희를 태우고 등나무 찻집 앞까지 갔다. 불이 켜져 있는 평일과는 달리, 불이 꺼지고 문이 닫혀 있는 등나무 찻집의 겉모습은 좀 을씨년스러웠다. 찻집은 역시 불이 밝혀져 있어야 생기가 넘치는구나 싶었다. 서혜희가 비밀 번호를 누르고 대문을 열었다. 란주는 서혜희를 뒤따라 이층으로 올라갔다. 거실에 들어섰을 때 란주는 지난 번 처음 왔을 적과는 사뭇 다른 분위기를 느꼈다. 서혜희가 자신이 고우슬이라는 사실을 고백한 그날은 차고 무거웠다. 그런데 오늘은 따스하고 편안한 마음이 들었다. 거실 유리문에 고즈넉하게 고여 있는 늦은 오후의 햇살처럼.

란주가 소파에 앉자, 서혜희는 잠깐 실례하겠다면서 안방으로 들어가 편한 옷으로 갈아입고 나왔다. 곧 그녀는 주방으로 들어가서 국화차 두 잔을 만들어 들고 왔다.

"오늘 예배 힘드셨죠?"

탁자 위에 찻잔을 내려놓으면서 서혜희가 물었다.

"아뇨. 전혀 힘들지 않았어요. 경건하면서도 따스한 분위기가 참 마음에 들었어요."

"정말 다행이에요. 난 란주씨가 지루해 할까봐 걱정이 되었는데…."

"전혀 지루하지 않았어요. 다음 일요일에도 예배에 참석하고 싶어요. 제가 있어서 불편하지 않으시다 면요."

란주는 서혜희와 인간적인 친밀함을 좀 더 확실하게 다져야겠다는 계산을 했다.

"불편하긴요. 예배 참석이라면 언제든지 환영해요. 란주씨 차부터 드세요. 향이 괜찮아요."

란주는 찻잔을 들었다. 차의 향이 상큼했다.

"가을이 시작되면 난 항상 국화차를 마셔요. 머리가 맑아지는 것 같기도 해서요."

란주는 차를 다 마신 후에도 선뜻 책 이야기를 끄집어내지 못하고 머뭇거렸다.

"책 이야기를 하러 오신 것 같은데요. 란주씨."

란주가 얼른 말을 하지 않자 서혜희가 먼저 입을 열었다. 란주는 목소리를 가다듬었다.

"네, 그렇습니다. 연락 주실 때까지 기다리려고 했는데 제가 마음이 좀 급해졌습니다."

"마음이 급해지다니요?"

서혜희 여사님의 책이 출판되는 작업만 끝나면 원룸 생활을 청산하고 집으로 들어가려고 한다. 엄마의 건강 상태가 좋지 못해서 곁에 있어 주어야 할 것 같다. 집에 있으면서 결혼을 할 준비도 하려고 한다. 고우슬의 실체를 너무 힘들게 만난 만큼 절대로 포기하고 싶지 않다. 이왕 책을 내실 것 같으면 지금부터 준비를 했으면 좋겠다. 그리고 이 일은 채란주라는 여자가 자신의 생애를 돌이켜 보게 되는 먼 훗날, 가장 잊지 못할 추억이 될 것이다. 부탁을 하는 란주의 음성은 절실했다.

들고 있던 찻잔을 탁자 위에 내려놓은 서혜희가 눈을 감았다. 무슨 생각을 하려는 것일까. 아니 어떤 결단을 할지, 만약 서혜희의 입에서 거절의 말이 나온다면 어떡하지! 란주는 긴장이 되면서 입술이 마르기 시작했다. 제법 긴 침묵이 흐른 뒤에야 서혜희가 입을 열었다.

"사람들은 대체로 자신의 입장에서 생각하고 말을 하게 되지요. 나 역시 마찬가지예요. 란주씨 좀 더 생각을 해 볼게요. 나도 요즘 여러 가지 복잡한 일들이 있어서 그래요."

서혜희의 목소리는 아주 신중했다. 물론 란주로서도 오늘 꼭 서혜희의 승낙을 받으리라고는 생각하지 않았다. 그러나 하루라도 빨리 승낙을 받아내려면 설득에 최선을 다해야 했다.

결국 란주는 서혜희의 승낙을 받지 못한 채 일어설 수밖에 없었다. 조금만 더 생각을 해보겠다는데 더 이상 할 말이 없었다.

"국화차 잘 마셨습니다. 향이 참 좋아요."

란주는 이제 그만 가 봐야겠다면서 일어나서 일층으로 내려왔다. 서혜희도 조용히 란주를 뒤따라왔다.

대문 옆 백목련 나무 가지사이로 노을빛 한줄기가 발갛게 숨어있다. 란주는 지난 날 땅에 떨어져 있던 백목련 꽃송이들을 깨끗이 쓸고 있던 서혜희의 모습이 생각났다.

차를 몰고 원룸으로 돌아가면서 란주는 강한 희열을 느꼈다.

서혜희가 그녀를 집에까지 데리고 가서 차 대접을 한 것은 그만큼 서혜희의 마음이 열렸기 때문이리라.

원룸 건물 앞에 도착했을 때, 란주는 서혜희의 책만 출간되고 나면 이제는 정말 좀 쉬어야겠다는 마음이 명확해 졌다.

서혜희의 책 때문에 너무 진을 뺀 탓인지도 알 수 없었다. 그리고 집으로 들어가면 서혜희에게 말했던 것처럼 결혼 문제도 한 번 진지하게 생각해 보리라. 엄마 속상하지 않게.

란주의 차가 사라지자 혜희는 집으로 들어가지 않고 느린 걸음으로 동네를 한바퀴 돌기 시작했다. 머지않아 이 동네가 없어진다고 생각을 하니, 집집마다 쓸쓸함이 가득 차 있는 것 같았다. 참으로 예쁘고 따뜻한 동네의 모습들인데. 막상 떠난다고 생각하니 슬픔이 치밀어 올랐다.

혜희는 어두워서야 집으로 돌아왔다. 거실로 들어서자 진한 외로움이 온 전신을 감쌌다. 늦은 밤, 찻집 일을 끝내고 이층으로 올라와 불을 밝혔을 때와는 사뭇 달랐다. 조금 전 채란주가 앉아 있던 자리에는 그녀의 상큼한 젊은 체취가 남아있는 것 같다. 혜희는 우헌이 그리웠다. 이 도시를 떠난 지 벌써 삼일이 지났다. 헌데 어찌된 셈인지 서울에 무사히 도착했다는 문자를 보낸 이후에는 아무런 소식이 없다. 세훈을 만나지 못했기 때문일까. 궁금증이 확 몰려왔다. 혜희는 잠시 망설이다가 전화를 했다. 우헌은 매우 밝은 목소리로 전화를 받았다.

"우헌씨 지금 어디세요?"

"동생네 집이에요. 헌데 혜희씨 목소리가 왜 그래요? 어디 아파요? 아니면 무슨 일이라도 생겼나요?"

혜희는 목소리를 가다듬었다.

"몸이 아픈 것도 아니고 무슨 일이 생긴 것도 아니에요. 그냥 연락이 없으니까 궁금해서요."

"그럼 안심이에요. 내가 먼저 전화를 하지 않아서 미안해요. 사실은 내일 세훈이와 만나기로 약속이 되어 있어요. 세훈일 만난 다음 혜희씨에게 좋은 소식을 전하려고 일부러 전화 안 했는데 정말 미안해요."

우헌은 전화 못한 것을 무슨 큰 죄라도 지은 것처럼 미안하다는 말을 연속으로 했다. 혜희는 그리워서 불쑥 전화를 했다는 말은 끝내하지 못하고 전화를 끊었다.

만남의 빛

　카페 미라보에서 세훈을 기다리는 우헌은 가슴이 설레었다. 아침 일찍부터 서두르다보니까 약속 시간 삼십분 전에 도착이 되었다. 오전 시간이라 그런지 카페 안은 한산하다. 우헌이 서울에 온 이튿날에는 전화 연결이 되지 않았다. 어제 늦은 오후에야 세훈이 휴대폰을 받았다. 우헌은 자신의 신분을 밝힌 다음, 한 번 만났으면 좋겠다는 말을 하자, 세훈은 선뜻 그러자고 했다. 우헌과의 만남을 기피할 줄 알았는데 의외였다. 내일 오전에 시간이 있습니다. 세훈은 시원하게 대답을 했다. 만날 장소와 시간은 세훈이가 정했다. 약속 시간이 가까워오자 우헌의 가슴은 더 설레었다. 객지에서 학교를 다니고 있는 아들을 만나려고 기다리고 있는 이 세상의 아버지들은 다들 이렇게 가슴이 설레이는 것일까. 아니면 기쁨으로 가슴이 벅차 있을까. 자식이 없는 우헌으로서는 아버지의 진짜 감정을 정확하게 알 수가 없었다. 혜희는 세훈이 어떤 태도를 취할지 불안하다고 어제 통화를 할 때 걱정을 했다. 세훈의 군 입대 문제도 내년으로 미루었다고 했다. 그런데 세훈과 이렇게 쉽게 만남의 약속이 될 줄은 생각지도 못했다. 우헌은 자꾸만 입구 문 쪽으로 눈이 갔다.

열한시 십분 전, 입구 문이 열리면서 보통 키의 한 청년이 카페 안으로 성큼 들어섰다. 곧 청년은 전혀 망설이지 않고 우헌 앞으로 걸어왔다. 약속한 표적의 휴대폰을 테이블의 오른쪽에 두지 않았어도, 세훈은 금방 우헌을 찾을 수 있을 것이다. 카페 안은 한산하고 오십이 넘은 남자라고는 우헌 한 사람 밖에 없으니까. 다가온 청년을 향하여 우헌은 활짝 웃었다.

"하세훈이라고 합니다."

세훈은 정중하게 인사를 했다.

"만나서 반갑네. 앉으시게."

세훈은 조심스럽게 우헌의 맞은편에 앉았다. 우헌은 해라하는 것을 이해해 달라고 했다. 괜찮습니다. 라고 세훈은 공손한 표정을 했다. 강한 눈매와 약간은 고집스러워 보이는 얼굴이 혜희와는 전혀 닮지 않았다. 아버지를 닮았나보다. 세훈이는 아버지를 쏙 빼 닮았다고 혜희가 말한 적이 있었다. 심지어 식성까지도.

"와 주어서 고맙네."

"저도 한 번쯤 뵙고 싶었습니다."

차 주문부터 한 우헌은 세훈의 눈치를 보지 않고 단도직입적으로 말을 했다. 어차피 우리가 이렇게 만났으니까 속내를 털어놓고 허심탄회하게 이야기를 하는 것이 어떻겠느냐고. 세훈은 스스럼없이 찬성을 했다. 자신도 그런 생각을 하면서 왔다는 것이다. 우헌은 지금 내게 가장 물어보고 싶은 것이 무엇이냐고 물었다. 세훈인 새아버지가 필요 없다는 말을 한 것으로 들었다. 세훈의 강렬한 눈빛이 잠시 허공에 머물렀다. 조금 전 가슴의 설레임과는 달리 우헌은 긴장이 되었다. 어떤 질문을 할지 정신을 바짝 차려야겠구나.

"말씀 드리겠습니다. 제 어머니를 얼마만큼 사랑하시는지요?"

마음속에서 오랜 시간 벼르고 있었던 말을 하는 것 같았다. 허나 우헌은 세훈이 이런 당돌한 질문을 하리라고는 예상하지 못했다.

"대답하지. 많이, 그것도 아주 많이 사랑하네."

우헌은 자신 있는 목소리로 대답을 했다. 세훈의 눈동자가 흔들리는 것 같았다.

"그러시군요. 그렇다면 두 분께서 새로운 출발을 하신다면 죽은 사람은 완전히 잊혀지는 건가요."

세훈의 표정이 진지해졌다. 그렇구나. 세훈은 떠난 아버지가 어머니의 기억 속에서 완전히 잊혀질까 봐 그것이 두렵구나. 우헌은 세훈의 그런 마음이 충분히 이해가 갔다.

"그건 나도 알 수가 없네. 살아있는 사람들은 죽은 사람이 아닌 살아있는 사람들과 만나면서 살아가고 있으니까. 또한 생존해 있는 사람들은 현실의 삶에 적응해야 하니까. 그리고 살아있는 사람이 굳이 죽은 사람에게 얽매일 필요는 없다고 나는 생각하네. 물론 사람에 따라서 견해의 차이는 있을 수 있겠지만."

 우헌은 내친 김에 하고 싶은 말을 다 해야겠다는 생각이 들었다. 세훈은 말이 없었다. 우헌이 계속했다.

 나도 한 때는 죽은 아내의 영혼을 찾아 곳곳을 헤매고 다닌 적이 있었다. 그러나 그 어디에서도 아내의 영혼은 만날 수 없었다. 그 대신 나와 똑같은 아픔을 겪은 서혜희라는 여자를 만났다. 우리는 서로의 아픔을 이해하면서 시간의 층을 쌓아가는 동안 서로 사랑하게 되었다. 사랑하니까 결혼을 하겠다는 것이다. 지금 우리는 외롭고 시간이 지나면 더 외로워 질 것이다. 오십 살이 넘은 사람들의 인생관은 젊은 청춘들과는 다른 점이 많을 것이다. 나도 자네와 똑같은 청춘 시절을 겪었기 때문에 확실하게 말할 수 있다. 청년 때 소중했던 것이 지금은 아니라는 생각이 들 때가 많다. 나이가 들어갈수록 누구나 안정된 삶을 원한다. 나이 든 사람들에게는 같은 식탁에서 함께 밥을 먹으면서 살아갈 반려자가 필요하다. 서로 사랑하면서 기댈 언덕이 있어야 한다. 그래야만 일흔이 넘었을 적에 훨씬 덜 외로울 것이다. 지금의 나는 일흔이 넘은 노인 분들이 뭘 생각하면서 살아가고 있는지 아직은 잘 모른다. 하지만 나도 늙어가고 있으니까 조금은 상상이 된다. 아마 사랑을 넘어선 사랑 위의 마음으로 살아갈 것이다. 나도 서혜희와 그렇게 살아가고 싶다. 우헌은 또박또박 진심을 다하여 말을 쏟아냈다. 세훈은 침착한 자세로 우헌의 긴 설명을 열심히 듣고 있었다. 어떤 태도를 취할지 걱정스럽다는 혜희의 우려와는 달리 세훈은 공손하고 예의가 바르다고 해야 할 것이다. 서혜희의 아들이기 때문일까. 문득 우헌은 세훈이 친아들 같은 느낌이 들었다.

"한 가지만 더 여쭙겠습니다."

긴 침묵 끝에 세훈이 입을 열었다.

"말해 보게. 무엇이든."

"제 어머니와 결혼 하신 후에 어머니를 홀로 되지 않게 하실 자신이 있으신지요?"

우헌은 가슴이 써늘했다.

"참으로 어려운 질문을 하는군. 십분 뒤에 일어날 일도 모르는 것이 우리 인생이거늘. 하지만 내가 살아 있는 동안에는 일흔이든 여든이든 서혜희씨를 사랑하고 보호해 주겠다는 마음의 약속은 할 수 있네."

세훈의 눈동자가 다시 한 번 크게 흔들렸다. 두 사람은 비로소 각자의 앞에 놓인 차를 마시기 시작했다. 잠시 후 차를 다 마신 세훈이 찻잔을 내려놓은 뒤 말을 했다.

"제가 먼저 일어서야 할 것 같습니다."

"급한 일이라도? 난 같이 점심을 먹었으면 하는데."

우헌은 세훈을 좀 더 붙들고 싶었다. 오늘은 강의가 오후 시간에만 몰려 있어서 오전 시간에 뵙자고 했습니다. 점심은 학교 식당에 가서 해결 하겠다면서 세훈은 일어섰다. 그러고 보니 그들이 만난 카페 미라보는 세훈이가 다니고 있는 대학의 근처 같았다. 우헌도 세훈을 뒤따라 카페 밖으로 나왔다.

정오가 가까운 길바닥 위에는 서늘한 햇살이 길게 내려앉아 숨을 쉬고 있었다. 세훈은 잘 가시라면서 공손하게 인사를 한 후, 학교가 있는 방향으로 재빨리 걸어갔다.

동생 집으로 돌아온 우헌은 세훈을 만나기 전보다는 훨씬 가벼워진 마음으로 혜희에게 문자를 넣었다. 세훈이와는 생각보다 훨씬 대화가 잘 된 것 같다. 예의가 바르고 침착한 청년이다. 그리고 세훈이는 건강한 모습이었으니 너무 걱정하지마라. 상세한 얘기는 부산에 가서 하겠다. 내일 오전에 출발을 할 예정이다. 라는.

계절이 겨울의 문턱에 들어서자 우헌의 집도 혜희의 집도 한꺼번에 해결이 됐다. 서촌리 우헌의 집은 예쁘고 견고하게 완공이 되었고, 준공검사도 마쳤다. 정원의 조경도 여러 종류의 수목들이 조경사들의 손에 의해, 가장 적당한 위치에 심어지면서 아름답게 조화를 이루었다. 우헌은 대문 옆에 백목련 나무를 심는 것에 각별히 신경을 썼다. 백목련을 좋아하는 혜희에 대한 마음이기도 했다. 감나무나 대추나무 같은 유실수도 몇 그루 심었다. 가안면에 있는 집들 대부분은 마당 한 편에 감나무 한그루 정도는 튼실하게 서 있었다. 집 뒤편에는 백 평 정도의 텃밭을 만들었다. 우헌이 가꾸어야 할 텃밭이었다.

준공 검사가 끝난 며칠이 지나서야 비로소 우헌은 혜희에게 집 구경을 시켰다. 일요일 혜희와 함께 희망교회에서 예배를 드린 다음 서촌리 집으로 갔다. 우헌의 안내로 집 구석구석을 둘러본 혜희는 이런 튼튼하고 예쁜 집을 짓느라고 정말 수고 많이 하셨다면서 감동스러운 눈빛을 했다. 내 주문이 너무 까다로웠는지 목수 팀들이 일주일이나 파업을 한 적이 있었다면서 우헌은 잔잔하게 웃었다.

혜희가 부동산을 통하여 매입한 이층 주택은 등나무 찻집과 그렇게 멀리 떨어진 거리는 아니었다. 버스 정거장 여섯 구역 정도의 거리였다. 넓은 골목을 중심으로 한 쪽은 대단지 고층 아파트가 들어서 있고 반대편에는 상가가 딸린 주택들이 많은 동네였다. 대단지 아파트의 정문을 끼고 있는 골목에는, 특유의 상권이 이미 형성되어 있었다. 보세 옷가게, 미용실, 찻집, 식당, 세탁소, 작은 슈퍼마켓, 생활도자기 판매점 등, 이 모든 가게들이 평화롭게 공존하고 있었다. 그리고 동네의 생김새로 보아 재개발

가능성도 없을 것 같았다.

 혜희가 매입을 한 이층 집 일층에는 이미 찻집을 하고 있었다. 찻집을 하는 여자사장은 주택의 주인이기도 했다. 갑자기 서울로 가서 살아야할 사정이 생겨서 급매물로 내 놓은 집이었다. 찻집 옆에는 이층집으로 올라가는 쪽 대문도 있고, 작은 정원도 앙증스럽게 딸려있었다. 이층은 두 세대가 살게끔 되어 있었다. 부동산의 중개로 주택의 가격은 적당한 선에서 결정이 되었다. 혜희는 비싼 임대료를 내지 않고도 찻집을 할 수 있다는 점이 참으로 마음에 들었다. 찻집 내부는 조금만 손을 보면 될 것 같았다.

 우헌과 결혼식을 올리고 나면 아무래도 혜희는 서촌리 주택에 머무는 날이 많을 것이다. 혜희는 신애와 상의를 했다. 신애가 살고 있는 아파트는 전세를 주기로 하고, 신애 가족들이 이층으로 이사를 오는 것으로 했다. 큰 곳은 신애 가족들이 거주하기로 하고, 작은 쪽은 혜희와 세훈이가 들릴 적마다 사용하기로 했다. 신애의 아이들도 이사하는 것에 대해서 반대를 하지 않았다.

 신애와 집 문제를 해결한 다음날 혜희는 등나무 찻집에서 우헌을 만났다. 혜희는 결혼을 한 이후에도 찻집 일에 관여를 하고 싶다. 세훈에게 드는 비용만큼은 그녀 스스로 부담하겠다는 뜻을 조심스럽게 밝혔다. 혜희씨의 아들은 내 아들이기도 하다. 나는 내 아들의 등록금을 내주고 용돈도 주는 즐거움을 느끼고 싶다. 내가 이 나이에 다시 결혼을 하려는 것은 아내와 함께 한 식탁에서 밥을 먹고 함께 지내려는 것이다. 아무도 없는 캄캄한 어둠속에서 지금처럼 나 혼자서 외롭게 불을 밝히고 싶지는 않다. 혜희씨가 서촌리 집을 비우는 날이 생기는 것은 원하지 않는다. 더우기 혜희씨가 먼 거리를 왔다 갔다 하면서 찻집 일에 관여하는 것은 절대로 용납할 수 없다고 우헌은 아주 단단하게 못을 박았다. 혜희는 아무런 말도 할 수가 없었다. 우헌의 입장에서 보면 지극히 타당한 말이었다. 이의를 제기할 수가 없었다. 결국 찻집은 신애의 아이들이 대학을 졸업할 때까지 신애 혼자서 꾸려가기로 결론을 냈다.

 혜희의 집 문제가 정리되자 우헌과 혜희의 결혼식 날짜도 잡혔다. 결혼식 날짜는 주례를 할 요한이 정했다.

 그 사이 겨울이 깊어졌다.

 혜희는 신애와 함께 쇼핑을 하기 위하여 집을 나섰다. 우헌과의 결혼식 날짜는 딱 열흘 남아 있었다. 신애는 오늘부터 혜희의 결혼식이 끝나는 날까지 등나무 찻집 문을 닫기로 했다. 결혼 후, 서촌리 집에서의 생활을 위해 이것저것 준비하고 챙겨야 할 것이 많은 혜희를 돕기 위해서였다.

 혜희가 새로 산 집은 손을 좀 본 다음 봄에 신애의 가족들이 옮길 예정이었다.

 두 여자가 장미의 골목길을 걸어 나가는데 한겨울답게 바람이 매우 차가웠다. 그녀들은 외투의 깃을 세우고 머플러를 야무지게 둘렀다. 큰길로 나오자 기다렸다는 듯이 택시가 그녀들 앞에 멈추어 섰다.

그녀들은 국제시장 근처에서 내렸다. 조금 걸은 다음 그녀들은 눈에 띄는 한복 가게로 들어갔다. 넓은 가게 안에는 여러 종류의 한복들이 치수별로 질서정연하게 구비되어 있었다. 한복을 맵씨 있게 입은 사십대 초반으로 보이는 여자가 다가와서 친절하게 안내를 했다. 혜희는 여자가 권하는 어울릴만한 몇 벌의 한복을 입어본 후 제일 마음에 드는 옷으로 골랐다.

결혼식 날짜가 정해지자 혜희는 결혼식 날 입을 복장 때문에 우헌과 상의를 했다. 상의 결과 우헌은 양복을 혜희는 한복을 입기로 결정을 했다. 그리고 결혼식은 최대한 간소하게 하기로 마음을 모았다.

"한복 옷거리가 참 좋으세요."

여자가 종이 상자에 한복을 개켜 넣으면서 칭찬처럼 말을 했다. 신애가 지갑에서 신용카드를 재빨리 끄집어냈다.

"혜희야 너 한복 값 계산은 내가 할게. 결혼 축하로 꼭 내가 사주고 싶었어. 제일 좋은 것으로."

혜희는 옷값을 계산 하겠다는 신애를 말리지 않았다. 말린다고 그만둘 신애가 아니다. 한복이 들어있는 상자를 들고 가게를 나오는데 혜희는 콧날이 시큰해왔다.

그녀들은 국제시장을 한 바퀴 돌아본 후 저녁까지 해결한 다음 집으로 돌아왔다.

이층 거실에 들어서면서 신애는 그릇이나 이불 가전제품도 며칠 안에 다 준비를 하자고 했다. 이 집에서 현재 혜희가 사용하고 있는 물품들은 새로 이사갈 집으로 옮기기로 했다. 혜희가 한 번씩 들리거나 세훈이가 부산으로 오면 사용을 해야 하기 때문이었다.

혜희는 사람이 생활을 하는데 필요한 것들이, 참으로 많다는 생각이 새삼 들었다. 한 사람이 살든 두세 사람이 모여 살든 있을 것은 다 있어야 최소한 불편하지 않았다.

그녀들이 거실 소파에 등을 기대고 외출의 피로를 풀고 있을 때였다. 혜희의 휴대폰이 문자 소리를 알렸다. 세훈이였다.

어머니 결혼하시면 꼭 행복하셔야 해요. 일주일 후에 어머니 뵈러 갈게요.

혜희의 가슴이 찡해 왔다. 세훈은 우헌을 만난 그 다음날에도 이런 문자를 보내왔다.

어머니가 선택하신 그 분, 참 좋으신 분 같았습니다.

며칠 전, 혜희가 결혼식 날짜가 정해졌다고 알렸을 때는 알겠습니다. 저도 마음의 준비를 할게요. 라고 했다. 그러니까 우헌과의 만남이 세훈에게 심경의 변화를 일으키게 한 것 같았다. 하지만 두 모자는 아직 서로 전화로는 대화를 나누지 못했다. 전과는 달리 세훈이 아무리 마음 문을 열었다고 해도 혜희는 어쩐지 조심스러웠다.

"세훈이가 뭐라고 하니?"

"일주일 후에 집에 오겠다고."

"정말 잘 되었구나."

"근데 신애야, 막상 결혼식 날짜가 잡히니까 세훈이한테 자꾸만 미안한 마음이 들어. 나 좋자고 자식 마음 아프게 하나 싶어서."

혜희의 음성이 무척이나 가라앉아 있었다.

"혜희야, 쓸데없는 생각하지 마. 넌 아버지를 잃은 세훈에게 좋은 아버지를 선물하는 거야. 두고 봐. 시간이 갈수록 우헌씨와 세훈이는 찰떡궁합이 되어 잘 지낼 테니까. 어쩜 너하고 보다 더."

"정말 그럴 수 있을까?"

"충분히 그럴 수 있어. 세훈이가 이미 마음 문을 열었으니까."

신애는 아주 자신 있게 말을 했다.

"아직 완전히 연 것은 아닌 것 같아."

"너무 조급해 하지 마. 이 정도면 완전히 연 것이나 마찬가지니까. 지난날의 세훈이 태도를 생각하면 알 수 있잖아."

신애가 다시 한 번 힘주어 말을 했다.

"세훈이는 그렇다 치고, 난 신애 너와 헤어져 살 생각을 하니 슬퍼진다."

푸념처럼 들리는 혜희의 말에 신애는 기가 막히는 모양이었다.

"곧 혼례를 올릴 신부님께서 왜 이러실까. 우리 아이들은 너 재혼한다니까 참 잘 됐다면서 좋아하던데."

"그거야 남의 엄마니까 그럴 수 있겠지. 하지만 신애 너가 재혼을 한다면 남매가 과연 좋다고 할까?"

"모르지 그건, 아무튼 혜희야, 넌 서촌리 집에서 우헌씨와 행복해야 돼. 나보고 싶으면 길이 수천리가 되는 것도 ,이곳으로 오면 될 것이고."

혜희를 달래듯 말을 쏟아낸 신애는 내일 다시 오겠다면서 소파에서 일어났다.

집으로 걸어가면서 신애도 혜희 못지않게 슬픔이 차올랐다. 혜희한테는 조금도 내색을 하지 않았지만 혜희와 곧 헤어져서 살아야 한다고 생각하니 두 어깨가 내려앉을 것 같았다. 우헌과의 재혼을 진심으로 권유한 것은 그녀 자신이었다. 그런데 어째서 이렇게 마음이 허탈해 지는지 알 수가 없었다. 신애로서는 전혀 생각하지 못한 슬픔의 감정이었다. 남편을 떠나보내고 역시 남편을 떠나보낸 혜희와 같이 등나무 찻집을 운영하면서 서로 의지가 되었다. 사년이 넘도록 함께 찻집을 운영하면서 단 한 번도 다툰 일도 마음이 상한 일도 없었다. 그리고 먼 훗날 자식들 뒷바라지가 끝이 나면, 찻집을 하지 않아도 될 것이다. 그 때는 당연히 서로 가까운 곳에 살면서, 신앙생활과 더불어 이곳저곳 여행도 다니면서 함께 늙어가려고 했다. 하지만 이제 그 소박한 꿈은 부숴지고 말았다. 한 가지 남은 기대는 혜희가 우헌과 서촌리 집에서 오래도록 무탈하게 잘 살아주는 것이었다.

신애가 한없이 젖어오는 가슴을 손바닥으로 누르면서 아파트 단지 안으로 들어섰을 때였다. 갑자기 신약성경 야고보서의 한 구절이 머릿속으로 비집고 들어왔다.

'내일 일을 너희가 알지 못하는 도다. 너희 생명이 무엇이뇨. 너희는 잠간 보이다가 없어지는 안개니라'

세미한 누군가의 음성이 들리는 듯도 했다.

그래. 혜희야. 오 분 후에 일어날 일도 알지 못하는 안개 같은 우리 인생이지만, 너와 나, 각자의 위치에서 흔들리지 말고 최선을 다해서 살아가도록 하자.

고층 아파트의 층층마다 밝혀진 불을 보면서 신애는 발걸음을 빨리 했다.

우헌과 혜희의 결혼식 하루 전에 고우슬의 소설『사랑의 순례자들』이 상, 하 권으로 출판이 되었다. 책을 보는 순간 란주는 가슴이 벅차올랐다. 얼마나 마음고생을 하게한 책인가. 뜨거운 눈물 몇 방울이 란주의 손등 위로 뚝뚝 떨어졌다.

가안면으로 가는 고속도로 휴게소에서 수웅은 차를 세웠다.

란주와 함께 차 밖으로 나와 휴게소 한 켠에 자리 잡고 있는 조그마한 커피 집으로 들어갔다. 구수한 커피향이 홀 안을 채우고 있다. 아메리카노 두 잔을 주문했다. 삼십대 로 보이는 젊은 여자가 아메리카노 두 잔을 내린다. 이곳은 당연히 셀프 서비스다. 란주가 아메리카노 두 잔을 들고 먼저 자리에 앉아 있는 수웅에게로 와서 커피 잔을 내려놓았다. 유리문 밖으로 보이는 하늘이 진회색으로 짙게 흐려있다.

"미스 채 고우슬의 소설책 대박 나겠니?"

수웅은 란주가 자리에 앉자마자 물었다.

"그걸 제가 어떻게 알아요."

커피를 한 모금 정도 마신 후 란주는 시큰둥하게 대답을 했다.

"미스 채가 왜 몰라. 감이 온다고, 대박 날 거라고 큰 소리는 혼자서 다 했으면서."

"제가 언제요? 사장님 전 그런 말 한 적 없습니다. 책 제목이 촌스러워서 어쩜 한 권도 안 팔릴지도 모르죠. 베스트셀러는 아무나 하나요."

수웅은 딴전을 피우는 란주를 나무라지 못했다. 정말로 하는 말이 아닌 것을 알기 때문이었다.

"사랑의 순례자들이 어때서. 제목보다 내용이 좋아야지. 안 그래?"

"글쎄요. 책 제목을 보고 책을 사는 사람들이 의외로 많은 것 같던데요. 특히 무명작가의 책일 경우에는요."

"미스 채가 오늘 남의 결혼식 축하하러 가는 기분이 상당히 좋은 모양이지. 나한테 자기 할 말 삐딱하게 다 하는 것 보니까."

"유쾌해요. 기분은. 하지만 삐딱 선은 절대 아니에요. 사장님."

"알았다. 고우슬의 책 한 권도 안 팔려도 미스 채 보고 암말 안 할 테니까. 걱정하지 마세요. 아가씨."

커피를 다 마신 두 사람은 밖으로 나와 다시 수웅의 차에 올랐다.

"미스 채는 가안 면에는 처음이지?"

수웅이 차에 시동을 건 후에 물었다.

"네, 전 처음이에요. 사장님은 가보셨어요?"

"고향과 가까운 곳이라 몇 번 가본 적이 있어. 경치가 아름다운 곳이지."

차가 고속도로를 벗어나 가안 면에 진입하자 눈발이 흩날리기 시작했다.

"결혼식 날에 눈이 내리면 부자로 살게 된다고 누가 그러던데요."

란주는 즐거운 얼굴이다.

"그런가. 나는 처음 듣는 말인데."

"아무튼요. 좋은 징조래요."

눈발이 점점 거세지는가 싶더니 곧 흰 눈송이로 변했다. 수웅은 서촌리 마을 입구에서 잠시 차를 멈추었다.

"여기서 좀 쉬었다 가자."

수웅은 왠지 가슴이 허탈해졌다. 눈이 내리는 탓인가.

"그러세요. 그런데 궁금한 것이 있어요."

"무엇인데?"

"사장님은 축의금 얼마나 하시는데요? 참으로 무례한 질문이지만요."

"아마 그 쪽에선 축의금 안 받을걸."

란주의 눈이 둥그레졌다.

"그럼 어떡하죠. 전 무리를 해서 두둑하게 축의금을 봉투에 넣었는데요."

"안 받으면 미스 채 지갑에 돈 굳는데 뭐가 걱정이야. 너무 미안하다 싶으면 나한테 밥이나 한 번 사든지."

"지갑에 돈 굳는 건 사장님이나 저나 마찬가지인데요."

란주가 고개를 세차게 저으면서 마찬가지라는 말에 악센트를 주었다.

"그건 그렇고, 미스 채는 결혼식 하객으로 가면서 아무런 생각이 없나. 설마 독신주의자는 아니겠지."

"당연히 아니죠. 그렇잖아도 다음 달 부터는 쉴 생각이에요."

"출판사를 그만 두겠다는 거냐?"

갑작스런 란주의 말에 수웅의 목소리가 커졌다.

"네, 집으로 들어가서 결혼 준비를 하려고요."

"그렇다면 반가운 소리군. 사람은 있고?"

"있다면 있다고도 할 수 있고 없다면 없다고도 할 수 있어요."

란주는 지욱을 생각했다.

"무슨 대답이 그렇게 어중간해. 있으면 있고 없으면 없는 거지."

수웅이 혀를 찼다.

"사실은 좀 쉬고 싶어요. 고우슬의 소설 때문에 너무 신경을 많이 써서 그런지 몸과 마음이 무지 상했나 봐요."

"그럼 쉬어야지. 시집을 가겠다니 억지로 붙들진 않겠어. 좋은 일이니까."

길바닥과 들판에 눈이 조금씩 쌓여가고 있다.

"선배님!"

갑자기 란주가 수웅에 대한 호칭을 바꾸었다.

"이젠 사장님이 아니고 선배님이라. 옛날로 되돌아가겠다는 건가."

"붙들지 않겠다면서요."

"그래 안 붙들고말고. 제발 연세 드신 부모님 속 썩이지 말고. 시집부터 가세요. 그래 또 묻고 싶은 게 뭔데?"

"정작 서혜희씨를 가슴에서 떠나보내는 선배님의 심정이 어떠실까 너무나 궁금해요."

정색을 한 란주의 질문에 수웅은 가슴이 뜨끔했다.

"혜희와 나는 친구야. 친구가 괜찮은 남자 만나서 새 출발을 하는데 엄청 반갑고 좋은 일이지. 그러니까 이렇게 축하해주려고 여기까지 왔잖아."

과연 서혜희에 대한 나의 감정이 오직 우정 한가지뿐이었을까. 수웅은 감정의 정곡을 찌르는 란주의 물음에 그 어떤 대답도 하지 못했다. 아니 할 수가 없었다. 가슴속에서 내보내고 내어보내도 남아있는 영혼 같은 혜희의 그림자는 대체 무엇 때문일까. 란주는 이미 눈치를 챈 모양이다. 아직도 혜희의 그림자가 수웅의 가슴 깊은 곳 한쪽에 머물러 있다는 것을. 하지만 그 그림자가 정녕 무엇인지, 수웅으로서는 도무지 알 수가 없었다. 그리고 안다고 해도 대답을 하면 안 될 것 같았다. 대답대신 수웅은 묵묵히 차에 시동을 걸었다.

"미스 채. 하객들 중 우리가 제일 늦을 것 같구나."

차는 우헌의 집을 향하여 천천히 움직였다. 란주는 눈이 내리고 있는 차창 밖으로 눈을 돌렸다. 말없이 운전만 하는 현수웅 사장의 감정을 어느 정도는 알 것 같았다. 저도 한 때는 선배님 앞에만 서면 사뭇 가슴이 설레었다는 말을 하려다가 란주는 그만 두었다. 짝사랑은 슬프고 아름다운 것이기에. 혼자서만 간직해야 할 한 폭의 그림이기 때문에.

삶의 물결과 재혼

우헌과 혜희의 결혼식에 참석한 하객은 우헌의 동생 부부를 비롯하여 혜희의 한 명 뿐인 친언니 부부, 요한 부부 희망교회의 장로 조정식 부부, 오신애, 하세훈, 현수웅과 채란주 그리고 주방에서 음식을 준비하고 있는 중년의 여집사 두 명이 전부였다.

사실 우헌과 혜희는 요 며칠 날씨가 겨울답지 않게 푸근해서 뜰에서 간소하게 식을 올리려고 했다. 허나 이른 아침부터 하늘이 진회색 구름으로 뒤덮힌 탓에 거실로 장소를 변경했다. 집 안의 거실이기는 하지만 이 정도 숫자의 하객을 맞기에는 충분했다. 보일러의 온도를 높인 탓인지 거실은 봄날처럼 훈훈했다. 수웅의 예상대로 축의금은 절대 사양이었다.

희망 교회에서 급히 가져온 긴 탁자 상을 거실 중앙에 놓고 하객들은 마주 보고 앉았다.

기도를 시작으로 성경구절을 뽑아서 읽은 다음, 요한의 주례사가 시작되었다. 오늘부터 김우헌 서혜희 두 사람이 연합하여 한 몸이 된다. 그러므로 하나님이 짝지어 주신 것을 사람이 나눌 수 없다는 구절과 사람이 마음으로 자기의 길을 계획할지라도 그 걸음을 인도하는 자는 여호와라는 방금 읽은 성경의 말씀을 인용하여 간략하게 설교를 했다. 지금부터 부부가 되는 두 분께서는 이제 희망 교회의 성도로서 신앙생활을 충실하게 잘해 주기를 바란다는 말로 요한의 주례사는 끝을 맺었다. 이어 양복을 입은 우헌과 한복을 입은 혜희가 금반지를 서로 교환하는 것으로 결혼식은 끝이 났다. 더없이 소박하고 간략한 결혼식이었다. 요한의 주례사를 들은 하객들은 숙연해진 얼굴로 공감을 하는 것 같았다. 그러나 주방에서 여자 집사들이 준비한 떡국이 탁자 상 위에 놓이자 곧 밝은 분위기로 바뀌었다.

"떡국을 싫어하시는 분은 밥도 있습니다. 전기 밥솥에요. 그리고 소고기 국도 있습니다. 단 소고기 국은 오천원에 팔겠습니다."

떡국을 들고 온 여자 집사의 농담 섞인 말에 모두들 즐거운 웃음을 터뜨렸다.

하객들의 식사가 끝날 무렵이었다. 그런데 참으로 신기했다. 눈이 그치면서 구름이 문을 열기 시작했다. 이어 하늘이 밝아지면서 햇살이 하얗게 쏟아져 내렸다. 하객들이 차례로 차를 타고 돌아갈 적에는 하늘에는 구름 한 점도 없었다. 제일 먼저 출발을 서두른 사람은 서울에서 온 우헌의 동생 부부였다. 그 다음에는 수웅과 란주가 출발을 했다. 다음에는 혜희 언니 부부가 출발을 준비했다. 출발하기 전에 혜희 언니는 우헌에게 부족한 동생을 잘 부탁한다는 말을 간곡하게 했다. 우헌은 조금도 염려하시지 말라고 정중하게 대답을 했다. 그 뒤에는 요한 부부와 희망 교회의 조정식 장로 부부, 그리고 주방 일을 담당했던 중년의 여자 집사 두 명이 거의 동시에 우헌의 집을 나섰다. 마지막으로 신애와 세훈이 대문을 나섰다. 우헌과 혜희도 뒤를 따라 나갔다. 대문 앞에는 개인택시가 서 있었다. 차가 없는 신애가 개인택시를 왼 종일 대절을 한 모양이다. 차가 없는 것은 혜희도 마찬가지였다.

"세훈아!"

혜희가 세훈을 가만히 불렀다. 세훈이 밝은 얼굴로 혜희를 보면서 말했다.

"어머니 제 걱정은 조금도 하시지 마세요. 전 괜찮아요. 오늘은 부산 집에서 자고 내일은 서울로 갈 거예요. 피곤하실 텐데 편히 쉬세요."

세훈은 우헌에게도 공손하게 작별의 인사를 했다. 우리 자주 보자면서 우헌이 애틋한 눈길을 보냈다. 부산 집이라면 세훈에게 저녁밥을 맛있게 해서 먹일 텐데. 혜희의 눈에 물기가 어렸다. 우헌과 작별 인사를 나눈 신애가 먼저 택시에 올라탔다. 세훈이 신애를 뒤따라 택시에 오르자 택시 기사는 곧바로 시동을 걸었다.

하객들이 모두 떠나간 집에는 그들이 남기고 간 정적이 따뜻하게 맴을 돌았다. 거실로 들어선 두 사람은 마주 보면서 그 따뜻한 정적을 함께 가슴깊이 안았다.

잠시 후 노을이지고 어둠이 내렸다. 그리고 한겨울의 어둠은 금세 깊어졌다.

잠자리에 들기 전에 혜희는 잠시 뜰로 나왔다. 청정한 공기와 함께 서촌리 마을 군데군데 아스라이 켜져 있는 집들의 불빛이 정겨움으로 다가온다. 뒤 편 동산 숲의 나무 가지에서 눈이 녹아 떨어지는 소리가 들리는 듯하다. 집 뜰에 내렸던 눈은 벌써 다 녹아버렸다.

혜희는 하늘을 보았다. 수도 없이 많은 별들이 영롱하게 반짝이고 있다. 대도시의 밤하늘에서는 결코 볼 수 없는 맑고 밝은 별빛들이다.

그래서일까. 지난날의 멀고 가까운 기억들이 회한처럼 혜희의 눈앞을 선명하게 스쳐갔다. 남편을 먼저 떠나보내고, 사람들에게 겪었던 크고 작은 마음의 상처들, 생활비를 벌기 위하여 신애와 같이 열었던 등나무 찻집, 신애와 함께가 아니었다면 엄두도 못 냈을 그 등나무 찻집이 장미의 골목 동네의 재개발로 밀려나게 되었다. 우헌과의 재혼 문제로 무척이나 가슴을 아리게 했던 세훈과의 미묘한 감정의 갈등, 외로움을 이기려고 틈을 내어 써 온 소설들, 고우슬의 거처를 알려달라고 끈질기게 시달림을 당한 채란주와의 관계, 결국 고우슬의 이름으로 출판이 된 그녀의 소설『사랑의 순례자들』. 이 모든 삶의 물결들이, 아픔의 긴 강을 건너온 느낌 때문일까! 문득 그녀가 살아온 세월이 한순간인 것 같기도 하고, 아득한 것 같기도 하다.

"추운데 뜰에 너무 오래 서 있으면 감기 들어요."

소리 없이 다가온 우헌이 들고 온 커다란 모직 숄을 혜희의 어깨위에 둘렀다.

"고마워요."

싸늘한 밤바람이 그들을 차갑게 스쳐갔다.

"자, 빨리 안으로 들어갑시다. 당신 손이 매우 차구료."

우헌이 혜희의 손을 가만히 잡았다. 곧 크고 따뜻한 우헌의 손 안 온기가 혜희의 손속으로 조용히 스며들었다.

박차련 장편소설

두 번째 웨딩

초판1쇄 발행 2021년 11월 25일

지은이 박차련
펴낸이 이길안
펴낸곳 세종출판사

주소 부산광역시 중구 흑교로 71번길 12 (보수동2가)
전화 051 − 463 − 5898, 253 − 2213~5
팩스 051 − 248 − 4880
전자우편 sjpl5898@daum.net
출판등록 제02-01-96

ISBN 979-11-5979-474-2 03810

정가 15,000원

이 책은 저작권법에 따라 보호받는 저작물이므로 무단전재와 무단복제를 금지하며,
이 책 내용의 전부 또는 일부 내용을 재사용하려면 사전에 저작권자와 세종출판사의
동의를 받아야 합니다.

* 잘못된 책은 교환해 드립니다.